*Für Lisa +
Bernd*

*Hellmut
28. 10. 24*

Hellmut Lemmer

Stoppelfeld

Roman

D1719787

WOLLVerlag

© WOLL-Verlag Hermann-J. Hoffe, Schmallenberg
Hellmut Lemmer
Coverdesign: Teamwork Medienmanagement GmbH Velbert
Satz: kajado GmbH Dortmund, www.kajado.de
Printed in Europe
1. Auflage November 2024

WOLL Verlag Hermann-J. Hoffe
www.woll-verlag.de
ISBN: 978-3-94846-32-6

WOLLVerlag

Inhalt

1 ÜBER DIE FELDER

Was hatten wir damit zu tun? Für uns Kinder stand immer fest, der kleine Friedhof oberhalb des Dorfes ist nur etwas für die alten Leute. Sollten sie doch mit einer kurzen Harke und einer Gartenschere ihren Respekt den Toten erweisen. Tote waren grau und lebten nicht mehr. Mit denen hatten wir doch auch vor deren Ableben schon kaum Kontakt gehabt.

Die Besucher waren meist schwarze Frauen, die der heimgegangenen, greisen Mutter oder dem Ehemann, verstorben nach der goldenen Hochzeit, einen Besuch abstatteten, um Laub oder Unkraut von der Grabstelle zu entfernen. War der Ehemann schon ein paar Jahre lang tot, musste man nicht mehr so häufig das Grab besuchen, aber halbwegs in Ordnung sollte es schon gehalten sein. Sonst hätte es Gerede gegeben. Im Sommer war Wasser von der Pumpe vorn neben dem Eingang nötig; eine Gießkanne hatte man dabei.

An Allerheiligen musste zu immergrünen Zweigen ein Licht angezündet werden. Wenn wir Kinder nach Einbruch der Dunkelheit am Friedhof vorbeigingen, sah man dann überall die roten Kerzen brennen, doch es wirkte nicht romantisch, sondern eher etwas gruselig. Betreten wollten wir die Stätte nicht. Selbst den Mutigsten unter uns kam so etwas nicht in den Sinn. Manche Verstorbene waren wohl aufgefahren in den Himmel, von denen war nichts zu befürchten, aber – das hatten wir zweifelsfrei mitbekommen – andere hatte auch der Satan geholt. Ihre Seelen fanden keine Ruhe. Sie waren rastlos und unberechenbar, Irrlichter und kalt wie ein eisiger Windhauch. Damit wollten wir besser nichts zu tun haben.

Eine Kirche fehlte in unserem Dorf, nur die kleine, kalkweiße Kapelle gab es neben dem Eingangstor zum Friedhof. Meist reichte sie aus, um bei gegebenem Anlass der Trauergemeinde ein paar Sitzbänke für die ganz Alten zu bieten, die selbst bald an der Reihe waren. Bei jedem Begräbnis rückte man ein wenig nach vorn. Manche warteten regelrecht darauf, bald selbst die nächsten zu sein.

Die übrigen konnten auch stehen. Man schnaufte ein wenig, um wieder zu Atem zu kommen. Die Kapelle lag von der Dorfstraße aus etwas höher den Hang hinauf, oberhalb der Gaststätte und des Ehrenmals für die Gefallenen der Weltkriege.

Gab es Hitze im Sommer, bot sich den Besuchern des Totenackers kein Schatten, denn man hatte es versäumt, hier vielleicht ein paar Bäume zu pflanzen. Im Hochsommer war es ohne tägliche Besuche kaum möglich, selbst die Begonien oder die Zinnien, die problemlos mit Trockenheit zurechtkommen, vor dem Vertrocknen zu schützen. In der kalten Jahreszeit dagegen pfiff häufig ein rauer Wind über die ungeschützte Fläche. Dieses mit einer Ligusterhecke umzäunte Wiesenstück musste reichen, um den Verstorbenen eine letzte Ruhestätte zu bieten. Platz für weitere Gräber gab es aber genügend.

Hier oben war für die Neuankömmlinge in ihren Särgen das Leben endgültig vorbei. Jetzt war der Deckel zu und er würde sich nicht mehr heben. Als trauernder Besucher konnte man jedoch auch mal hinunterblicken auf die Gaststätte, wo die Höhepunkte des dörflichen Lebens stattfanden, die jährlichen

Sängerfeste und größere Feiern, Hochzeiten, Schützenfeste oder Karneval. Dort gab es auch im Rhythmus von zwei Wochen im kleinen Saal freudig erwartete Kinovorführungen. Ich lernte mit klopfendem Herzen Dick und Doof kennen und Heinz Rühmann und seinen Namensvetter Heinz Erhardt.

Meine Tante Mariechen lag oben auf dem Friedhof begraben. Sie war eigentlich keine Tante, sondern von den Eltern zur Patin gebeten worden. Das war eine kluge Entscheidung gewesen. Nach dem Krieg hatte sie alles dafür getan, was in ihrem Vermögen stand, um mir in der schwierigen Zeit zu helfen. Sie fand ein freundliches Wort, strich mir mit der Hand übers blonde Haar und vor allem steckte sie mir meist ein Speckbrot zu, wenn ich bei meinen Streifzügen durchs Dorf am Fenster ihres Bauernhofs vorbeikam. Dazu gab es einen Becher noch kuhwarme Milch.

Ich saß später immer wieder mal auf der Bank gegenüber der Grabstätte von Onkel Otto. Auch er war kein wirklicher Onkel von mir, aber wir Kinder aus dem Dorf hatten ihn immer so genannt. Er hat unsere Kindheit begleitet, hat mit uns alle Lieder gesungen, kannte unsere Sorgen, hat geholfen und zurechtgewiesen, wenn es nötig war. Er war der Straßenwart und wir begleiteten ihn gern auf seinen Kontrollgängen entlang der Talsperre. In der Schubkarre waren ein wenig Kaltasphalt, eine Heckenschere und ein Putzlappen für die Straßenschilder. Wir lauschten dann seinen permanenten Geschichten vom Krieg, den er in Finnland erlebt hatte, auch wenn die anderen Erwachsenen immer mehr die Augen verdrehten, weil er bald von nichts anderem mehr redete, und ihn stehen ließen.

Sein Grab war von Anfang an ziemlich verwildert. Die Straßenränder von Krummenerl bis zur Brücke über die Talsperre hatte er immer in Ordnung gehalten, das Gras mit der Sense gemäht und die Sträucher gestutzt. Seine Frau war nach seinem

Tod kaum in der Lage, seine Ruhestätte ein wenig zu pflegen. Gerade dass sie es mal schaffte, das Grab zu besuchen. Das Wasser in den Beinen! Nachdem auch sie sich zu ihm gelegt hatte, gab es endgültig niemanden mehr, der sich darum kümmerte. Dort wuchsen Gräser und Löwenzahn, dessen hohle Stiele oben die Blüte mit ihren gelben Zungen trugen. Schon im April leuchteten sie, wenn andere Blüher sich von der Winterruhe noch gar nicht erholt hatten. So etwas gehörte nicht auf ein Grab, aber ich mochte es. Storchenschnabel hatte sich ebenfalls breit gemacht und irgendwie wuchs bescheiden am Rand auch Minze. Wenn ich mit der Hand darüber strich, gab es diesen intensiven, aromatischen Geruch, den ich auch in fernen Lebensjahren nicht vergessen konnte. Ich dachte dann an den abendlichen Pfefferminztee, den meine Mutter immer bereitet hatte, an die Umschläge von Oma Johnke bei Magen- und Darmbeschwerden, bei denen sie krampflösend und schmerzlindernd wirken können, und ich dachte auch an den Geschmack vom ersten Kaugummi, das Anfang der 50er Jahre die britischen Truppen bei ihren Manövern mitgebracht hatten.

Allerlei Insekten liebten Ottos Grab. Im Sommer gab es dort ein wildes Gesumme vom Holzbienen, Mücken oder Schwebfliegen. Das kleine, verwitterte Kreuz aus Buchenholz wollte ich irgendwann einmal durch einen einfachen Stein mit Namen ersetzen, darauf sollte einfach nur Otto stehen, aber mehr als ein Vorhaben ist es leider nicht geworden.

Als wir uns jetzt wieder in der Kapelle zusammenfanden, war es so spät im Jahr, dass es dunkel und kalt war. Alle Blumen auf den Gräbern waren längst verblüht. Stachelige Brombeerranken hatten die Hecken zu Hilfe genommen, um hinaufzuklettern, und ragten jetzt oben hart und protzend daraus empor. Aber wohin wollten sie? Es war sinnlos, braun und vertrocknet war ihr Weg zu Ende. Die Rasenwege waren matschig. Nasse Wolkenschauer zogen vom Dorf her herauf zum

Friedhof. Die Trauernden stampften kurz mit den Füßen auf und drängten sich zusammen im Innenraum der Kapelle, die mangels elektrischen Lichts ausschließlich von Kerzen erhellt wurde. An den dünnen, weißen Kerzen floss das flüssige Wachs nach und nach in schmalen Strähnen herunter. Wer ganz außen stand, konnte sich kaum schützen vor dem weißen Abrieb der feuchten, gekalkten Wände, der sich auf die schwarzen Röcke und Hosen klebte. Das war ärgerlich. Der Sarg mit dem Leichnam stand draußen im Fisselregen auf einem flachen Wagen und musste warten.

Es gab keine Orgel, nicht einmal ein Harmonium. Der Pfarrer hatte die Aufgabe anzustimmen. Er räusperte sich. Seine Stimme klang hoch und hohl.

So nimm denn meine Hände und führe mich
Bis an mein selig Ende und ewiglich.
Ich mag allein nicht gehen, nicht einen Schritt:
Wo du wirst gehn und stehen, da nimm mich mit.

Ich hatte die Tote kaum gekannt, denn letztlich war sie schon seit Jahren im Dorf nicht mehr in Erscheinung getreten. Sie war eine der unsichtbaren Frauen gewesen. Als sie sechzig war, ist ihr Mann bei Holzarbeiten oben im Siepen ums Leben gekommen. Die gestapelten Fichtenstämme waren ins Rutschen geraten und hatten ihn zerquetscht. Als man ihn erst nach Stunden darunter befreien konnte, war es zu spät gewesen. Jämmerlich war er von uns gegangen.

Sie zog sich an jenem Tag schwarze Kleider an und gab sich der Trauer hin und hatte sie seitdem nicht mehr wieder ausgezogen. Sie pflegte das Grab. Ihr Sohn übernahm das Regiment auf dem Hof. Sie sprach nicht mehr und ließ sich nicht mehr sehen. Sie saß nur noch in der Küche und schälte Kartoffeln oder hockte in der Stube hinten in der Ecke neben dem Ofen. Licht benötigte sie zum Stricken nicht, das ging so von der Hand. Nachdem sie schon lange nicht mehr gelebt hatte, war sie jetzt tot.

Man sang die zweite Strophe.

In dein Erbarmen hülle mein schwaches Herz
Und mach es gänzlich stille in Freud und Schmerz.
Laß ruhn zu deinen Füßen dein armes Kind:
Es will die Augen schließen und glauben blind.

Die heute zu Betrauernde gehörte irgendwie zur Verwandtschaft von meinem Freund Ottomar und ich ging natürlich mit zur Beerdigung. Es war üblich, dass, wenn möglich, aus jeder Familie des Dorfes jemand zum Begräbnis erschien. Einer versorgte die Tiere, der andere kam zur Trauerhalle. Man musste sich nicht grüßen, nickte sich nur hier und da mal zu. Manche rieben die Hände aneinander. Als der Pfarrer sprach, kamen kleine Atemwolken aus seinem Mund, so kalt war es.

Für mich war es ein besonderer Moment, denn als ich in der dritten Reihe neben der Eingangstür in der Kapelle stand, wurde mir plötzlich bewusst, dass ich das Dorf bald verlassen würde: diese drei oder vier Dorfstraßen mit den geteerten und im Sommer summenden Telegrafenmasten, auf denen die Elstern krakelten, die Bauernhäuser mit dem vergilbten Kalkanstrich und dem Misthaufen davor, den roten Klatschmohn am Ufer der Talsperre, die alte, zweiklassige Schule, den kleinen Kaufmannsladen, die wenigen Wohnhäuser, die zwei Gaststätten, die Schreinerei und das Spritzenhaus, bei dem man das Tor nicht mehr schließen konnte, weil es seit Jahren klemmte und nur noch schräg in den Angeln hing.

Mit all dem würde ich mich nicht mehr beschäftigen müssen. Vor mir lag ein neuer Weg. Es ging jetzt über die Felder hinaus, weg, in eine andere Welt.

Als ich umherblickte, kannte ich jedes Gesicht. Das waren die Menschen, die mein Leben bisher begleitet hatten. Die Alten und die Frauen saßen in den vier oder fünf Bänken. Sie mühten sich redlich, den Gesang zu tragen. Zwei Enkelkinder der Toten rutschten unruhig auf ihren Sitzen. Die Männer standen dicht gedrängt dahinter, einige auch draußen vor der offenen Eingangstür. Dort musste man beim Singen nicht so tun, als wenn man willig etwas mitbrumme. Man konnte den Mund geschlossen halten. Dafür nahm man in Kauf, möglicherweise im Regen zu stehen. Angesichts des Todes aber wollte sich niemand darüber beschweren.

Die dritte Strophe war angesagt.

Wenn ich auch gleich nichts fühle von deiner Macht,
Du führst mich doch zum Ziele auch durch die Nacht:
So nimm denn meine Hände und führe mich
Bis an mein selig Ende und ewiglich!

Erst jetzt bei dieser Trauerfeier realisierte ich, dass ein bedeutender Einschnitt in meinem Leben bevorstand, weil ich dieser Welt meiner Kindheit und Jugend schon bald den Rücken zukehren würde.

Die kleine Totenglocke begann zu läuten. Sie passte irgendwie zur Stimme des Pastors. Sie hatte einen hohen, metallischen Klang, als ob sie warnen wolle und nicht beruhigen. Der Trauerzug setzte sich in Bewegung. Begleitet und gezogen von vier Männern, die einen hohen Zylinder und weiße Fingerhandschuhe trugen, fuhr der Wagen mit dem Sarg nach rechts bis ans Ende dieses heckenumzäunten Gevierts und wir Dorfbewohner folgten schweigend. Zur Würdigung der Verstorbenen gab es auch am offenen Grab nicht viel zu sagen, deshalb hielt sich der Pfarrer kurz. So war es gut. In den vorbereiteten Aushub wurde ordnungsgemäß der Sarg hinabgelassen. Dann das Übliche. Man beeilte sich, weil ein feiner Regen einsetzte.

Beim Begräbnis-Kaffee in der Gaststätte wurde nicht mehr über die Verstorbene gesprochen. Dieses Thema hatte sich erledigt. Man debattierte über die Busverbindung, die Preise für das Kraftfutter und den Holzeinschlag in Eseloh. Ich saß mit Ottomar und den wenigen jüngeren Leuten am Ende des kleinen Saals. Auf dem Tisch lag eine weiße Tischdecke aus Papier und die vergilbte Gardine vor dem Fenster hinter uns war auseinandergezogen worden, so dass etwas Licht hereinkam. Es fiel auf die Stange mit der Fahne des Schützenvereins, die in der Ecke stand. Diese war in den grün-weißen Vereinsfarben gestaltet und zeigte das gestickte Wappen mit dem Rotmilan. Der Greifvogel mit dem gegabelten Schwanz zierte die Mitte des schweren Brokats, in das Gold- und Silberfäden eingewoben waren.

„Sei froh, dass du aus dem Dorf raus kommst und etwas anderes siehst", sagte Ottomar zu mir. Er fügte aber noch lachend hinzu: „Du wirst schon sehen, was du davon hast."

Ich blickte ihn verwundert an. Dann zwinkerte er und legte mir noch ein Stück Kuchen auf den Teller. „So drögen Streuselkuchen wirst du woanders kaum mehr kriegen, woll."

Ich wusste nicht, was es war, was mir da plötzlich auf die Brust drückte. Trauer, Wehmut, Melancholie? Ich atmete tief.

Ottomar sah mich an. „Du hast die Tante Erna doch kaum gekannt. Tu nicht so, als wenn das Mitgefühl dich plötzlich überfällt. Bald bist du doch eh weg."

Entschlossen nahm ich die kleine Gabel zur Hand und stieß sie in den Streuselkuchen. „Ja, du hast recht. Bald bin ich weg. "

2 STANDORTE

Nur eine Woche später musste ich in der Kreisstadt zur Musterung. Nachdem ich die Prozedur durchlaufen hatte, fand ich mich in einem schmucklosen Raum wieder. An der Wand hing lediglich ein Foto vom Heinrich Lübke. Drei Männer saßen mir gegenüber, hinter zwei quer gestellten Tischen, die eigentlich so aussahen, wie ich sie aus der Schule kannte. Sie waren in graue Uniformen gekleidet, hatten aber schöne Schulterstücke mit silbernen oder goldenen Streifen und aufgesticktem Lametta und zumindest zwei von ihnen trugen auch vorn an der Brust sicher beachtenswerte Ehrenzeichen in Miniformat. Alle drei waren wohl hohe Admirale oder verdiente Majore, Obergeneräle in jedem Fall, vermutete ich. Vor sich hatten sie auf dem Tisch Papiere liegen und sie blickten sehr ernst und gefasst, so dass man auf den ersten Blick erkannte, wie wichtig sie waren. Ich sah sie erwartungsvoll an.

Ein anderer Soldat – der arme Kerl hatte lediglich einen kleinen Streifen auf der Schulterklappe – hatte mich ins Zimmer geführt und auf einen Stuhl gezeigt. Ich durfte mich setzen. Bitte, da bin ich.

Das Ergebnis dieser Musterung interessierte mich eigentlich nicht so besonders. Nun gut, ich war verpflichtet, daran teilzunehmen. Ärztliche Untersuchung mit Urinprobe, Blut-druck- und Hörtest. Sogar die Zähne wurden angeschaut, hatte ich aber am Morgen geputzt. Es gab Fragebögen, Gespräche. Die dritte Strophe des Deutschlandliedes, die konnte ich aufschreiben. Welchen Namen hat der Bundeskanzler? Was für Fragen, ich glaubte es kaum! Dann ein paar Mathe-Aufgaben und billige Rechtschreibung. Turnübungen.

Irgendetwas surrte im Raum. Ich blickte mich verstohlen um, konnte aber nichts entdecken, einen Ventilator vielleicht oder eine einsam vor sich hin brummende Kaffeemaschine. Der mittlere General mit den meisten Schleifchen vorn auf der Brust blickte in seine Papiere, nickte wohlwollend und sagte dann: „Ich gratuliere Ihnen, Sie sind tauglich für alle Truppengattungen. Darüber sind wir sehr erfreut und für Sie ist es, erlauben Sie mir, es so salopp zu sagen, ja fast wie ein Lotto-Gewinn." Er blickte Zustimmung heischend nach rechts und links zu seinen Kollegen. „Sie können sich wünschen, zu welcher Truppengattung Sie eingezogen werden möchten. Selbst die Fallschirmjägertruppe ist für Sie möglich." Er nickte anerkennend mit dem Kopf.

„Ja, das nehm ich", sagte ich schnell und die drei Oberhauptmänner blickten etwas konsterniert ob meiner spontanen und knappen Antwort. Aber ich blieb dabei. Ich musste noch ein Formular unterschreiben und durfte dann gehen. Ich sah, dass der General auf der rechten Seite leicht den Kopf schüttelte, als ich mich umdrehte und den Raum verließ.

Monika wollte alles genau wissen. „Nicht der Rede wert", sagte ich, „nur wichtig, dass ich für alles tauglich bin, sonst hätte ich Probleme. Mit dem Fallschirm springen, das sollen die selbst machen. Ich geh ja nicht zur Bundeswehr." Unsere Pläne waren ganz anderer Art.

Meine Freundin Monika plante, staatlich geprüfte Sport- und Gymnastiklehrerin zu werden, und hatte durch die Vermittlung ihres Vaters eine Zusage für eine Ausbildung in Bad Harzburg bekommen, wo sie in einer Schule mit integriertem Wohnheim untergebracht würde. Diese bevorstehende Trennung ließ uns zunächst verzweifeln, bis wir auf den genialen Ausweg kamen. Da ich dem Wehrdienst nicht entfliehen konnte, wollte ich diesen ersatzweise beim Bundesgrenzschutz ableisten, in Goslar, nur 15 Kilometer von ihr entfernt. Dafür musste ich allerdings uneingeschränkt wehrdienstfähig sein. Das hatte geklappt. Ich wurde schließlich beim BGS angenommen.

Natürlich hatten die Eltern im Sauerland unsere Absichten schnell durchschaut: gemeinsam in den Harz. Aber in ihren Augen waren wir beide doch anscheinend wohlbehütet, Monika in ihrem Internat und ich in der Kaserne. Was sollten sie dagegen tun? Für uns war wichtig: Wir waren für die nächste, endlos scheinende Zeit nur einen Katzensprung voneinander entfernt.

Der 3. Januar, als ich meinen Dienst in Goslar antreten musste, war ein Montag. Wir versammelten uns noch in Zivil im Hof vor dem Kasernengebäude und sollten dann hinauf zur Unterkunft marschieren, im Gleichschritt. Das klappte natürlich noch nicht und kam uns in Anorak oder grünem Parka und mit Tasche in der Hand irgendwie lächerlich vor. Es gab Gekicher und ein paar Witze, aber das gewöhnten sie uns ganz schnell ab. Gehorsam und Disziplin ist die Grundvoraussetzung für das Funktionieren einer jeden militärischen Truppe. Das war das erste, was wir lernen mussten.

„Weißt du, darüber will ich gar nicht so viel reden", sagte ich zu Monika, die unentwegt nachfragte. „Komm, küss mich." Ich zog sie an mich, sie legte ihren Kopf nach hinten, ich schloss die Augen und küsste sie, so lange wie möglich.

Ich hatte fast zwei Wochen warten müssen, bis ich sie zum ersten Mal kurz treffen konnte. Die Kaserne war erst mal wie ein Gefängnis. Und dann hatte ich mich unrechtmäßig vom Standort entfernen müssen, als ich am Abend schnell mit meinem Fiat nach Bad Harzburg fuhr. Das durfte keiner erfahren. Statt Gerede lieber noch ein langer Kuss, dann ging sie die Herzog-Wilhelm-Straße hinauf, am Stadtpark vorbei in Richtung der Schule, die früher im 19. Jahrhundert mal oben am bewaldeten Hang als *Hotel Ludwigslust* errichtet worden war und später den noch pompöseren Namen *Palast-Hotel Kaiserhof* trug. Nachdem der Ludwig sich hier vergnügt hatte, war also offensichtlich auch der Kaiser da gewesen. Dort war es sicher etwas feudaler als bei mir in der Kaserne. Ich sah ihr nach, wie sie den Berg hinauf verschwand. Sie winkte noch einmal und warf mir eine Kusshand zu.

Sie ließ nicht locker und fragte immerzu. „Bitte", sagte sie, „ich muss doch wissen, wie es dir geht. Bitte, was hast du für ein Bett? Wie sind denn deine Kameraden? Was gab es denn zum Mittagessen? Wie lange hast du Ausgang?"

Ich küsste sie dann noch einmal. Ich umarmte sie und strich ihr mit beiden Händen über die Wangen. Sie hatte so schöne Augen und ihr seidenes Haar roch nach Sauber und nach Lust.

Wenn sie nicht nach meinen Belangen fragte, redete sie pausenlos über ihren riesigen Holzkasten am Berghang, die Schule im ehemaligen Hotel für den Kaiser und des Ludwigs Lust und die reichen Kurgäste. Für die Gymnastikschülerinnen selbst gab es nur relativ schlichte Zimmer, Dusche und Toilette auf dem Flur und eine Gemeinschaftsküche. „Aber denk dir, vor meinem Zimmer oben im vierten Stock gibt es einen durchlaufenden Balkon, alles aus Holz gebaut, auf den kann ich mich in der Abendsonne setzen und über das Tal hinuntersehen. Und ganz weit hinten in der Ferne bist du, in einer schmucken Uniform, so stelle ich es mir vor."

Sie schwärmte von dem repräsentativen Eingangsbereich. „Da gibt es einen wunderschönen, gefliesten Wandbrunnen, in der Mitte über dem Becken ein blaues Maul als Wasserspeier und rechts und links zwei nackte Putten, sie haben so schöne Pausbacken, die eine hat ein Füllhorn in den Händen, voll mit reifen Trauben. Schade, dass du dir das nicht ansehen kannst. Herrenbesuch ist natürlich nicht erlaubt."

„In meine Kaserne werde ich dich auch nicht einladen können. Aber da gibt es eh nichts zu sehen. Nur mein Doppelstockbett und einen Spind, wie man den vom Sportverein kennt, und in der Mitte ein großer Tisch mit Stühlen."

„Warte", sagte sie dann, „von dem Besten in meinem neuen Haus muss ich dir noch erzählen. In der Eingangshalle steht, du glaubst es nicht, ein Flügel! Er wurde von der Firma Helmholz gebaut, der gleichen von der auch unser Klavier zu Hause in Meinerzhagen ist. Stell dir das vor, diese Klavierbauer gibt es schon seit 1930 nicht mehr und jetzt finde ich hier diesen herrlichen Flügel. Bisher habe ich seinen Klang noch nicht gehört. Ich warte noch, bis ich mal ganz mutig bin, dann frage ich, ob ich darauf spielen darf."

Monika ging in ihrem kaiserlichen Holzhotel auf, in den Tänzen und Übungen an der Sprossenwand oder mit ihren Gymnastikbällen im großen Turnraum mit gläserner Decke, vielleicht früher der Speisesaal. Durch die gelblich getönten Glasscheiben fiel am Nachmittag von oben das Licht herein und die Körper der Mädchen bei ihren Übungen warfen zarte Schatten auf das Parkett, wenn sie sich fast lautlos bewegten oder in ihren schwarzen Turnanzügen auf ihren Balken schwebten. „Und es gibt im Haus sogar einen uralten Aufzug, der quietscht und rumpelt, aber den dürfen wir nicht benutzen. Wäre ja eh Quatsch, wir sind Sportlerinnen und jede Treppenstufe hält uns fit."

Das neue Jahr begann für mich ziemlich öde. Wir fuhren während der Ausbildung mit unseren holprigen Mannschaftswagen mal hinauf in die Berge, rumpelten auf den Bänken der Ladefläche mal in das Vorland vom Harz, marschierten dann mit unnötigem Gepäck auf dem Rücken um Äcker und Dörfer. Mal war der Boden schneebedeckt und und glatt, mal war es noch schlimmer: Matsch bis zu den Knöcheln. Das machte jedenfalls schön müde. Der Blick war beim Laufen auf den Boden gerichtet. Wegen der tief hängenden Wolken sah man sowieso kaum etwas von der grauen Landschaft. Was war schlimmer zu ertragen, die Blasen in den störrischen Stiefeln oder die eingefrorenen Zehen?

Zu Hause im Sauerland war es wahrscheinlich jetzt nicht viel anders. Aber Gelegenheiten für Heimfahrten gab es während der Grundausbildung nicht. Außerdem wäre es mit meinem kleinen Fiat 500 eine mühselig lange Fahrt bis in das Sauerland. So blieb ich denn in der Kaiserstadt am Harz. Wenn es möglich war, trafen Monika und ich uns an den Sonntagen. Wir gingen ein bisschen spazieren, saßen im Café und knutschten auf irgendeinem abwegigen Waldweg im Fiat. Das Auto war klein und eng, die Luft war kalt. Bald waren alle Scheiben beschlagen. Monika malte von innen ein Herz an das Glas. Neben dem Küssen rutschte höchstens mal eine Hand unter den Pullover.

Mit den Jungens von der Stube spielte ich Karten oder wir machten uns am Wochenende auf in den Ort zu bedenklichen Sauftouren. Die Ausbildung verlangte uns einiges ab. Nach Dienstschluss wurde Karten gespielt. Oft waren wir noch todmüde, wenn morgens der Weckruf ertönte. Was sollte ich Monika davon erzählen? Wir mussten das Einerlei annehmen und warten, dass der Winter endlich vorbeiging. Aber noch war es nicht so weit.

3 WINTERBIWAK

Nur einmal bin ich als Kind mit den Eltern im Winter in ein Skigebiet gefahren, nach Altastenberg bei Winterberg. Mein Vater wollte dort die Lifte nutzen, um Ski zu laufen. Meine Mutter versuchte es mit mir und meinem Bruder auf dem Rodelschlitten, aber wir hatten nur einen Zweisitzer, so dass einer von uns Jungen immer oben am Hang stehenbleiben musste, während der andere mit der Mutter zu Tal sauste und dann mühsam wieder hinaufstapfte. Dass ich allein mit meinem Bruder fuhr, wollte die Mutter zunächst nicht zulassen. Deshalb holten sich entweder er oder ich oben beim Warten eiskalte Füße, wenn sie mit dem anderen von uns die Fahrt absolvierte. Aber wir nörgelten so lange, bis wir doch zusammen fahren durften. Ihre ängstlichen Rufe und Gesten nahmen wir auf der wilden Fahrt bergab bald nicht mehr wahr und mit der Zeit beruhigte sie sich. Auf Skiern habe ich aber nie gestanden.

Beim Grenzschutz stand jetzt die Winterausbildung an. Wie auch im Sauerland gab es hier im Harz mehr als genug Schnee. Wir hatten für mehrere Tage Proviant dabei, alles Mögliche an Ausrüstung und fuhren mit unseren Lkw in die Berge. Schon bald mussten wir üben, die Schneeketten aufzulegen. Hohe

Schneewehen wurden mit kleinen, aufklappbaren Spaten gemeinsam bearbeitet. Auf einer großen Waldlichtung wurde das Lager aufgebaut. Auch wenn der Himmel klar war, bekamen wir von der tief stehenden Sonne kaum etwas ab. Schwer mit Schnee beladene Fichtenzweige hingen über uns herab. Lustige Spiele wie Schneeballschlachten ließ der Leutnant zwar kurz zu, sie sollten für gute Stimmung sorgen, fanden aber schnell ein Ende. Jede Lust dazu verging. Wir tarnten die Fahrzeuge, die Zelte und uns mit weißen Lappen und Tüchern, die wir über der Uniform um den Körper wanden oder im Gürtel und dem Halskragen feststeckten. Auch am Stahlhelm, der mit einem Netz umhüllt war, gab es bald weiße Flecken. Aber der anfängliche Spaß bei dieser Tarnung verging bald. Wir mussten uns in den Schnee legen und vorwärtsrobben. Das Gewehr war immer dabei, hing irgendwie neben uns oder drückte im Rücken. Wir steckten Fichtenzweige zur Tarnung in die Schneewehen, bauten aus von der Natur schon freiwillig vorgetarnten Birkenhölzern einen Sichtschutz und sollten uns im Beobachteten und vor allem in Geduld üben. Mit dem Bauch im Schnee war die besonders gefragt. Einen Feind sahen wir nämlich nicht, aber er könnte ja immerhin da sein. Irgendwo. Vielleicht drüben hinter dem Holzstoß am Weg. Aufgescheuchte Hasen oder Rehe galten nicht. Das Weiß des Schnees stach in die Augen. Die Kälte kroch langsam in die Knochen. Sonst passierte nichts.

„Ich bin stolz auf euch, Männer", sagte unser Chef, der Leutnant, der eigentlich auch nur so ein junger Bursche wie wir war, vielleicht fünf Jahre älter. „Ich weiß, dass wir frieren, aber es wäre eine schlechte Idee, Schnaps gegen die Kälte zu trinken. Das ist so, als wenn ihr euch ans Bein pinkelt, erst ist es schön warm, aber hinterher umso unangenehmer." Luggi hatte trotzdem einen Flachmann dabei und auch ich nahm einen kleinen Schluck. Es wärmte.

Am nächsten Tag wurden wir in Vierergruppen irgendwohin in den unendlichen Wald gefahren und ausgesetzt. Mit Hilfe einer kleinen Karte, auf der unser jetziger Standort und das Lager eingezeichnet waren, sollten wir wieder zurück finden. Den Wagenspuren zu folgen, erwies sich bald als nicht besonders hilfreich, denn sie führten uns offensichtlich immer weiter von unserem Ziel weg. Und es war alles zugeschneit. Auf der Karte eingezeichnete Wege waren kaum zu erkennen und mit dem Kompass konnten wir nur sehr bedingt umgehen. Zunächst liefen wir im Kreis, stießen wieder auf unsere eigenen Fußspuren im Schnee. Wir waren unzufrieden und machten uns gegenseitig heftige Vorwürfe. Dann kam die Sonne heraus und ich hatte ein gutes Gespür für die richtige Richtung. Jetzt zur Mittagszeit erhob sie sich im Süden flach über dem Wald und wir mussten laut Karte in die entgegengesetzte Richtung laufen. Mit Mühe konnte ich mich durchsetzen. Wir gingen verzweifelt querfeldein durch Fichtenwälder und über Lichtungen und abschüssige Hänge, stakten durch den teilweise knietiefen Schnee und kamen als vorletzte Gruppe erschöpft an unserem Lager an.

Auch über Nacht blieben wir natürlich im Gelände. Es war eine Temperatur von -12 Grad angesagt. Wir dachten schon daran, wie wir später stolz davon erzählen könnten, bevor wir es überstanden hatten.

Während wir am ersten Tag mit unseren getarnten Uniformen durch den Schnee gekrochen waren, mit Reisig und abgeschlagenen kleinen Fichtenbäumchen Unterstände gebaut und alles abgesichert hatten, waren von anderen Kameraden die Mannschaftszelte errichtet worden, die sogar einen Fußboden aus Brettern besaßen. Der dicke, tranige Zeltstoff verströmte seinen Muffgeruch umso schlimmer, wenn man sich ins Innere der Zelte begab. Es gab Feldbetten mit Holzgestellen darin und zu unserer Freude einen kleinen, gusseisernen Kanonenofen, auf den wir alle Hoffnung setzten, der aber letzten Endes doch maßlos enttäuschte.

Monika wollte später alles ganz genau wissen und fragte immer weiter nach, und je mehr ich erzählte, desto mehr leuchteten ihre Augen und sie umklammerte meinen Unterarm und drückte ihn und sah mich an wie ihren strahlenden Helden. Der war ich nun wirklich nicht. Trotzdem war es mir nicht unangenehm, in diesem Licht zu erscheinen.

Unangenehmer war es in der eiskalten Winterwelt im Gruppenzelt. Wir hatten zwar Mengen von irgendwelcher warmen Teebrühe zur Verfügung, aber alle Klamotten waren nach dem aktiven Einsatz am Tag nass. Die Wärme des Ofens strahlte nur ein oder zwei Meter aus, wir waren todmüde. Der kleine Flachmann von Luggi war längst ausgetrunken, mehr Vorrat dieser Art hatten wir nicht.

Sollte ich Monika von der Verzweiflung erzählen oder ihre schöne Vision bestehen lassen? Ich hatte alles noch genau in Erinnerung, die steifen Knochen, die schlotternden Glieder und die kalten Hände, die wir abends um die Teebecher legten. Wir saßen wortkarg auf dem Rand der Klappbetten.

Das Schlimmste am gesamten Winterbiwak waren die Stiefel. Mit vereinten Kräften zogen wir sie uns unter großen Mühen gegenseitig vor der Bettruhe von den Füßen, die nassen Socken kamen irgendwie in die Nähe des Ofens, wo sie ziemlich vergeblich auf Trocknung hofften. Alles andere wurde nicht ausgezogen. Wir lagen unter unserer klammen Decke. Es wurde nicht gesprochen; jeder hatte mit sich selbst zu tun. Im Zelt gab es eine wechselnde Wache, in erster Linie für den Ofen, der die ganze Nacht über mit feuchtem Buchen- oder Birkenholz unterhalten wurde. Die Luftqualität ließ zu wünschen übrig. Bald war das schlotternde Frösteln halbwegs überstanden und wir schliefen für kurze Zeit wie die Murmeltiere.

Dann ertönte wieder der Appell. Runter vom Feldbett, Socken und Stiefel an. Ich hätte heulen können. Die Stiefel schienen für einen Zwerg gemacht. Das nasse Leder hatte sich böswillig noch weiter zusammengezogen, war hart und unerbittlich und auf keine Weise bereit, einen ganzen Fuß hereinzulassen. Ziehen, drücken, stampfen. Alles zwecklos. Draußen schon die Rufe: „Antreten, marsch, marsch." Auch wenn es den anderen ähnlich erging wie mir, hatten sie doch letztendlich Erfolg und sprangen im letzten Moment nach draußen auf den Appellplatz, wo sie sich in die Formation einreihten. Ich hatte gerade einmal den linken Fuß geschafft und probierte es jetzt rechts ohne Socke. Aber die nackte Haut schien noch schlechter in den Stiefelschaft rutschen zu wollen wie die Socken. Ohne Schuhwerk nach draußen? Unmöglich. Durfte man als Grenzjäger heulen?

Ich hörte draußen die Stimme vom Spieß. „Ein Mann bleibt zur Wache beim Zelt, die anderen antreten in Zweierreihe." Mein Fehlen war nicht bemerkt worden. Man ließ mich als Wache.

Ich entschied mich doch, Monika alles zu erzählen. „Mein Armer", sagte sie. Ich wusste nicht so recht, ob mir diese Bezeichnung nun gefiel. So wollte ich eigentlich auch nicht vor ihr erscheinen. „Wie ging es weiter?"

„Wir wurden ins Skilaufen eingewiesen. Es gab natürlich ein paar Experten, aber als Anfänger habe ich mich ganz gut geschlagen. Wir fuhren natürlich auch keine Pisten hinunter, sondern auf den Waldwegen und vielleicht mal über einen kleinen Abhang. Es machte sogar Spaß und uns wurde richtig warm."

„Skilaufen kann ich auch nicht", sagte sie, „aber ich liebe dich so sehr, wenn ich mir vorstelle, wie du da gesessen hast und mit deinen Stiefeln gekämpft hast. Du glaubst nicht, wie ich dich liebe. Jetzt noch viel mehr."

4 MARKT UND KIRCHE

Er sah wahrlich aus wie der Feuerzangenbowle entsprungen: klein, rundlich, nur mit einem schmalen Haarkranz kurz über den Ohren, darüber glänzende Glatze. Er hatte bei dem überraschend schönen Frühlingswetter zwar sein abgewetztes Jackett ausgezogen und links an den Kartenständer gehängt, aber die Weste über dem weißen Hemd war bis oben hin zugeknöpft. Er musste doch etwas darstellen.

„Lichtenstein", stellte er sich vor, „nicht Georg Christoph und nicht Lichtenberg, aber immerhin." Er machte eine kleine Pause. „Ich freue mich, dass Sie den Weg hierher zu mir gefunden haben. Ich bin überzeugt, wir werden lebendig zusammenarbeiten, uns in faszinierende Texte vertiefen und Sie werden nicht umhin können, dem Zauber der Lyrik zu erliegen und seine Wunder zu empfinden." Mir schien, dass er besonders mir, dem aus der Reihe fallenden jüngsten Hörer, zunickte.

Herr Lichtenstein leitete den Kurs *Gedichte verstehen und lieben – von Goethe bis Brecht*, angeboten in acht Doppelstunden im Programm der VHS Goslar, veranstaltet in einem Klassenraum der hiesigen Realschule. Wir waren neun Teilnehmer: sieben Damen zwischen sechzig und achtzig Jahren alt, blondierte Hausfrauen oder ergraute pensionierte Lehrerinnen, dazu ein mittelalter Mann mit Intellektuellenbrille und eben ich, 19-jähriger Jungspund aus der Kaserne.

Ich musste mich selbst loben, dass ich neben der stupiden militärischen Ausbildung, den derben Kameradentreffen mit den unausweichlichen Machosprüchen und den unendlichen Kartenabenden in der trostlosen Gruppenstube den Weg hin zur feinfühligen Lyrik gefunden hatte. Aber Gedichte waren schon immer meine Leidenschaft gewesen und mein Vater hatte mir dringend geraten, nicht hier beim Dienst zu verblöden. „Du musst selbst Initiative ergreifen."

Es war mein Traum, nach der Grenzschutzzeit zu studieren, Germanistik natürlich, deutsche Sprache und Literatur, Romane und Lyrik, Leben und Werk der großen Dichter wollte ich kennenlernen. Und da konnte es nicht schaden, mal einen Kurs zu besuchen.

Wir saßen gespannt an unseren Tischen. Für mich war es nach der Schule wieder die erste freiwillige Begegnung mit der Atmosphäre des Lehrens und Lernens, und wenn ich ehrlich war, spürte ich sogar ein wenig Aufregung, zumindest ein leichtes, erwartungsvolles Kribbeln. Es war stickig im Raum. An der schlecht geputzten Wandtafel konnte man Reste irgendwelcher mathematischer Berechnungen erkennen. $2xy-x^2$ … Gut, dass das vorbei war. Der Mief der vergangenen Schulwoche hatte sich noch nicht aus diesem Klassenraum verzogen.

Der Seminarleiter öffnete deshalb die Fenster zum Hof und von draußen strömte etwas frischere Luft herein. Es ging schon auf den Abend zu. Herr Lichtenstein lief geschäftig vor uns auf und ab und öffnete jetzt auch die Knöpfe seiner Weste. Er verteilte an jeden ein kopiertes Blatt.

Johann Wolfgang von Goethe
Gedichte

Gedichte sind gemalte Fensterscheiben!
Sieht man vom Markt in die Kirche hinein,
da ist alles dunkel und düster;
und so sieht's auch der Herr Philister:
Der mag dann wohl verdrießlich sein
und lebenslang verdrießlich bleiben.

Kommt aber nur einmal herein!
Begrüßt die heilige Kapelle;
da ist's auf einmal farbig helle,
Geschicht' und Zierrat glänzt in Schnelle,
bedeutend wirkt ein edler Schein;
dies wird euch Kindern Gottes taugen,
erbaut euch und ergetzt die Augen!

Die jüngste der älteren Damen, die links außen am Fenster
saß, fragte nach dem *Herrn Philister.*

„Damit ist hier ein sogenannter Spießbürger gemeint, ein
engstirniger, verbissener Mensch", sagte Herr Lichtenstein.
„Schön, dass Sie fragen, so soll es sein, trauen Sie sich."

„Ich sehe den Philister als Gegenstück zu den *Kindern Gottes* am Ende der zweiten Strophe", sagte der Mann mit der
Nickelbrille nach einer Phase der stillen Lektüre.

„Sehr schön, sehr schön", sagte Lichtenstein. Er legte eine
Folie mit dem Gedichttext auf den Overheadprojektor und
markierte die beiden genannten Begriffe, dann in der zweiten
Zeile die beiden Nomen *Markt* und *Kirche.*

Sofort plapperte Nickelbrille los: „Der *Markt* symbolisiert
das bunte Leben, geschäftiges Treiben und Lärm; in der *Kirche*
finden wir Ruhe, Andacht und Besinnlichkeit."

Lichtenstein wischte sich mit einem Stofftaschentuch über die feuchte Stirn. Er nickte. „Gut, gut, mein Herr, nur lassen Sie auch einmal die anderen zu Worte kommen. Welchen Umschwung bringt denn jetzt die zweite Strophe?"

Er umkreiste das *aber* als zweites Wort. Alle blickten aufmerksam in die Texte. Ich bemerkte unter meiner Tischplatte einen harten Knubbel, wohl ein angeklebtes, vertrocknetes Kaugummi. Ich ließ einen kurzen Laut des Ekels hören, riss mich dann aber sofort zusammen. Ich dachte zurück an vergangene Schülerzeiten und wollte keinen Klassenbucheintrag wegen Störens riskieren. Außerdem blieb ich noch an dem Wort *verdrießlich* hängen. Das wird wohl so etwas wie widerwillig bedeuten, dachte ich.

Ich suchte den Tisch ab, ob es irgendwelche eingeritzten oder mit Kuli geschriebene Namen oder Sprüche gab. Durch die offenen Fenster kam frische Luft herein. Dann waren unten vom Hof laute Stimmen zu hören, sodass alle kurz von unserem Gedicht abgelenkt wurden. Man verstand sogar, was dort gerufen wurde: „Schiller, Goethe!" Alle blickten erstaunt, nur mich durchfuhr es eiskalt.

Ich erfasste die Situation blitzschnell. Mir war sofort klar, dass es die Kameraden aus der Kaserne sein mussten, die wussten, dass ich mich hier auf lyrischen Abwegen befand.

„Man muss sich getrauen, in die Kapelle hineinzugehen", sagte eine der beiden ältesten Damen, die direkt vorn vor dem Dozenten saßen. Sie schien so alt, dass sie Zuhause wohl selbst keinen Staub mehr putzen musste. Das erledigte sicher eine Putzfrau. „Man muss sich darauf einlassen, dann wird's *farbig helle* und es *glänzt.*"

Lichtenberg hatte noch den Textmarker in der Hand, mit dem er diese Wörter auf der Folie hervorgehoben hatte, da ertönten zu meinem Schrecken die Rufe wieder laut vom

Schulhof: „Schiller, Goethe, eins zwei drei – wann ist denn der Kurs vorbei?"

Ich bekam einen knallroten Kopf, hätte im Boden versinken mögen und war froh, dass ich in der hinteren Reihe in der Nähe der Tür saß. Unwillkürlich duckte ich mich ein wenig, aber bisher konnte niemand ahnen, dass diese provokanten Rufe mir gelten könnten.

Ich hatte mich zwar auf diesen Kurs gefreut, da ich Gedichte von der frühen Schulzeit an liebte, aber ich hatte mich doch ein wenig überreden müssen, da der Zeitpunkt dieser Treffen jeweils am Freitag um 17 Uhr sehr, sehr ungünstig lag. Für die kulturbeflissenen Damen kam der Termin vielleicht gerade recht, am Ende der Woche, alle Hausarbeit war getan, das Sideboard entstaubt, die Wäsche gebügelt und die Katze versorgt. Aber für uns Wehrpflichtige ging es nach anstrengenden Tagen auf ins Wochenende, entweder los auf die Heimfahrt ins Sauerland, nach Braunschweig oder ins Hessenland. Wenn es Dienst am Standort gab, ab in den freien Abend, auf den alle die ganze Woche über gewartet hatten. Meine Kameraden waren bereit für die Kneipentour.

Die Frau neben Nickelbrille sah in ihren Text und hatte die Erleuchtung, der Titel heiße ja *Gedichte*. „Damit verhält es sich doch auch so. Ich hab's; man muss darauf zugehen, es wirken lassen und sich daran erbauen." Der gute Lichtenstein nickte wohlwollend und äußerst zufrieden.

Und wieder ertönte das grässliche Geschrei von unten. „Schiller, Goethe, einerlei, wir sind heute nicht dabei."

Nickelbrille stürzte ans offene Fenster, fuchtelte mit dem Arm und rief erbost etwas hinunter: „Verschwindet, ihr Gesindel!" Wahrscheinlich spuckte er dabei Speichelfetzen hinunter in den Schulhof. Der Dozent stand hilflos hinter ihm und alle Damen wandten sich den offenen Fenstern zu, erhoben sich leicht, sofern sie von ihren Stühlen hochkamen, und schüttelten verständnislos die Köpfe.

Diesen kurzen Moment musste ich ausnutzen, ergriff meine Mappe, den Stift und das Textblatt, sprang die drei Schritte zur Tür, hindurch und in schnellem Lauf den langen Flur entlang. Erst nachdem ich um die Ecke gebogen war und in panischem Schrecken das Treppenhaus hinuntereilte, drei oder vier Stufen auf einmal nehmend, steckte Herr Lichtenstein oben verwundert den Kopf durch den Spalt der noch offenen Tür, was ich aber nicht mehr sah, sondern ich hörte nur noch seinen enttäuschten Ruf durch die leeren Gänge des Schulgebäudes hallen: „Junger Freund, wohin, wohin?"

Wir sahen uns nie mehr wieder. Es tat mir aufrichtig leid. Gern hätte ich zu den *Kindern Gottes* gehört, mich erbaut und entgegen den *verdrießlichen Philistern meine Augen ergetzt*. Ein weiterer Besuch war mir jedoch nach diesem peinlichen Vorfall nicht mehr möglich, nur die Kursgebühr musste ich vollständig entrichten.

Die feixenden Kameraden, die mich vor dem Schultor empfingen, hätte ich am liebsten geohrfeigt, aber sie nahmen mich in die Mitte, knufften und schubsten mich herum und lachten so schallend und ansteckend, dass ich bald einfiel und prustend den armen Lichtenstein parodierte, der mir doch die Faszination der Lyrik hatte nahebringen wollen.

5 THE NIGHT TOGETHER

Mein Stubenkamerad Luggi stammte aus Braunschweig, das war sein Revier. Eintracht Braunschweig war gerade drauf und dran, Deutscher Fußballmeister zu werden, und er schwärmte davon, dass es in der Stadt mal 300 Brauereien gegeben hatte. Er wusste sogar, dass Till Eulenspiegel zahlreiche seiner Streiche in Braunschweig gespielt hatte. Aber er beeindruckte uns noch mehr, als er uns im Vertrauen verkündete: „Im Wirtshaus Jägerstube in der Nähe der Celler Straße kannst du ganz einfach ein Zimmer für eine Nacht bekommen. Ich war da schon dreimal mit ner Perle. Null problemo."

Es musste jetzt bei Monika und mir einfach sein. Mick Jagger sang es auf der neuen Scheibe aus jeder Musikbox und aus jedem Radio: *Let's spend the night together, now I need you more than ever.* Ich brauch dich mehr denn je, wir müssen die Nacht zusammen verbringen.

Wie auch bei uns im Sauerland war das im gesitteten Goslar oder im vornehmen Bad Harzburg einfach nicht denkbar. Ein junges, offensichtlich unverheiratetes Paar in einem Hotelzimmer? Das verstieß gegen alle Sitten, das war rufschädigend, unerhört und selbstverständlich auch strafbar!

„Trau dich doch", sagte Monika leichthin und lachte, als ich ihr von Luggis Wirtshaus erzählte, „ich würde gern mit dir eine Nacht der Sünde verbringen." Sowas hatte sie gesagt. Mir wurde ganz heiß bei dem Gedanken.

Hatte sie es wirklich ernst gemeint? Ich wusste nicht so recht, aber als ich am Samstag beim Tanz im Colibri wieder Mick Jagger als Einheizer hörte, fragte ich Luggi und am nächsten Wochenende fuhren Monika und ich wahrhaftig mit dem Fiat nach Braunschweig. Sie hatte sich für eine Heimatfahrt von der Schule abgemeldet.

Luggi hatte mich genau instruiert. „Vorher rufst du an und reservierst. Dann gehst du vorne an der Ecke in die Wirtsstube, an die Theke, zahlst für das Zimmer. Der Wirt fragt nicht viel, gibt dir den Schlüssel. An der Seite, wo's zur Toilette geht, gehst du den Gang entlang, kommst dann hinten durch die Tür aus der Kneipe raus ins Treppenhaus und gleich geradeaus ist das Zimmer. Nebenan die Haustür ist offen, da kannst du sie von hinten reinlassen, ohne dass irgendjemand im Schankraum etwas davon mitbekommt."

Es klappte genauso, wie Luggi es beschrieben hatte. Der wortkarge Wirt hatte mein Herzklopfen offensichtlich nicht mitbekommen oder es interessierte ihn gar nicht. Die drei Skatspieler am Tisch in der Ecke diskutierten lauthals ihr Spiel. Hatte der Dicke jetzt Re gesagt oder nicht? Ein Mann saß auf einem Hocker vor dem Geldspielautomaten. Vor der Musikbox tanzte ein etwas angestaubtes Pärchen einen Beat-Fox.

Als ich aus dem Kneipenraum durch den Gang ins dämmrige Treppenhaus kam, konnte ich zunächst den Lichtschalter nicht finden. Dann schloss ich das Zimmer auf und stellte meine Tasche auf einen Stuhl neben dem Eingang. Sollte ich Monika sofort holen oder besser noch ein wenig Zeit verstreichen lassen? Im Zimmer roch es nach abgestandenem Zigarettenrauch. Sehr einladend sah es nicht aus. Ein kleiner Tisch, ein

Stuhl, das Einzelbett an der rechten Wand, davor ein kleiner Nachtschrank. Neben der Tür gab es in dem länglichen Raum ein Garderobenbrett mit Haken. Nur oben an der Kopfwand befand sich ein schmales Fenster. Man konnte nicht hinausschauen. Die nackte Glühbirne unter der Decke verströmte kaltes, weißes Licht, aber es war zumindest angenehm warm im Zimmer. Dann entdeckte ich eine kleine Nachttischlampe, schaltete sie ein und konnte das grelle Deckenlicht ausmachen. Ich stand unschlüssig da und dachte mir, dass es besser sei, keine Beurteilung der Situation abzugeben. Ich wollte mir nicht eingestehen, dass es im Grunde erbärmlich war.

Ich holte Monika. Ich winkte ihr und wir gingen schweigend durch den Flur und auch im Zimmer trauten wir uns nicht, laut zu sprechen.

„Sag besser nichts", flüsterte ich. Sie legte ihren Kopf an meine Schulter und ließ einen Stoßseufzer hören. Ich streichelte ihre Wange. „Komm erst mal." Im Stehen umarmten wir uns lange und spürten schließlich gegenseitig die Wärme. Als wir uns küssten, hatten wir uns halbwegs gefunden.

Das Bett war jedenfalls frisch bezogen. Wir hängten nur die Jacken an die Garderobe, legten uns aufs Bett und küssten uns weiter. Darin waren wir Meister. Dann zeigte Monika auf das Bild, das über dem Bett hing. Ich konnte zunächst gar nicht erkennen, was darauf abgebildet war.

„Was ist das?", fragte ich.

„Ich glaube, irgendeine Dünenlandschaft."

„Passt ja gut zu Braunschweig."

„Das ist ein Sehnsuchtsort", sagte Monika.

„Ich halte meine Sehnsucht hier im Arm", sagte ich.

Wir küssten uns wieder. Ich hatte plötzlich das Gefühl, wir küssten uns nur, um nicht etwas anderes zu tun, tun zu müssen.

„Sollen wir uns ausziehen?", fragte ich.

„Es ist doch erst acht Uhr. Noch ein bisschen früh, oder?"

„Was sollen wir denn sonst machen?"

Monika sagte: „Ich habe ein Kartenspiel dabei. Wir könnten etwas spielen." Sie kramte in ihrer Tasche.

Dann rückten wir das Nachtschränkchen in die Mitte vor das Bett. Es schrappte über den Boden. „Nicht so laut", sagte sie. Wir benahmen uns wahrhaftig wie Einbrecher oder wie Kinder beim Blättern in verbotener Lektüre. Jeder setzte sich auf einer Seite vom Schränkchen auf die Bettkante und wir spielten eine Weile Mau-Mau, ohne viel dabei zu sprechen. Monika gewann zweimal hintereinander. Im nächsten Spiel legte ich eine Sieben, sie hätte zwei zusätzliche Karten ziehen müssen, konterte aber ebenfalls mit einer Sieben. Als von mir dann die dritte Sieben kam, warf sie aufgebracht ihre Karten hin.

„Du hast recht", sagte ich, „das ist auch zu blöd."

Mir reichte es. „Hast du schon mal gehört, dass jemand in der Hochzeitsnacht Mau-Mau spielt?"

Vielleicht war das ein wenig plump, aber war es nicht so? Ich wusste auch, dass bei mir solche forschen Sprüche immer ein Versuch waren, meine eigene Unsicherheit zu vertuschen.

„Entschuldige", versuchte ich dann abzuschwächen.

Monika nahm die Karten, legte sie geordnet wieder in ihre Pappschachtel und sah mich an. „Du weißt, wie sehr ich dich lieb habe. Aber ich habe ein wenig Angst."

Ich stellte das Nachtschränkchen wieder zurück ans Kopfende vom Bett und nahm sie in den Arm. Gern hätte ich ihr durch ein anderes Auftreten etwas Vertrauen und Sicherheit gegeben, aber ich war doch selbst zu konfus. Wir ließen uns zurück auf das Bett fallen und küssten uns wieder. Es war letztendlich Monikas Idee gewesen, diese Nacht gemeinsam zu verbringen, sagte ich zu mir. In Gedanken schob ich ihr, feige wie ich war, die Verantwortung zu. Sie hatte mich gebeten, alles zu arrangieren. Das hatte ich nur zu gern getan, ohne alles wirklich zu überdenken.

„Wenn ich ehrlich bin", sagte sie leise, „hatte ich mir das Zimmer etwas anders vorgestellt. Ein bisschen, na, du weißt schon, etwas romantischer vielleicht. Es soll doch schön sein. Die Liebe ist etwas Besonderes."

Sie hat verdammt recht, dachte ich. Das hat sie so nicht verdient. Ich hätte plötzlich heulen können.

„Komm wir legen uns ins Bett. Die Wäsche ist schön frisch. Dann können wir das Licht ausmachen und sehen alles nicht mehr, die kahlen Wände und die Dünenlandschaft und das komische schmale Fenster da oben."

Jeder zog sich selbst aus. Ich ließ einfach alles zu Boden gleiten. Monika legte ihre Kleidung sorgfältig auf den Stuhl. Wir krochen unter die Bettdecke, knipsten das Licht aus und lagen zunächst steif nebeneinander. Noch spürten wir die gegenseitige Wärme nicht.

„Ich habe mir so oft vorgestellt", sagte Monika mit leiser Stimme, „dass du neben mir im Bett liegst. Ist es jetzt wirklich wahr?" Ich bewunderte sie, weil sie den Mut fand, so zu sprechen.

Draußen fuhr quietschend eine Straßenbahn vorbei. Wir horchten auf. Langsam tasteten die Hände sich dann vor und wagten sich immer weiter in unbekannte Regionen. Hatte ich mir ihren Körper so weich und warm und rund und fest und wunderbar jemals denken können? In all meinen Träumen nicht. Das Streicheln und das Gefühl von nackter Haut ist nicht zu vergleichen, mit nichts, nicht mit den sanften Wellen der See, die deinen Körper umströmen, oder dem zärtlichen Wind des Frühlings, der über die sich zögerlich öffnenden Blüten streicht.

Jemand hatte wohl im Treppenhaus das Licht eingeschaltet, denn ich sah, wie unter dem Türspalt ein Lichtstreifen hereindrang. Ich hielt kurz den Atem an. Dann war es wieder stockfinster.

„Heiner", flüsterte Monika, „so schön habe ich es mir vorgestellt. So wie jetzt. Du hast mich im Arm, du streichelst mich. Hast du auch die Augen zu? Es ist dunkel und ich spüre nur dich. Ich stelle mir vor, wir liegen in einem Schloss in einem Himmelbett mit dicken Brokattapeten an den Wänden. Im offenen Kamin prasselt ein lustiges Feuer." Ich versuchte gern, ihren Gedanken zu folgen. „Oder in einem französischen Landhaus an der Côte d'Azur. Es ist ein warmer Sommertag und wenn wir vom Bett aufstehen und auf der Veranda ins Tal blicken, sehen wir das blaue Meer. Was wäre dir lieber?"

Wir küssten uns wieder. Neben den Träumen kam dann auch zunehmend die Lust hervor. Unsere Bewegungen wurden heftiger. Darauf waren wir eigentlich nicht vorbereitet. Aber meine Anspannung stieg immer mehr. Fast hatten wir dieses erbärmlich Zimmer in der Braunschweiger Vorstadt mit der kitschigen Dünenlandschaft an der Wand vergessen.

„Heiner, warte", sagte sie schließlich, „ich habe gelesen, bei der Entjungferung wird es Blut geben, weißt du das?" Trotz ihrer romantischen Vorstellungen war es wieder Monika, die den kühleren Kopf behielt.

Ich hatte gar nicht so weit überlegt, aber mir fiel ein, dass ich in einem italienischen Film gesehen hatte, wie man nach der Hochzeitsnacht am nächsten Morgen das Laken aus dem Fenster gehängt hatte, auf dem es deutliche Spuren von Blut gab. Die alten, schwarzen Frauen des Dorfes gingen vorbei und registrierten das mit nur kurzen, unauffälligen Blicken. Aber alles musste seine Ordnung haben. Es sollte beweisen, dass die Braut noch Jungfrau gewesen war. Damals hatte ich gestaunt und das dann für eine barbarische Sitte gehalten. Jetzt hatte ich an so etwas gar nicht gedacht.

„Wir legen meinen Pullover unter", sagte ich. Aber irgendwie war die Stimmung dahin. Im Treppenhaus fiel mit einem lauten Knall die Tür zu. Eine betrunkene Männerstimme fluchte laut und dann hörte man polternde Schritte auf der Treppe nach oben.

Meine Erregung hatte schlagartig nachgelassen. Monika streichelte mich. „Es macht nichts", sagte sie, „ich weiß auch nicht, ob es jetzt hier richtig ist. Wir finden sicher noch eine schönere Gelegenheit."

Ich fiel erst einmal in ein tiefes Loch, aber Monika fing mich auf. „Komm, küss mich noch einmal. Und es ist so schön, wenn ich meinen Kopf an deine Schulter lege."

Der Trunkenbold kam draußen die Treppe wieder herunter und verschwand auf die Straße.

Monika war weich und warm und sie hatte sicher das richtige Gespür. Ich fühlte mich ihr absolut unterlegen. Für eine kurze, wilde Begegnung war das hier vielleicht der richtige Ort, dafür hatte Luggi es empfohlen, aber nicht für die Liebe in der ersten Nacht. Es war schön, dass wir in der Umarmung einschlafen konnten.

Schon um halb sechs hörten wir die ersten Geräusche im Treppenhaus. Es waren jetzt nur normale, geschäftige Tritte. Wir hatten die ganze Nacht engumschlungen in dem schmalen Bett geschlafen und einander nicht losgelassen. Wahrscheinlich war Monika auch ein wenig gerädert, so wie ich, aber als ich wach wurde, lachte sie mich an und ich war glücklich.

Am Sonntagmorgen waren die Straßen leer. Es musste in der Nacht geregnet haben, aber jetzt war der Himmel nur noch im Westen grau und auf der anderen Seite würde sich schon bald die Sonne über den Häusern erheben. Die blaue Stunde gab es nicht nur am Abend während der Dämmerung, nun erlebte ich sie bewusst auch am Morgen. Alles wirkte irgendwie sauber und aufgeräumt. Es wehte ein frischer Wind durch die fahlen Straßen. Wahrscheinlich ist der frühe Sonntagmorgen die Zeit, in der es den wenigsten Autoverkehr gibt. Die Straßenlaternen leuchteten noch, obwohl ohne viel Funktion und ohne Notwendigkeit. Die Leuchten hingen einfach oben an ihren langen, schmalen Masten, nicht gelb nicht weiß, nur einfach matt und müde, sie hatten die ganze Nacht brennen müssen und waren jetzt überflüssig. Wir gingen Hand in Hand die Celler Straße hinunter, überquerten auf der Petritorbrücke die Oker und kamen dann in die Innenstadt. Keine Menschenseele weit und breit. Der Fußmarsch tat uns gut, und als wir den Burgplatz erreichten, sahen wir vor der Domkirche auf dem weiten Platz hoch auf einem Sockel den Braunschweiger Löwen. Dieses von Heinrich dem Löwen im 12. Jahrhundert errichtete Denkmal ist das bekannteste Wahrzeichen der Stadt Braunschweig. Dieses Monument gab es also wirklich. Jetzt wirkte es so unscheinbar in seinem grauen Stein, so nichtssagend. „Kenn ich von Luggi. Er hat mir ein Foto gezeigt, auf dem er mit ein paar Fans von Eintracht Braunschweig vor dem Löwen posiert."

„Trotzdem habe ich Hunger und könnte einen Kaffee vertragen", sagte Monika.

Wir fanden eine frühe Bäckerei, wo mehrere Leute schon ihre Sonntagsbrötchen holten, und bekamen Kaffee und Croissants und saßen an einem kleinen Tischchen vor dem Café. Es war noch ein wenig kühl. Jedes Mal, wenn die Tür zum Laden geöffnet wurde, drang mit einem warmen Hauch ein Duft von frischen Brötchen zu uns nach draußen.

„Es war eine wunderbare Nacht mit dir", sagte Monika. Sie drückte sich an mich und umklammerte mit beiden Händen meinen Arm. Nur mit Mühe konnte ich verhindern, dass mir die Kaffeetasse aus der Hand fiel.

6 DER FLÜGEL

Nach unserem Ausflug in das Gasthaus in Braunschweig war Monika noch aufmerksamer und liebevoller mir gegenüber, als sie es sonst schon war. Am nächsten Wochenende sollte ich unbedingt schon am Freitag nach Dienstschluss sofort wieder zu ihr kommen, auch wenn wir uns nur kurz sehen konnten. Wenigstens für eine Umarmung sollte es reichen. Am Samstagabend planten wir dann, einen gemeinsamen Kinobesuch.

Es lief *Die Reifeprüfung* mit Dustin Hoffmann und Musik von Simon & Garfunkel. Alle, die den Film schon gesehen hatten, waren begeistert.

„Aber es ist schon eine verbotene Geschichte, sei darauf gefasst", sagte Monika. Ihre Freundinnen hatten ihr einiges von der Handlung verraten. Zunächst wird der junge Benjamin von einer verheirateten Frau verführt, mit allem Drum und Dran, schlimm genug, und dann verliebt er sich auch noch in ihre Tochter Elaine. Als diese aber von seiner Vorgeschichte mit ihrer Mutter erfährt, ist es wieder aus zwischen ihnen. Ein schöner Traum zerbricht. „Das kann ich nur zu gut verstehen. So etwas hätte ich auch nicht mitgemacht", sagte Monika. Das Ende wollten ihre Freundinnen nicht erzählen.

Der Film lief in Goslar und es war nicht zu schaffen, dass sie pünktlich vor 10 Uhr am Abend in ihrer Schule in Bad Harzburg sein würde. „Das ist mir egal", sagte sie, „ich habe noch nie über die Stränge geschlagen, das muss ich jetzt in Kauf nehmen. Den Film will ich unbedingt sehen."

Ich spendierte Plätze ganz hinten in der Loge, aber es wurde nicht viel herumgefummelt, denn die Handlung nahm unsere ganze Aufmerksamkeit in Anspruch. Obwohl ich es nicht sehen konnte, spürte ich doch, dass Monika mit hochrotem Kopf neben mir saß. Und dann kam dieses aufregende Ende. Benjamin erfährt, dass Elaine auf Druck ihrer Eltern diesen Carl Smith heiraten soll. Sie muss sich als gehorsame Tochter in ihr Schicksal ergeben, aber sie hat Benjamin in einem herzzerreißenden Brief ihre Liebe versichert. Panisch macht der sich im letzten Moment auf zur Kirche, wo die Heirat stattfinden soll, und entführt seine Liebe mitten in der Trauungszeremonie in einem dramatischen Schlussakt. Herzklopfen garantiert.

„Ich habe so sehr mitgefiebert", sagte Monika, „das hättest du sicher auch für mich getan, du hättest doch auch um mich gekämpft."

Arm in Arm gingen wir nach der Vorführung von der Altstadt weg und setzten uns vor der dunklen Kaiserpfalz auf eine Bank. Wir waren hier ganz allein und über uns erstrahlte ein wunderbarer Sternenhimmel.

Mir kam die ganze Geschichte allerdings etwas übertrieben vor. Irgendwie störte es mich auch, dass der junge Benjamin der Liebhaber einer erwachsenen Frau gewesen war. Die hatte ihm schön all das beigebracht, was mir immer noch Kopfzerbrechen verursachte. Ob ich neidisch war? Gut, am Ende die junge Elaine zu entführen, das konnte ich nachvollziehen, aber was da alles vorher war! Diese rein sexuelle Lust. Das wollte ich irgendwie nicht wahrhaben. Wir hatten es in Braunschweig nicht geschafft. Woran hatte es denn gelegen? Monika schien sich darüber keine Gedanken mehr zu machen. Ich empfand unbestimmt, dass es auch mein Versagen war. Das machte mir zu schaffen. Vor allem als Luggi mich nach unserer Rückkehr bestürmte. „Wie war's in der Jägerstube, alter Haudegen? War doch wohl ein erstklassiger Tipp. Ich beneide dich, mit so einem schönen Mädchen! Wann wollt ihr denn wieder hin?"

Monika war zärtlich und anschmiegsam. Die Nacht war noch schön warm und sie zeigte nach oben zu den Sternen. Ich war eher hölzern, wollte jetzt keine romantischen Küsse, lieber noch etwas trinken. „Ach, es ist auch egal, ich komm eh zu spät nach Hause", sagte sie.

Am Markt vor dem Kaiserringhaus konnten wir sogar noch draußen sitzen und bestellten zwei Cola. Wir blickten über den Platz mit dem Marktbrunnen hin zum Rathaus. Der Platz war leer und nur ab und zu ging jemand über das weite Pflaster. Um uns herum saßen andere Pärchen oder kleine Gruppen und unterhielten sich. Immer noch schwärmte Monika von dieser großen Filmliebe. Warum sollte ich ihr widersprechen? Wir blieben sitzen, bis das Lokal schloss. Ich brachte sie zurück nach Bad Harzburg. Unterwegs hinter Göttingerode fuhr ich noch auf einen abgelegenen Parkplatz, stellte den Motor aus und ließ mich ein auf Monikas sehnsüchtige Küsse.

Als ich sie in Harzburg aussteigen ließ, bog sie kurz darauf nach rechts ab. Ich blickte ihr nach. Sie ging am Hotel Richthofen vorbei, wo in der ersten Etage in einem der Zimmer noch Licht brannte. Jemand stand am offenen Fenster und rauchte. Er winkte ihr sogar zu. Sie ging weiter die Papenbergstraße hinauf und erreichte kurz vor dem Beginn des Waldes ihre Schule. Das fünfgeschossige Gebäude mit der Holzfassade lag dunkel da, in tiefem, finsterem Schlaf. Niemand wartete mehr auf sie. So spät war sie noch nie zurückgekehrt, und es war natürlich klar, dass dies ein grober Verstoß gegen die Hausregeln war. Bei vorheriger Abmeldung war es zwar möglich, bis um 22 Uhr Ausgang zu bekommen, aber jetzt war es schon weit nach Mitternacht. Sie hoffte, niemand würde sie bemerken.

Monika ging an der kleinen Mauer im unteren Gebäudeteil vorbei und dann zum Haupteingang hinauf. Sie hatte einen Schlüssel, schloss leise auf und die mächtige Tür tat ihr Bestes, gab außer einem leichten Scharren auf den Eingangsfliesen keinen weiteren Laut mehr von sich.

Sie stand in der dunklen Vorhalle. Links war neben dem Aufzug der Haupttreppenaufgang. Die Doppeltür zum Speisesaal war geschlossen. Auf der anderen Seite schien durch die zwei sehr breiten und oben mit einem Rundbogen versehenen Fenster ein wenig Licht. Sie blieb kurz stehen, um ihre Augen an das Dämmerlicht zu gewöhnen, und konnte sich dann gut orientieren, ohne eine weitere Lichtquelle einzuschalten. Wie ein Eindringling kam sie sich vor, wie ein Dieb, der fremdes Terrain erkundete. Aber ich wohne doch hier, sagte sie sich dann, auch wenn sie sich ihrer Verfehlung bewusst war. Sie hoffte auf einen tiefen Schlaf des Hausvorstehers.

Noch einmal ging ihr Blick in die Runde, bevor sie sich dem Treppenhaus zuwenden wollte, und dabei stießen ihre Augen auf den Flügel, der sich vor der holzgetäfelten Wand zur Rechten abzeichnete. Der irgendwo unsichtbar am Himmel scheinende Mond warf ein schwaches Licht in den Raum hinein. Sie hielt inne. Dieses Instrument hat seinen Namen zu Recht, dachte sie. Sein Korpus ähnelte in diesem dämmrigen Licht wahrlich einem großen, schwarzen Vogel, der aufgeklappte Deckel wie ein riesiger Flügel über dem geschwungenen Leib.

Jetzt sah dieses große Tier sogar ein bisschen bedrohlich aus, und sie dachte: Das kann ich so nicht zulassen. Du bist alles andere als böse. Sie ging die Schritte hinüber, ein wenig knarrte der Bretterboden, und legte eine Hand auf das schwarzlackierte Holz. Sei ruhig, großer, gefangener Vogel, hab' keine

Angst vor mir und ich habe auch keine Angst vor dir. Schon seit langem wollte ich dich kennenlernen. Im schwarz glänzenden Lack leuchteten irgendwelche Lichtreflexe. Sie blickte auf die aufgeschlagene Klaviatur.

So hatte sie den Flügel hier stets stehen sehen, mit aufgeklapptem Deckel und offenen Tasten, war täglich daran vorbeigegangen. Aber nie hatte sie einen Ton gehört. Die älteren Semester erzählten, dass die Frau des Hausvorstehers eine leidenschaftliche Pianistin gewesen sei. Sie hieß mit Vornamen Viola, hatte langes, dunkles Haar, und alle nannten sie auch nur Frau Viola. Im normalen Betriebsgeschehen der Schule war sie kaum in Erscheinung getreten, denn sie saß stets, mit einem grauen Kostüm bekleidet, zurückgezogen in ihrem Büro und erledigte die Buchführung und sämtlichen anderen Schriftkram. Aber am Sonntagvormittag um 11 Uhr spielte sie. Es gab immer eine ansehnliche Schar von Zuhörerinnen, die ihre Darbietungen gespannt verfolgten. Sie spielte gern Klavierstücke von Franz Schubert oder von Frederic Chopin. Das Publikum schien sie nicht zu stören. Nur eine Bedingung hatte sie sich ausgebeten: Am Ende des Vortrags durfte es keinen Applaus geben. Sie wollte nicht wissen, ob es gefallen hatte oder nicht. Sie spielte nur für sich. Sie stand dann auf und ging kommentarlos nach hinten ihrer Wohnung zu, wo ihr Mann sie empfing und in die Arme schloss. Seitdem sie vor zwei Jahren an Brustkrebs gestorben war, ist der Flügel angeblich nicht mehr bespielt worden. Aber er stand immer da in diesem spielbereiten Zustand. Die weißen Tasten aus Elfenbein hatten jedoch mehr und mehr einen etwas gelblichen Ton angenommen.

Noch lag Monikas Hand auf dem schwarzen Körper. Alle Eindrücke des Abends schwirrten durch ihren Kopf. Liebe, Lust, Schmerz, Verzweiflung, Sehnsucht. Um die Liebe muss man kämpfen. Was ist, wenn sie vergeht, wenn sie sich nicht erfüllt?

Und dann schlug sie gedankenverloren mit dem rechten Zeigefinger das eingestrichene C an, in der Mitte der Klaviatur. Sie zuckte selbst zusammen, als der Ton erklang, leicht verstimmt, aber er erhob sich aus diesem eingezwängten Vogelkörper willig und warm und sehnlich in die Weite des großen Raumes heraus. Und da sie den Finger gedrückt auf der Taste ließ, hallte der Ton nach und füllte, zwar schwächer werdend, den gesamten Raum und stieg in der dunklen Stille des Hauses durch alle Winkel, durch das Treppenhaus bis hinauf in die oberste Etage, wo er schließlich aushauchte und verging.

Es war die Magie dieses einen Tons, die Monika dazu brachte, sich auf den Hocker zu setzen, die Hände auf das Klavier zu legen, zart und geheimnisvoll zu beginnen, sodass die ersten zögernden Töne von *Clair de lune* von Claude Debussey erklangen. Das schwebende Gefühl von Einsamkeit und Traurigkeit, das von dem großen, schwarzen Vogel ausging, ergriff das ganze Haus und bald hatten sich, zögernd aus ihren Schlafkammern tretend, mehr und mehr junge Mädchen eingefunden, die oben im Treppenhaus in ihren Nachthemden auf den Stufen saßen und noch schlaftrunken überrascht und fasziniert diesen Klängen lauschten wie im Traum.

Monikas Hände glitten über die Tasten und ganze Passagen aus dem Mondschein-Satz dieser berühmten Suite spielte sie im diffusen Licht leicht dahin. Kleine Fehler störten nicht und wenn ihr einzelne Stellen fehlten, war es kein Problem, sie setzte neu an und fand die Klänge, die ihre Gedanken und Gefühle ausdrückten, und der große, schwarze Vogel breitete die Schwingen aus und trug die Töne in das ruhige Haus davon.

Nur zu schnell war dieser Zauber vorbei und die absolute Stille trat wieder an die Stelle der schwebenden und geheimnisvollen Klänge. Alle, die oben auf den Treppenstufen saßen, wussten: kein Applaus. Sie huschten zurück in ihre Betten. Nur Monika blieb noch auf dem Klavierhocker sitzen. Sie schloss die Augen, legte noch einmal ihre Hand auf den Flügel. Dann schlich sie leise, leise hinauf in ihr Zimmer.

Am Nachmittag des nächsten Tages bemerkte sie, dass der große Deckel auf dem Korpus geschlossen war. Sie blieb stehen und sah auf dieses neue Bild, da seit ihrer ersten Ankunft hier im Haus der Flügel immer offen gestanden hatte. Das ließ zwar auch alle Staubablagerung zu, demonstrierte aber, dass das Instrument jederzeit bereit war, bespielt zu werden. Auch die Klaviatur war jetzt mit ihrem Deckel verschlossen.

Über den Umweg von Fräulein Heller, eine ihrer Lehrerinnen, erfuhr man, dass der Herr Hausverwalter in der vergangenen Nacht einen Traum gehabt habe. Im Halbschlaf sei es ihm vorgekommen, als ob jemand auf dem Flügel eine Melodie gespielt habe. Ein eisiger Schreck durchfuhr ihn. Er getraute sich nicht, sich im Bett auch nur zu bewegen. Niemand außer seiner Frau war berechtigt, hier einen Ton anzuschlagen. Und jetzt mitten in der Nacht! Wie konnte das sein? In seinem Wachtraum sah er Viola in einem langen weißen Kleid vor dem Instrument sitzen. Der Kopf war nach geradeaus gerichtet, die Hände lagen auf den Tasten. Es erklang Musik. Es war wunderschön.

Zudem wurde ihm im Traum bewusst, dass seine Frau vor zwei Jahren gestorben war. Er kannte auch das Stück nicht; es war nicht Schubert und auch nicht Chopin. War es möglich, dass dort ein Geist ihn mit einem Verwirrspiel in Verzweiflung führen, dass er dort in der Vorhalle am Flügel saß und ihn in den Wahn treiben wollte? Nun traute er sich erst recht nicht, sein Bett und sein Schlafzimmer zu verlassen. Er lag bewegungslos und lauschte. Die Töne klangen so sanft und einschmeichelnd herüber, dass er sich dann aber wieder beruhigte und einschlief. Aber am nächsten Morgen stand alles wieder vor ihm.

Er rief Fräulein Heller zu sich, doch die versicherte ihm, es sei in der Nacht alles ruhig gewesen. Sie habe geschlafen und nichts gehört. So musste er von einem intensiven Traumerlebnis ausgehen. Den Flügel klappte er eigenhändig zu. Monika vernahm von diesem Instrument nie mehr einen einzigen Ton.

7 DIE BLECHTROMMEL

Das Buch war schon ziemlich dick, fast 600 Seiten, eng bedruckt. Das war wirklich eine Aufgabe. Ich ging nämlich nur bedingt mit Neugier und Leselust an diesen Wälzer heran, vielmehr war ich immer noch so in das schulische Lernen verstrickt, dass ich diesen Roman im Grunde als Pflichtlektüre ansah, nur mit dem Unterschied, dass ich mir diese Pflicht selbst auferlegt hatte. Es war einer meiner zahlreichen Versuche, mich auf ein Leben als Student der Literatur und auf ein Leben mit intellektuellen Ansprüchen überhaupt vorzubereiten. Wer oder was mir diesen Drang vermittelt hatte, war mir ziemlich schleierhaft. Das Elternhaus oder bemühte Lehrer schienen mir da nur bedingt die Wegweiser gewesen zu sein. Denen gegenüber hatten wir oft den Katzenbuckel gezeigt. Aber irgendetwas muss doch hängengeblieben sein.

Dieses Buch von Günter Grass galt als einer der am meisten gelesenen Romane der Nachkriegszeit und war in der Kritik nicht unumstritten, von hochgelobt bis skandalös. Das reizte mich und schien mir für einen beflissenen Studenten der Literatur, der ich doch werden wollte, eine nicht zu umgehende Lektüre zu sein.

Der Roman war eingeteilt in einen ersten, einen zweiten und einen dritten Teil. Daneben gab es verschiedene Kapitel mit eigenen Überschriften. Das mochte ich. Das würde sicher die Übersicht beim Lesen erleichtern. Die einzelnen Kapitel hatten so zwischen zehn und fünfzehn Seiten. Insgesamt waren es 46 Kapitel. Das Jahr hat 52 Wochen. Wenn ich ein paar Wochen Urlaub und Weihnachten abzog, blieb für jedes Kapitel eine Woche. Das müsste doch zu schaffen sein. Ich lehnte mich ziemlich zufrieden zurück.

Als ich Monika stolz von meinem Plan berichtete, sah sie mich ein wenig verstört an. „Was machst du dir da vor, Heiner? Lesen soll doch Spaß machen. Entweder hast du Lust, dieses Buch zu lesen, oder du lässt es sein. Es gibt so viele gute und spannende Bücher, dass ich mich doch nicht zu einem zwinge, das ich eigentlich gar nicht lesen will. Soll ich dir was Schönes empfehlen?"

Das passte mir nicht. „Du machst doch auch stupide gymnastische Übungen, um deine Fitness oder was weiß ich zu steigern. Dazu hätte ich auch keine Lust."

„Nun sei nicht gleich eingeschnappt", sagte sie, „dann fang doch einfach mal an und sieh, wie es dir gefällt."

„Pass du auf, dass du nicht nur deinen Körper trainierst und deinen Intellekt vergisst." Ich wusste, das war ziemlich ungerecht, aber ich war ungehalten, weil sie meinen schönen Leseplan nicht honorieren wollte. „Weißt du überhaupt, wer Günter Grass ist und welche Bedeutung sein Werk hat?"

„Nun komm mal wieder runter, mein Süßer", sagte sie, „mein Vater besitzt sogar ein Jazzbilderbuch mit von Grass übersetzten Texten. Das ist von ihm eigenhändig signiert. Er hat Günter Grass und seinen Freund Horst Geldmacher, der Blockflöte spielte, in der Düsseldorfer Altstadt erlebt."

Ich konnte es kaum ertragen, dass sie mir über war. „Die Blechtrommel ist kein Bilderbuch. Das ist eins der meist diskutierten literarischen Werke der Zeit. Das gehört zum Bildungskanon. Deshalb muss ich es lesen." Sie winkte ab.

Am Wochenende waren alle aus der Kaserne ausgeflogen. Ich hatte auf die Heimfahrt verzichtet, weil ich mich am Sonntag mit Monika treffen wollte. Am Samstag hatte sie irgendeine Schulung mit einem externen Trainer, die sie nicht versäumen wollte. Ich lag deshalb in der Stube auf meinem Bett, dem unteren Teil einer Doppelschlafstelle, und nahm die Blechtrommel zur Hand.

Zugegeben: ich bin Insasse einer Heil- und Pflegeanstalt, mein Pfleger beobachtet mich ...

Das fing ja gut an. Ich meinte nicht den Inhalt des ersten Satzes des Romans, sondern ich stolperte über die Rechtschreibung. Ich hatte gelernt, dass nach einem Doppelpunkt das erste Wort eines vollständigen Satzes großgeschrieben wird. Das war hier also ein offensichtlicher Fehler. In einem so wichtigen Buch! Selbstgefällig lobte ich mich, dass ich das festgestellt hatte. Oder war ich nur ein Korinthenkacker? Sollte ich mich mit so etwas aufhalten? Dann würde ich die 600 Seiten niemals schaffen. Also weiter.

Der Ich-Erzähler Oskar bittet seinen Pfleger Bruno um fünfhundert Blatt *unschuldiges Papier*. Er will wohl seine Geschichte aufschreiben. Bruno stellt klar: *Sie meinen weißes Papier, Herr Oskar*. Und als Leser erfahre ich, dass der unverheiratete, kinderlose Pfleger Bruno aus dem Sauerland stammt. Ja, das war doch mal interessant! Das musste der Grass dann ja wohl auch gekannt haben. Ich merkte plötzlich auf. Aber letztlich war dieser Anfang eine zähe und mühsame Geschichte. Oskar, der Erzähler, teilt uns mit: *Ich beginne weit vor mir*, und dann erzählt er von seiner Großmutter und ihren vier Röcken. Nach fünf Seiten hatte ich schon meine Probleme. An eine solche Lektüre war ich einfach nicht gewöhnt.

Aus der Stube nebenan kam Berti herein, der aus Herne stammte. Er hatte keinen Urlaub bekommen und musste das Wochenende in der Kaserne verbringen. Wir hatten über die Aktion, die dazu geführt hatte, schallend gelacht, aber unser Gruppenführer fand seine Provokation gar nicht lustig.

Beim Stubendurchgang oder wann immer ein Dienstvorgesetzter die Stube betrat, musste der erste Grenzjäger, der ihn erblickte, *Achtung* rufen. Darauf hatte zu folgen, dass jeder Anwesende im Raum seine augenblickliche Tätigkeit unterbrechen und in strammer Haltung verstummen musste. Berti wollte nun diesen Ritus lächerlich machen, hatte einen Kameraden als Spion an der Tür postiert, der ihm die Ankunft des Wachtmeisters signalisierte, und stand dann scheinbar rein zufällig, aber doch minutiös darauf vorbereitet, splitternackt in Habachtstellung vor seinem Spind. Die Situation war grotesk und überraschend, und da einige der Kameraden anfingen, glucksend zu lachen, konnte sich auch Berti schließlich nicht mehr halten und ließ ein unterdrücktes Lachen hören. So dumm konnte der Wachtmeister nicht sein, als dass er dieses abgekartete Spiel nicht durchschaut hätte. Prompt wurde Berti der Wochenendfreigang untersagt.

„Und warum bist du hier", fragte er mich, „hast du auch Ausgangssperre?"

Ich war etwas ungehalten, weil er mich störte. „Ich liebe den Harz. Was soll ich zu Hause?"

Er tippte sich mit dem Finger an die Stirn.

„Woher kommst du denn?"

„Aus dem Sauerland", sagte ich, „den Ort kennst du sicher nicht."

„Ich war schon mal im Sauerland, in Küstelberg, das ist in der Nähe von Winterberg. Da war ich mit meinen Eltern mal eine Woche im Gasthof Lichte zur Sommerfrische."

„Das ist im Hochsauerlandkreis, ich weiß. Wo ich herkomm, da gibt es aber eine Talsperre."

„Lad mich mal ein", sagte er, „kann man da Boot fahren?"

Er stand unschlüssig vor meinem Bett. „Was liest du denn da? Kannst du das empfehlen?"

„Ich weiß noch nicht. Habe gerade erst angefangen. Ist von Günter Grass."

„Hab ich noch nie was von gehört. Ist das ein Krimi oder was?"

„Ich glaube nicht."

„Wie? Ich glaube."

Der ging mir auf die Nerven. „Darfst du raus aus der Kaserne?", fragte ich.

„Nee, scheiße."

So konnte ich ihn loswerden. Ich sagte: „Ich will jetzt mal in den Ort. Wir sehn uns dann später."

Berti schob wieder ab. Den war ich los. Ich musste also das Buch weglegen, nahm meine Jacke, ging zur Pforte und dann weiter den Berg runter zur Stadt. Vor der Kaiserpfalz setzte ich mich auf die Stufe eines der beiden bronzenen Reiterstandbilder und blickte über die abendliche Stadtkulisse. Berti und Günter Grass war ich entkommen.

8 COLIBRI

Das Lokal hatte Luggi entdeckt oder von schon länger hier stationierten Kameraden als Tipp bekommen. Hier ging es am Wochenende rund. Von der Kaserne in der Wallstraße aus war es nur ein kurzer Fußweg bis hinunter in die Altstadt, links an der Kirche vorbei lag das Colibri in der Marktstraße. Wochentags eher eine normale Altherrenkneipe, wurde am Wochenende die Schiebetür zum hinteren Saal aufgeschoben, das Licht gedimmt und durch bunte Leuchten und eine Discokugel wieder aufgepeppt. Ein DJ legte die Platten auf. Die Heizung war hier nicht angedreht, aber vom Schankraum breitete die Wärme sich langsam aus, bis es durch die Tanzenden immer wärmer wurde. Hier wurden die Songs aus der Hitparade gespielt oder auch die gängigen Evergreens und auf der Tanzfläche wurde gerockt oder gekuschelt, je nachdem. Viele Jungens aus der Kaserne waren hier auf Mädchenfang und die Mädels ließen sich gern den Hof machen.

Dieses spezielle Verlangen hatte ich eigentlich nicht, denn Monika war ja nur ein paar Kilometer weiter in ihrem Kurbad, doch wenn die Jungens von der Stube loszogen, war ich meistens auch dabei. Es gab einzelne Paare, die gemeinsam zum Tanzen gekommen waren, aber es war schnell zu sehen, an welchen Tischen sich die schönsten Bräute versammelt hatten, die ohne Begleitung erschienen waren. Sie kicherten, schlugen die Beine übereinander, tätschelten ihre hochgesteckten Taft-Frisuren, saugten mit ihren Trinkhalmen ein bisschen an der Limo, besserten mit dem Lippenstift heimlich ein wenig das Rot aus und blickten scheinbar harmlos in die Runde. Setzte die Musik ein, gab es oftmals schnelle Spurts und regelrechtes Gedränge an besagten Tischen, wo die Jungs mit den schmal gebundenen Schlipsen die Schönen zum Tanz aufforderten. Das ließ erst nach, wenn sich im Laufe des Abends schon einige Pärchen gebildet hatten oder andere der Kavaliere sich immer mehr an ihren Bierchen festhielten, weil die Richtige nicht gefunden worden war.

Zum Tanzen war ich nicht besonders aufgelegt und ließ den anderen gern den Vortritt. So blieb ich dann manchmal einfach sitzen, beobachtete das Geschehen und genoss die Musik. Sie spielten hier wirklich die besten Scheiben. *The Last Time* von den Stones, *Mr. Tambourine Man* von den Byrds, *Hey Jude* von den Beatles und *Baby Love* von den Supremes. Roy Black und Freddy Quinn waren nicht so mein Fall.

Es kann sein, dass ich allein an meinem Tisch mehr auffiel als die schnellen Tänzer und deshalb in das Blickfeld geriet. So kam, als alle anderen nach *Oh, Pretty Woman* tanzten und den Text lauthals mitsangen, plötzlich ein Mädchen herüber und setzte sich neben mich. Sie sah süß aus, hatte eine Frisur mit einem vorn in der Stirn gescheiteltem Pony und die Haare hinten nur wenig hochgesteckt. Das erinnerte sogar ein bisschen an Brigitte Bardot.

„Hast du ein Holzbein, oder warum tanzt du nicht?", fragte sie keck.

„Du bist ja ganz schön frech", antwortete ich. Man musste sehr nah zueinander kommen, so laut war die Musik. Unsere

Gesichter waren ganz eng beieinander. Sie roch nach Cola und irgendeinem Hippie-Parfüm.

„Nein, eigentlich gar nicht. Eher ein wenig schüchtern." Davon war jetzt aber nichts zu merken. Ich lächelte sie an. Im ersten Moment war ich ganz angetan von ihr. Sie sah mich mit strahlenden Augen an. Das überraschte mich. Aber ihr Überfall kam ein wenig ins Stocken. Hatte sie wohl noch mehr als ihre Eingangsfrage vorbereitet?

„Beatles oder Stones?", sagte sie dann.

„Eher Beatles", war meine Antwort.

„Dann passen wir ja zusammen."

„So, meinst du?"

Jetzt war ich ein wenig sprachlos. Aus den Boxen dröhnte die Musik.

Als ich nicht weiter auf sie ansprang, schien ihr Mut schon nachzulassen. Mehr als diese paar Sätze hatte sie sich offensichtlich nicht zurechtgelegt. Sie sagte nichts mehr und sah ein wenig unsicher hinüber zur Tanzfläche, auf der es hoch herging. Ich wollte nicht arrogant sein. Eigentlich fand ich es gut, dass sie sich als Mädchen getraut hatte, mich anzusprechen. Das entsprach so gar nicht den Gepflogenheiten.

„Wenn was von den Beatles gespielt wird, tanzen wir zusammen", sagte ich, „hol deine Cola ruhig rüber und setz dich zu mir."

Sie war nur ganz wenig geschminkt und trug ein bis zum Hals geschlossenes, dunkelblaues Kleid, das oben einen kleinen, weißen Kragen hatte, aber unten als Minikleid doch eine beachtliche Beinfreiheit zeigte. Wie ein Schulmädchen, ging es mir durch den Kopf. Sie hielt ihr Glas in der Hand und zog an dem Strohhalm. Ihre Hand war zart und klein. Es schien, als ob ihre Gesichtsfarbe ziemlich blass sei. Wir blickten beide zur Tanzfläche hinüber, aber ich merkte, dass sie immer wieder zu mir herüber blinzelte.

„Du bist nicht von hier, sonst wärst du mir sicher schon früher aufgefallen, du bist aus der Kaserne, stimmt's? Da kommen ja viele der Jungs her, die hier sind. Meine Eltern mögen die Leute vom Grenzschutz, die sorgen für unsere Sicherheit, und mein Vater sagt, der Standort ist auch gut für die Wirtschaft der Stadt."

Ich stippte sie mit dem Finger auf die Nase. „Was redest du da? Ich glaub, du bist ein wenig zu erwachsen", sagte ich.

Sie lachte. „Das hat mein Vater auch schon mal zu mir gesagt. Dabei interessiert mich das gar nicht, die Wirtschaft und die ganze Politik."

Ich wusste nicht, ob ich sie bewundern oder ihre naive Einstellung kritisieren sollte. Durch sie wurde ein Zwiespalt offenbar, der mich auch beschäftigte. Womit setzte ich mich denn auseinander? In der Schule hatten wir eher versucht, ohne großen Aufwand das nötige Pensum zu schaffen. Irgendwie hatten unsere Lehrer bei uns kaum das Bewusstsein entwickelt, dass es nötig war, aus der Geschichte zu lernen oder uns möglichst viel Wissen anzueignen, geschweige denn, dass wir uns auch Gedanken um unsere Zukunft machen mussten. Der Geschichtsunterricht hatte kurz nach dem Ersten Weltkrieg geendet. Mit dem erfolgreichen Schulabschluss standen uns alle Wege offen, ohne dass wir uns allzu viel bemühen mussten. Erst nach und nach und meist mit wenig reflektierten Einflüssen war auch ich mit Fragen der Gesellschaft konfrontiert worden. Was sollte ich mich da über dieses Mädchen erheben?

Dann lief *Penny Lane*. „Siehst du", sagte sie erfreut, „extra für uns." Es war kein schneller Tanz, aber auch kein Blues zum Klammern. Wir tanzten gesittet. Sie war ganz nah vor mir und blickte mich ernst an. Ich sah, dass ihre Augen mit einem ganz dezenten Lidstrich unterstrichen waren. Nur ein Atemhauch trennte uns. Ich hatte beide Hände an ihre schlanke Taille gelegt. Von der Diskokugel reflektiert, strichen immer wieder

Lichtstreifen über ihr Haar und ihr Gesicht bis hinunter über Schultern und Brust. Die Tanzfläche war voll, die Musik so laut, dass Gespräche kaum möglich waren. Ich konnte mich ganz auf sie einlassen und liebte die Musik und diesen Tanz und spürte warm die Nähe zu diesem Mädchen. Nun lächelte sie.

Der Discjockey machte eine Pause. Es sollten mal wieder ein paar Getränke bestellt werden. Alle gingen zu ihren Plätzen. Sie setzte sich zurück zu den anderen Mädchen.

Wir vier Jungens an unserem Tisch bestellten uns jeder einen *Escorial grün* mit Eiswürfeln. Dieses Modegetränk erregte schönes Aufsehen, denn der hochprozentige Kräuterlikör wurde in den flachen Likörschalen am Tisch angezündet und brannte kurz mit kleiner Flamme. Es sollte nicht zu lange sein, da sonst der Alkohol immer schwächer wurde. Aber die Mädels vom Tisch nebenan sahen begeistert herüber. Wir fühlten uns toll.

Später gab es eine Damenwahl und Fräulein Bardot kam und bat mich zum Tanz. Sie nannte sich Gina, sprach es italienisch aus wie bei Gina Lollobrigida. Da ich sie schon bei der Bardot verortet hatte, sparte ich mir eine Bemerkung. Und mir wurde gerade noch früh genug bewusst, dass ich ihr nicht unrecht tun sollte. Denn sie war nicht aufgemacht wie ein Sexsymbol, sondern ein hübsches, normales Mädchen. Die blöden Vergleiche hatte ich mir nur in meinem Kopf ausgedacht, angestachelt von irgendwelchen Werbefuzzis und Klatschspaltentanten. Hier kam Peggy March, *Mit 17 hat man noch Träume*. Auf der Tanzfläche um uns herum wurde ganz schön geklammert, wir blieben jedoch eher reserviert, wenngleich ich spürte, dass Gina sich vielleicht gern ein wenig an mich geschmiegt hätte. Wollte ich das auch? Aber sie hatte recht gehabt, ein wenig schüchtern war sie wohl wirklich und von mir ging natürlich auch keine Initiative aus. Monika lag jetzt sicher wohlbehalten im Internat im Bett.

Ohne zu reden, blieben wir noch zwei Songs lang auf der Tanzfläche. Ich legte den Arm um ihre Hüfte und unsere Hände drückten sich fest. Mehr und mehr berührten wir uns. Dann brachte ich Gina, wie es sich gehörte, zum Tisch zurück. Beim Tanzen hatten wir es nicht gewagt, aber jetzt sahen wir uns in die Augen. Und ihr Blick kam bei mir an. Es ging mir durch und durch.

„Ich muss gehen", sagte sie. „Du wirst es nicht glauben", sie lachte kurz verlegen, „aber eigentlich habe ich nur Ausgang bis um zehn. Und durch den schönen Tanz mit dir habe ich die Zeit schon überschritten. Wenn ich ein bisschen Ärger bekomme, war es das aber wert. Meine Eltern sind da streng. Wenn ich 21 bin und volljährig, dann könne ich tun, was ich will. Bis dahin müssten sie für mich sorgen. Naja, das ist ja noch ein bisschen hin." Sie zuckte mit den Schultern. „Danke noch mal, Heiner." Ich nickte ihr zu. „Ich hoffe, wir sehen uns wieder." Sie nahm ihre Handtasche von der Stuhllehne, hängte sie über die Schulter und mit ihrer Freundin zusammen ging sie zum Ausgang. Ich sah ihr nach, bis sie das Colibri verlassen hatte.

Meine Kameraden hatten jetzt auch keine Lust mehr zu tanzen. Etliche andere der Mädchen hatten wie Gina das Colibri um 10 Uhr verlassen. Wir setzten uns nach vorne in den Schankraum und begannen mit dem berüchtigten Todesknobeln. Zehn Bier und zehn Korn wurden bestellt. Alles stand auf dem Tisch und es ging los. Mehr als ein Würfel und ein Becher wurden nicht gebraucht. Er wurde reihum gewürfelt. Jede Eins ein Bier, jede Sechs ein Korn aus der Mitte.

Zwei Durchgänge lang hatte ich Glück. Zuerst musste ich ein Bier nehmen, aber das war okay, ich hatte noch Durst. Dann ging ich leer aus. Besser so, dachte ich. Aber die Schlagzahl nahm zu. Von den zehn Korn kamen insgesamt drei an mich. Eigentlich reichte es mir, aber lautstark wurde der zweite Satz geordert.

Ich dachte noch einmal an Gina. Ihre Eltern hatten recht, sie nach Hause zu holen. Diese sinnlosen Rituale waren nichts für Mädchen wie sie. Und ich dachte an Monika, die jetzt sicher schon in einem erholsamen Schlaf lag. Aber ich würfelte schon wieder eine Sechs. Ein Bier hätte ich besser vertragen, doch es war noch einmal ein Schnaps. Die Kameraden klatschten im Rhythmus und ich musste ihn kippen. Bei dem nächsten Korn schüttelte ich den Kopf und ging zur Toilette und musste mich übergeben.

Der Abend hatte schön begonnen und jetzt fühlte ich mich elend. Am Waschbecken spritzte ich mir etwas kaltes Wasser ins Gesicht. Das abgegriffene Handtuch konnte ich aber nicht benutzen. Ich wischte mir nur mit den feuchten Händen über die Wangen und dann über die Hose. Mir war übel. Als ich wieder zum Tisch kam, grölten alle laut auf und klatschten Beifall: Wer aufgibt, muss die ganze Zeche zahlen. Ich wusste Bescheid, so war die Regel.

9 IM CAFÉ

Eine Woche lang hatte ich Bereitschaftsdienst, aber am Sonntag, meinen ersten wieder freien Tag, fuhr ich hinüber ins vornehme Harzburger Bad. Natürlich ging es mit Monika ins Café Peters.

Das Wetter war trübe, der Sommer wollte nicht kommen. Der Himmel zeigte sich nur grau in grau. An diesem Tag regnete es sogar, wenn man dieses feine Sprühen denn Regen nennen konnte. Schon öfter hatte ich das Gefühl gehabt, hier am Westrand des Harzes konnte sich der Wettergott noch nicht entscheiden, richtige Tropfen herniederzuschicken, und man wusste nicht, ob man sich in einer Nebelwolke befand oder ob es doch schon Regen sein sollte, wie er dann erst später oben in den Bergen niederfallen würde. Die Nässe zog in die Kleider und machte alles klamm. Ich wäre trotzdem lieber am Kleinen Burgberg etwas spazieren gegangen, hätte die Tropfen beobachtet, die sich allmählich auf den Blättern bildeten, oder runter ins Tal über die Stadt gesehen, die sich langsam den Berg hinaufzog, wo sich Wolkenschwaden wie nasse Lappen über die hohen Häuser aus Holz legten. Auch meinem leeren Kopf hätte das sicher gut getan. Aber sie wollte am Sonntag immer in dieses Café. Was wichtig war: „Es ist ein Traditionshaus und existiert schon seit fünfzig Jahren." Wir aßen dann ein Stück Baumkuchen oder Baisertorte mit Stachelbeeren.

„Das bin ich am Sonntag so gewöhnt", sagte Monika jedes Mal, „das ist doch ein schöner Brauch, findest du nicht auch? Mit meinen Eltern bin ich sonntags immer ins Café gegangen, ob im Urlaub oder auch zu Hause in Meinerzhagen. Wenn ich mich am Sonntag schick mache und meinen Schmuck anlege, muss man das doch auch irgendwo zeigen können. Dieses Ritual: Ein guter Kaffee und der Kellner kommt mit dem Kuchen. Das ist doch wunderbar, einmal bedient zu werden."

Ich konnte das nicht so richtig nachvollziehen. Nur an den Geburtstagen gab es bei uns zu Hause mal Kuchen und der wurde dann von meiner Mutter selbst gebacken, meist war es Blechkuchen, Apfelstreusel oder Buttermilchkuchen. Ich dachte an den Streuselkuchen bei den Beerdigungen.

Na, ich konnte es jedenfalls noch besser ertragen als ihre zweite Vorliebe, das Bummeln an den Schaufenstern entlang und durch die Geschäfte. Modeläden, kleine Boutiquen, Teelädchen oder Juweliergeschäfte – sie hatte doch von allem genug, was musste man hier noch nach einem Seidenschal, dort nach einer kurzen Lammfelljacke oder nach einer goldenen Armbanduhr sehen, die sowieso so teuer war, dass man sie niemals kaufen würde. „Oder vielleicht doch", sagte Monika und himmelte mich von der Seite an, „vielleicht wirst du mal so reich, dass du nur dein Scheckheft zücken musst, um mir einen solchen Wunsch zu erfüllen."

Wir waren die lange Treppe zum Eingang des Cafés hinaufgestiegen. Links vor dem Haus gab es die Gartenterrasse mit Pflanzenkübeln aus Terrakotta zwischen den Tischen und jetzt heruntergeklappten Sonnenschirmen, von denen das Wasser tropfte. Es war kein Wetter, um draußen zu sitzen. Wir hängten unsere nassen Jacken an die Garderobe, die überquoll von ebensolchen feuchten Kleidungsstücken. Jetzt zeigte sich bei Monika ein kleines, schwarzes Kostüm. Aus dem lang geschnittenen Reverskragen ragte oben eine weiße Bluse mit Rüschen hervor. So ganz passte ich mit meiner Jeans und einem karierten Hemd nicht zu ihrem Outfit. Ein gedämpftes Stimmengewirr empfing uns und ein Duft von frischem Kaffee.

Wir gingen zur Theke und besahen die Auslage. Eine endlose Reihe von kunstvollen Torten und feinen Kuchen war im Angebot. Wir wählten aus, setzten uns und kurz darauf wurden die Kuchenstücke zu unserem Tisch gebracht.

Bei unserem ersten Besuch hier im Café hatte ich auf die Baisertorte gezeigt, na ja, die reizte mich, weil sie irgendwie außergewöhnlich aussah, oben weiß und aufgespritzt-bizarr mit kleinen, schaumartigen Wülsten. Ich hatte dazu gesagt, dass ich gern davon wählen würde, dieses außergewöhnliche Gebäck aber auf gut Deutsch als Baiser mit ai ausgesprochen, wie das Wort Kaiser. Daraufhin hatte mich die strenge Kuchenchefin so strafend angesehen, dass ich schon fürchtete, sie würde mich ungebildeten Barbaren gleich an die frische Luft und in den strömenden Regen befördern. Und ich merkte auch, dass Monika mein Auftritt etwas peinlich war. Ich entsprach wohl nicht so ganz ihren Caféhaus-Gepflogenheiten.

„Der Baumkuchen hier hat so eine feine Schicht von Aprikosenmarmelade", schwärmte sie stattdessen. Sie löste mit der kleinen Kuchengabel ein Stückchen von der Kuvertüre, die als Glasur um die Kuchenrolle gelegt war und naschte vorsichtig daran. Ich blickte ein wenig konsterniert. „Meine Mutter meint, das sei der König der Kuchen. Da hat sie wirklich mal recht. Nun guck nicht so. Du musst einfach mal genießen."

Ich war ein wenig unzufrieden, weil die Woche um war und ich mein Kapitel in der Blechtrommel wieder einmal nicht geschafft hatte. Und jetzt sollte ich mich mit verschiedenen

Kuchenspezialitäten beschäftigen, die man mit kleinen Gabeln vorsichtig zerteilen musste und deren Konsistenz zu bewerten war, bevor man überhaupt davon probiert hatte.

„Was ist mit dir, du bist nicht gerade unterhaltsam. Erzähl doch mal was Lustiges."

Oskar, der Blechtrommler, war in seiner Erzählung mit zahllosen Einzelheiten, Namen und Kommentaren inzwischen über die Großeltern, die aus Masuren stammten, und seine Mama, deren Liebhaber Jan und anschließend seinen Vater Alfred bis zu seiner eigenen Geburt gelangt, und dann wird ihm endlich die Trommel versprochen. Das ist doch der Buchtitel. Da horcht man als Leser doch auf. Hoffentlich passiert da mal was, dachte ich. Ich hatte mir nicht vorstellen können, dass die Lektüre so zäh sein würde. Ich war an solchen Lesestoff einfach nicht gewohnt, doch ich wollte nicht aufgeben.

Ich sagte zu Monika: „Ich habe leichte Kopfschmerzen. Mir fällt gerade nichts Lustiges ein."

„Hast du deshalb auch die Trauerränder unter deinen Fingernägeln?" Ich machte ein blödes Gesicht. Was sollte das? War das ein Scherz?

Sie legte ihre Hand auf meine und lachte ein wenig gequält. Sie blickte sich im Café verstohlen um. „Aber im Ernst, die Nägel könntest du dir zumindest am Sonntag mal ein wenig ordentlich machen."

Das wurde mir jetzt doch zu viel. Unwillkürlich zog ich meine Hand weg. „Soll ich dann vielleicht auch im Anzug erscheinen?"

„Schaden würde es nicht. Ich fände es ganz schön. Aber nun sei nicht gleich eingeschnappt, Liebling. Sei doch froh, wenn ich sage, was mich stört."

Meine Stimmung war endgültig dahin. Sie war die Woche über mit Flatterbändern und Gymnastikball in ihrer Gymnastikschule über das Parkett gehüpft, im großen Saal unter dem honigfarbenen Glasdach, während ich am Freitag noch einen Ölwechsel an meinem Lkw gemacht und dann wie an jedem Wochenende den Motor abgedieselt und mit dem Schlauch abgespritzt hatte. Nass und dreckig ging es dann unter die Dusche. Wir taten unser Bestes, um möglichst bald ins Wochenende zu kommen. Vielleicht hatte ich auf die Fingernägel nicht genügend geachtet, mag sein. Und jetzt diese Bemerkung von meiner Liebsten. Ich sah in die andere Richtung und schwieg.

Zum Glück erblickte Monika zwei ihrer Mitschülerinnen aus ihrer feinen Logesschule. „Sieh mal, da kommen Annett und Claudia. Hier sind wir, hallo, kommt herüber."

Ich hatte sie beide schon kennengelernt. Sie tänzelten in ihren Sonntagskleidchen auf unseren Tisch zu. Annett war naiv und albern, hatte große Augen und roch nach einem mir unausstehlichen Parfum. „Das ist Patchouli", sagte Monika anerkennend. Claudia dagegen schien etwas überkandidelt und eingebildet zu sein. Jetzt war ich aber froh über ihr Erscheinen, da sie von der verfahrenen Situation zwischen Monika und mir ablenken konnten.

„Hallöchen, Herr Grenzjäger", sagte Annett ironisch, „warum besuchst du uns nicht einmal in deinem schicken Ausgehrock? Das wäre doch für den Sonntag angemessen. Dein Gewehr kannst du ruhig bei dir zu Hause lassen, wir sind doch Blumenkinder, aber deine grüne Uniform, die würden wir gern doch einmal sehen und die glänzende Schirmmütze."

„Lass ihn", sagte Monika, „er hat heute ein wenig Migräne."

„Oh, das tut mir leid. Komm, Heiner, wir werden dich schon aufmuntern."

Dann ließen sie mich aber zunächst in Ruhe. Sie bereiteten sich auf einen Wettkampf *Gymnastik und Tanz* vor. Ich bekam mit, dass sie sich selbst individuelle Übungen mit einem ausgewählten Handgerät zusammenstellen mussten. Als ich sie etwas irritiert ansah, erklärte Annett sofort: „Reifen, Bälle, Bänder oder Keulen." Ich stutzte: „Keulen?"

Claudia ging darauf nicht ein. „Dabei wird auch die Musik selbst ausgewählt", wandte sie sich an mich, „ich liebe ja Glenn Miller." Sie sah mich auffordernd an.

„Was soll ich sagen", brummelte ich, „ich steh eher auf englische Songs, Beatles und so."

„Ja", rief Annett sofort, „und ich steh auf Udo Jürgens."

„Vielleicht wäre ein Instrumental wirklich besser", wandte Monika ein. „Ich finde die Idee mit Glenn Miller auch nicht schlecht."

Als Annett sagte: „Den kenn ich gar nicht", rümpfte Claudia die Nase. Sie sah mich an: „Was sagst du denn zu Glenn Miller?"

Sollte ich jetzt gestehen, dass ich den auch nicht kannte? Beileibe nicht. „Man müsste erst mal wissen, wie eure Tänze aussehen", lenkte ich ab.

Monika bestellte sich noch einen Kaffee mit einer doppelten Portion Kondensmilch. Sie lebte richtig auf, wippte auf dem Stuhl und ließ ihre Reifen am Arm klingeln.

„Heiner, du musst unbedingt kommen, wenn die Vorführung ist. Nach dem Wettkampf gibt es auch eine Präsentation für Besucher, ein Best-of, ich freu mich so."

Ich ging erst einmal zur Toilette. Ich stand vor dem Spiegel und musterte dann meine Fingernägel. Na ja. Aber war das der Rede wert? Ich roch an meinen Fingern. Dieselgeruch? Eigentlich nicht. Vielleicht sollte ich demnächst Handcreme benutzen? Aber das war doch schon ein starkes Stück, dass sie das beanstanden musste. Ich war regelrecht beleidigt. Monika kam mir plötzlich völlig affektiert vor. Ich hatte die Nase voll und ging wieder ins Café.

Die drei Mädchen waren in ihr Gespräch vertieft. Es ging um neue Kosmetikprodukte, Wimperntusche und Lidschatten.

„Bitte entschuldigt mich. Meine Kopfschmerzen sind doch recht stark. Ihr habt ja viel zu besprechen. Da will ich lieber gehen." Ich beugte mich zu Monika hinüber und gab ihr einen Kuss auf die Wange. Sie hatte kaum ein Gespür für die Situation und offensichtlich nichts einzuwenden und ich ließ die drei zurück, die wieder begannen, begeistert ihren Tanzauftritt zu organisieren.

Als ich zurück in Goslar war, stellte ich das Auto ab. Jetzt wäre noch Zeit gewesen, um mein versäumtes Pensum bei der Blechtrommel abzuarbeiten. Der Abend war ja noch jung, aber ich wollte nicht allein in der Stube in der Kaserne sitzen, wo sie dann nach und nach von der Heimfahrt wieder eintreffen würden. So ging ich noch ins Colibri. Im Lokal war nicht viel los. Der hintere Raum, wo samstags getanzt wurde, war fast leer. An der Theke saßen ein paar Jungens, aber ich kannte keinen. Von Baiser und Kaffee hatte ich erst einmal genug. Karlemann, der heute die Theke machte, stellte mir ungefragt ein Getränk hin.

„Knobelst du einen mit?", fragte er und hatte den Becher schon in der Hand. Natürlich hatte ich nach der Misere mit Monika Glück im Spiel und gewann dreimal hintereinander. Jedes Mal ein Korn. Wie furchtbar. Während des Knobelns versuchte ich seine Fingernägel zu überprüfen. Wenn ich es richtig sah, waren sie aber sauber. Das kommt wahrscheinlich von Gläserspülen, dachte ich. Vielleicht sollte ich einen Job als Barkeeper annehmen. Aber es war klar: Monikas Nörgelei wurmte mich immer noch.

„Was bist du heut so wortkarg?", fragte Karlemann, „Glück im Spiel, Pech in der Liebe?"

„Vielleicht."

„Da kann ich dir aber Mut machen. Gestern war Gina da und sie hat sich nach dir die Augen wund gesehen. Ich glaub wirklich, du hast bei der ordentlich Eindruck gemacht."

Ich horchte kurz auf, ging dann aber darüber hinweg. „Lass sein. Komm wir knobeln noch einen."

Diesmal verlor ich gegen Karlemann.

Dass er Gina erwähnt hatte, beschäftigte mich dann doch. „Kennst du sie näher?", fragte ich schließlich beiläufig.

„Sie ist Verkäuferin in einem Souvenirgeschäft an der Ecke vom Marktkirchhof."

Ich kannte das Geschäft. Jeder, der vom Rathaus und der Altstadt zur Kaiserpfalz gehen will, kommt dort vorbei. Keine schlechte Lage, dachte ich.

„Lass die Finger von ihr", sagte Karlemann, „das ist ein nettes Mädchen." Er rührte noch einmal den Knobelbecher. Ich verlor schon wieder und winkte ab. „Lass es für heute gut sein, ich habe kein Glück mehr." Karlemann hatte sowieso an der Theke zu tun. Mit seinen sauberen Fingernägeln zapfte er ein paar Bier.

10 DER FORSTWIRT

Als wir auf das Gymnasium wechselten, um dort das Abitur zu machen, war uns Ottomar nicht mehr gefolgt. Er sollte später den väterlichen Hof erben und bewirtschaften. Das nötige Wissen dazu hatte er sich von Kind auf in all den Jahren durch die tägliche Mitarbeit automatisch angeeignet. Natürlich wusste er, wie man Kühe oder Schafe melkt. Er konnte Trecker fahren, seitdem er zehn Jahre alt war. Apfelbäume schneidet man im Februar oder März. Hoch auf die Leiter, das war ein Spaß!

Zusätzlich begann er nach der Schulzeit eine Ausbildung zum Forstwirt. „Zu den Aufgabenfeldern gehört das, was ich sowieso gern mache und was ich für unseren Betrieb brauche", hatte Ottomar gesagt, „die Pflege der Waldbestände und auch deren Verjüngung. Die Wege im Wald müssen unterhalten werden und ich muss den Wald vor negativen Einflüssen durch Wild oder Schädlinge schützen." Die dreijährige Ausbildung absolvierte er in Menden im Märkischen Kreis. Er hatte sich im Haus eines Metzgermeisters einquartiert. Mit der kleinen Kammer, die er während der Zeit bewohnte, war er zufrieden.

Zum Wehrdienst wurde er nicht eingezogen. Ich vermute, es war begründet durch seine amputierte linke Hand, die er schon als Kind bei einem Unfall in der verfluchten Kartoffelsortiermaschine verloren hatte. Aber davon sprach Ottomar nie. Wenn über die Einberufung zur Bundeswehr geredet wurde, führte er stets seine Arbeit bei der Feuerwehr an, durch die er freigestellt werde. Ich war mir nicht so sicher, ob der vom Trecker gezogene Löschwagen ihn wirklich vor den Soldaten geschützt hatte, aber er begann jedenfalls seine Ausbildung.

„Weißt du, Heiner, es ist auch nicht schlecht, wenn ich mal für eine Zeit lang aus dem Dorf rauskomme", hatte er zu mir gesagt, „die Mädchen hier kenne ich doch alle. Du bist da ja eher ein treuer Husar. Und wenn du dich einmal entschieden hast, ist das auch gut so. Bei mir kann es nicht schaden, wenn ich mal mit anderen Bräuten in Kontakt komme." Er lachte mich herzlich an. „Und ich freue mich darauf, die modernen forstlichen Maschinen kennenzulernen, die heute bei der Holzernte eingesetzt werden."

Jetzt hatte er die Abschlussprüfung bestanden, hatte sogar die Ausbildungszeit um ein halbes Jahr verkürzen können. Auf dem Hof der Familie in Hunswinkel lud er zur großen Feier ein. Die gesamte Jugend des Dorfes und der Umgebung war anwesend. Natürlich musste ich auch anreisen, während Monika aber nicht dabei war. Ihr großer Wettbewerb Gymnastik und Tanz fand an diesem Wochenende statt. Ich fuhr allein mit dem Fiat in die Heimat und es lohnte sich sogar, da mir wegen der Pfingstfeiertage vier freie Tage zur Verfügung standen.

In der Scheune hinter dem alten Gesindehaus wurde am Samstag die Tenne freigeräumt und blankgefegt, Bänke und Tische wurden aufgestellt und eine Musikanlage sorgte für die nötige Beschallung. Schon am Nachmittag ging es los. „Wir lassen es krachen, bis die Habichte im Wald Reißaus nehmen und die Rehe Samba tanzen", hatte Ottomar voller Energie gesagt. Hatte der frischgebackene Forstwirt denn nichts über Schutz und Hege des Wildes und der Vögel im Walde gelernt?

Jedenfalls ging es am Nachmittag noch etwas ruhiger zu und es war schön, ein paar alte Gesichter wiederzusehen. Ich freute mich besonders über Jutta. Sie fiel mir sofort auf, als sie über den Hof kam. Sie sah strahlend aus, trug mit etwas längeren Haaren jetzt eine neue Frisur und war schlicht und sportlich gekleidet. Ich sprang gleich auf und eilte auf sie zu. Wir umarmten uns.

Sie machte eine Ausbildung zur Apothekenhelferin, PTA nannte man das jetzt. Sie arbeitete in der Apotheke in Meinerzhagen, deren Inhaber der Freund des hiesigen Dorfdoktors war. Ich war vor Jahren mit ihm dort gewesen, als er für die kranke Inge Penicillin bekommen hatte. „Und der Doktor will mich überreden, dass ich anschließend noch Medizin studiere und seine Praxis hier übernehme", sagte Jutta lachend.

Wir hatten uns auf den Holzstapel hinter dem Gesindehaus gesetzt, wo es ein wenig ruhiger war. „Und du", fragte sie, „bist du immer noch mit Monika zusammen?"

„Ja, schon, uns hat es ja beide in den Harz verschlagen. Da müssen wir dort fern der Heimat zusammenhalten."

„Es ist ein wenig traurig, dass alle auseinanderlaufen. Inge arbeitet in einem Hotel in Schmallenberg und Wolf bei einem Fuhrunternehmen. Da machen sie Umzüge und so was. Manchmal sieht man den wochenlang nicht. Aber wir haben Glück, heute zum Fest ist er da. Du wirst ihn sicher sehen. Sonst ist von unserer alten Clique nur noch Irmchen hier, auf dem Hof von Vater Toni, und jetzt endlich auch wieder Ottomar."

Jutta hatte eine angenehme Stimme. Ich fühlte mich sofort wieder wohl in ihrer Nähe. „Du siehst gut aus", sagte ich, „und irgendwie bist du richtig erwachsen geworden. Ich glaub es nicht, ich muss Respekt vor dir haben."

„Nein, bitte nicht. Wir waren von Kind an gute Freunde." Sie sah mich jetzt direkt an. „Weißt du eigentlich, dass ich als Jugendliche richtig verliebt in dich war?" Sie wurde doch wahrhaftig rot im Gesicht. Und mir war es auch ein wenig peinlich.

„Vielleicht habe ich es gespürt", entgegnete ich. Ich dachte zurück an unsere gemeinsame Tour mit dem Paddelboot. „Du bist mir auch nicht gleichgültig gewesen, aber ich war ja …"

Sie beugte sich herüber und gab mir einen Kuss auf den Mund. „Bitte, sag nichts. Ich wollte dich nur mal küssen. Das habe ich mir früher so oft vorgestellt. Du warst der Stern in meinen Teenagerträumen. Alles ist gut. Ich bin in festen Händen, ich habe einen Freund, er heißt Gerhard und kommt vielleicht später noch." Sie fasste mich an der Hand und zog mich hinüber zur Tenne. „Der Kuss musste jetzt sein. Los, da spielt die Musik."

Vor und in der Scheune war es schon ziemlich voll geworden. Ein Vetter von Ottomar legte Platten auf und feuerte die Leute an. Im Gewühl entdeckte ich auch meine Schwester Anne. Ich musste mir klar machen, dass sie schon 15 Jahre alt war und auch mitmischen wollte.

Bei weitem am ausgelassensten war Ottomar selbst. Es war sein Tag und er führte in jeder Beziehung die Polonaise an.

Plötzlich tauchte er mit einem Esel auf, den er aus dem Stall geholt hatte, und wollte zum Reiten animieren. „Eine Runde über den Hof für eine kleine Spende. Für einen wohltätigen Zweck natürlich", lachte er, „die Tür vom Spritzenhaus braucht einen neuen Anstrich."

Ein Bursche aus Oberworbscheid stand sofort parat, aber mit seiner Bierflasche in der Hand schwankte er ein wenig. „Kein Alkohol auf Esels Rücken", rief Ottomar laut, „bitte mach Platz." Alles lachte. „Wie wär es denn mir dir, mein Fräulein", wandte er sich an ein kleines Mädchen, und als sie zustimmend lachte, hob er sie auf den Esel, gab ihr mit seinem Arm ein wenig Halt und umrundete mit dieser Fracht den Hof. „Die Gebühr fürs Reiten zahle ich für dich", sagte Ottomar. Alle klatschten und der Vetter an der Musikmaschine spielte *Ein Jäger aus Kurpfalz* und schon sangen alle mit:

Ein Jäger aus Kurpfalz
der reitet durch den grünen Wald
und schießt sein Wild daher,
gleich wie es ihm gefällt.
Ju ja, ju ja! Gar lustig ist die Jägerei
allhier auf grüner Heid.

Bei den weiteren Strophen waren die anwesenden Gäste nicht mehr so textsicher, aber man nahm doch wahr, wie es in der letzten Strophe hieß:

Jetzt geh ich nicht mehr heim,
bis dass der Kuckuck kuckuck schreit,
allhier auf grüner Heid.

Daran wollte man sich halten. Und um die Zeit zu überbrücken, wurde getrunken und getanzt und gelacht und getrunken. Und ich war wirklich begeistert, wie der Herr Forstwirt immer wieder mit neuen Ideen und ansteckendem Frohsinn die Stimmung anheizte, ohne dass er selbst jemals als Gastgeber die Kontrolle verlor.

Mittlerweile war es stockfinster geworden. Und je lauter die Musik hämmerte, desto weniger konnte man sich unterhalten, und je mehr getrunken wurde, umso schwerer wurde auch die Zunge. Ich tanzte mit Jutta und sie küsste mich auf der Tanzfläche noch einmal, diesmal sogar etwas länger. Ihr Gerhard war wohl nicht gekommen. Aber niemand nahm davon Notiz.

Etwas abseits in Richtung des Bachs stiegen plötzlich ein paar Raketen in die Luft. Und Ottomar entzündete kleine Feuerräder, die er an aufgestellte Dachlatten genagelt hatte. Als Assistentin half ihm meine Schwester, aber ich hatte den Eindruck, dass sie nicht mehr so ganz sicher auf den Beinen war. Die Musik hatte kurz ausgesetzt, und als die Funken sprühten, applaudierten alle.

Dann wurde der Tanz wilder. Ein paar der Jungens hatten Strohballen auf die Tenne geworfen und stießen sich gegenseitig darüber, sie kugelten sich herum, warfen das Stroh in die Höhe und der Spaß fand erst dann ein Ende, als sich zwei Burschen ernsthaft in die Haare bekommen hatten und anfingen, aufeinander einzuprügeln.

„Schluss jetzt!", rief Ottomar dazwischen. Seine Mutter und seine Tante brachten Platten mit belegten Brötchen und heiße Bockwürste, die auf einen ausgeklappten Tapeziertisch gestellt wurden. „Für jede Flasche Bier mindestens ein halbes Brötchen", rief Ottomar, „dann geht's euch wieder besser."

Ich blickte in die Runde und versuchte, meine Schwester zu entdecken. Ihr würde ein Brötchen sicher auch guttun. Aber ich fand sie nirgends. Als ich in die Scheune ging, sah ich sie mit einem Jungen ganz hinten neben einem Heulader sitzen. Sie knutschten so intensiv, dass sie mich gar nicht kommen sahen.

„Hallo", sagte ich, „es gibt Brötchen, wenn ihr euch nicht beeilt, ist bald alles weg."

„Bestimmt mit Leberwurst. Nä, lass mal, das gibt schlechten Atem."

Ich kam mir ziemlich blöd vor, hier den Anstandsonkel für meine Schwester zu spielen. Aber unsere Mutter hatte mich verpflichtet, ein Auge auf Anne zu halten. Seit meine Eltern sich endgültig getrennt hatten und ich jetzt auch noch weg war aus dem Dorf, fühlte sie sich in ihrer Rolle als alleinige Verantwortliche häufig bei der Erziehung meiner

Schwester überfordert. Manche im Dorf warfen einen kritischen Blick auf unsere geschrumpfte Familie, das störte unsere Mutter nicht. Dem Vater gegenüber aber wollte sie unbedingt beweisen, dass sie allein zurechtkäme. Dabei hätte ich sie gern unterstützt, denn ich hatte mich entschieden, nach der Trennung die Partei meiner Mutter zu ergreifen. Es ging nicht anders. Beide wollten mich auf ihre Seite ziehen. Das hatte mich völlig überfordert und die Entscheidung war das einzige Mittel, nicht verrückt zu werden.

„Bitte, Anne", sagte ich, „sei doch vernünftig!" Was redete ich da für einen Schwachsinn. Ich wusste es selbst und ging zurück zur Tanzfläche.

Jutta hatte auch schon einen gehörigen Schwips und hakte sich gleich bei mir unter. Das passte mir im Moment überhaupt nicht, und bevor wir uns zu etwas hinreißen ließen, was wir beide eigentlich nicht wollten, verschwand ich im Dunkeln, ging über die Brücke am Bach und von dem Trubel weg den Waldweg hinauf ein Stück Richtung Schützenwiese.

Nur schwach war der Weg als eine Schneise im finsteren Wald rechts und links zu erkennen. Die tiefen Wagenspuren brachten mich ein wenig aus dem Tritt, obwohl ich diesen Weg schon zur Genüge gegangen war. In dieser Dunkelheit entschied ich mich, in der Mitte des Weges zu laufen, um nicht ins Stolpern zu geraten. Eine warme Feuchtigkeit war in der Luft zu spüren. Ich atmete tief und roch den schweren Duft der Fichten, den ich schon seit meiner Kindheit kannte. Die unteren Zweige reichten weit hinunter in den Weg. Heute, an Ottomars Fest, wollte ich keine Probleme.

Für den Hof mit seinem Vieh und seinen Feldern, für die Wege und den Wald und das Wild darin würde Ottomar jetzt sorgen. Plötzlich bewunderte ich ihn. Er war immer der Draufgänger gewesen, der Mädchenheld, der Spendierer, der handfeste Kerl, manchmal der Aufschneider. Seine Probleme hatte er oft weggedrängt, hatte sich durchgebissen. Hatte ich ihm manchmal Unrecht getan, als ich mich von seiner rauen Art absetzen musste? Jetzt hatte ich den Eindruck, dass er der Richtige war, der hier die Stellung halten würde. Er hatte alles im Griff. Er zeigte Verantwortung. Für ihn bedeutete das hier viel mehr als für mich. Ich kam mir ein bisschen wie ein Verräter vor, weit weg im Harz mit meiner Vorliebe für Gedichte und dem leidigen Studium der *Blechtrommel*. Was hatte das mit dem Leben hier im Dorf zu tun?

Ach was, sagte ich dann zu mir, werde nicht sentimental. Ich ging zurück zur Musik und zum Tanz. Es lief gerade ein fetziger Rock'n'Roll und Jutta, die die ganze Zeit nach mir Ausschau gehalten hatte, zerrte mich auf die Tanzfläche. Wir wirbelten uns herum und fielen dann in den Strohhaufen. Wir lachten schallend. „Ich bin so froh, endlich wieder hier zu sein!"

11 IN DER JAGDHÜTTE

Der Sonntag war nach der ausgiebigen Feier, die bis zum frühen Morgen dauerte, nur als Ruhetag zu gebrauchen. Eine unbarmherzige Sonne stach hinunter ins Sauerländer Mittelgebirge, aber niemand wollte die Augen aufschlagen. Kopfschmerz und Schlafentzug herrschten vor. Am darauf folgenden Pfingstmontag beabsichtigte ich dann, mich auf die Rückfahrt nach Goslar zu machen. Eine elend lange Autofahrt stand bevor, über Dortmund, Bielefeld und Hannover, fünf Stunden Fahrt musste ich einrechnen. Unterwegs wollte ich aus Hagen noch einen anderen Kameraden mitnehmen. So konnten wir uns die Spritkosten teilen.

Mein kleiner Fiat 500 tat es aber absolut nicht. Er stand wie beleidigt im Hof, sprang nicht an und ließ sich zu nichts bewegen. Verzweifelt orgelte ich so lange, bis die Batterie völlig leer war. Warum ließ er mich im Stich? Ich stieg ratlos aus, schlug ihm völlig verärgert mit der flachen Hand heftig aufs Dach. Ottomar zuckte mit den Schultern. Er sagte: „Da kann nur Wolf helfen."

Er wohnte bei seinen Eltern im alten Bahnhof von Krummenerl. Am Vortag bei der Feier hatten wir uns nur kurz umarmt und bei all dem Trubel kaum mehr Zeit gehabt, miteinander zu reden. Jetzt lieh ich mir ein Fahrrad und fuhr nach Krummenerl. Beim Trampeln kam ich langsam wieder auf normale Betriebstemperatur. Wolf lag noch im Bett, war aber schnell auf den Beinen und fuhr gleich mit mir zurück nach Hunswinkel.

„Die Batterie müssen wir aufladen, woll, das braucht einen Tag, aber damit ist es nicht getan", war seine schnelle Diagnose. „Die Zündkerzen sind verrußt und vielleicht musst du auch die Zündspule ersetzen. Wo willst du das jetzt am Feiertag so schnell herkriegen?"

Ich war verzweifelt. „Ja, du musst wohl hier bleiben", sagte Ottomar lachend, „ein Ladegerät für die Batterie habe ich in der Scheune, das ist kein Problem. Können wir gleich anschließen. Und dann erst mal Gelassenheit. Wir können ja schön noch eine kleine Nachfeier machen."

Nach langen Überlegungen schien die einzig brauchbare Möglichkeit der Gang zum Doktor zu sein. Wir gingen hinunter zur Listerstraße. Im dritten Haus wohnte der Doktor. Der freute sich sehr, mich zu sehen, wenngleich wir ihn nach dem Mittagessen von einem ausgiebigen Mittagsschläfchen wecken mussten. Als er die Tür öffnete, wirkte er ein wenig zerzaust. Auf der rechten Wange meinte man noch den Abdruck des Sofakissens zu sehen. Sein Oberhemd war an der Seite etwas aus der Hose gerutscht. Jetzt, da ich ihn nur noch sehr gelegentlich sah, kam er mir plötzlich alt vor. Er war wohl schon über das Rentenalter hinaus, aber er praktizierte immer noch. Das war ein Glück für das Dorf und seine Umgebung, da ein Nachfolger nicht in Sicht war. Wer wollte hier in dem kleinen Kaff in einer Praxis arbeiten? Bald würde man sicher mit dem Bus in die Stadt fahren müssen, wenn man ärztlichen Beistand benötigte.

Mit seinem gütigen und wohlwollenden Blick sah er mich an. „Heiner, mein Junge, blendend siehst du aus. Schön, dass du hier bei uns bist. Ja, ihr werdet richtige Männer, da kann ich bald aufs Altenteil gehen. Ich bin wirklich zufrieden, wenn ich daran denke, wie ich euch großgezogen habe, durch alle Wehwehchen hindurch. Ziegenpeter und Kopfläuse, meine Güte. Aus dir ist was geworden und auf Ottomar können wir stolz sein. Er ist der richtige Mann hier fürs Dorf."

Wir erläuterten ihm die Situation. Er hielt kurz inne. „Na, huste mal", forderte der Doktor mich auf. Er versuchte, ein besorgtes Gesicht zu machen. „Oh, das hört sich nicht so gesund an. Und Fieber hast du auch?"

Ich wollte gerade den Kopf schütteln, da kam er mir zuvor. „Du musst gar nichts sagen, ich weiß, wie elend du dich fühlst, die Frühjahrsgrippe grassiert jetzt überall. Fahrtüchtig wirst du nicht sein und dienstfähig schon gar nicht. So leid es mir tut, ich muss dich krankschreiben, keine Widerrede."

Ottomar und Wolf, die mitgekommen waren, grinsten hinter seinem Rücken. Der Doktor sah mich vielsagend an. „Aber ich kenne dich ja, du bist aus Sauerländer Holz geschnitzt, du überstehst das schon. Nur", er machte eine kleine Pause, „ich muss dich etwas länger krankschreiben, sonst glauben die das nicht." Er kniff mir ein Auge zu. „Diese Woche wirst du wohl noch hierbleiben müssen. Keine Widerrede. Ich werde persönlich in der Kaserne in Goslar anrufen."

Draußen auf der Straße konnten wir kaum noch an uns halten. Der Doktor war einfach nur grandios. Er hatte mir eine Woche Urlaub geschenkt. Wolf war Beifahrer und Packer bei einem Speditionsunternehmen. Bis zum kommenden Wochenende hatte er keine Tour. Und die Waldwege, die Rebhühner und die jungen Fichtenbestände mussten auf Ottomar, den frisch gebackenen Forstwirt, erst einmal verzichten. Wir hatten fast eine Woche nur für uns!

Als ich Monika telefonisch über meine krankheitsbedingt verspätete Rückkehr informierte, war sie sehr aufgeregt. Ich erreichte sie am Telefon. Man konnte nach dem Abendessen zwischen 18 und 20 Uhr in ihrer Schule anrufen, musste jedoch manchmal ein wenig Geduld haben. Am einzigen Festnetzapparat unten in der Eingangshalle hatte dann jeweils eine der Gymnastikstudentinnen Telefondienst und rief bei Anrufen laut durch das ganze Haus nach der gewünschten Gesprächspartnerin. Manchmal musste sie auch hinauf bis in den vierten Stock laufen und jemandem in ihrem Zimmer Bescheid sagen, wenn das Radio zu laut gestellt war. Das konnte dauern. Diesmal erreichte ich Monika sofort. Es schien, dass sie am Telefon gewartet hatte.

„Heiner, ich habe bei der rhythmischen Sportgymnastik den zweiten Platz belegt." Sie war ganz außer sich vor Freude und plapperte los. Die Musik, die Einsätze, die Übungen und Figuren, alles hatte wunderbar geklappt. Lediglich die rhythmischen Schritte seien bei einer Übung nicht lang genug gewesen." Aber bei der Flugphase des Handgeräts habe sie sogar eine zusätzliche Körperdrehung machen können. „Stell dir vor!"

Meine gravierende Grippe interessierte sie kaum. „Ich bin so glücklich", sagte sie immer wieder und ich gratulierte ihr aufrichtig. „Ich melde mich dann", sagte ich und legte auf.

Den Kameraden aus Hagen, den ich auf der Rückfahrt zur Kaserne mitnehmen wollte, hatte ich ganz vergessen.

„Erst mal machen wir das letzte angebrochene Fass leer", sagte Ottomar. „Ich bin ja bei der Feier ziemlich zu kurz gekommen." Wir setzten uns mit frisch gezapften Halbliterkrügen auf die Bank vor der Scheune. Man konnte im T-Shirt sitzen, so warm war es schon am Mittag. Überall lag verstreutes Stroh, hier und da kullerten ein paar leere Flaschen. Die Hühner pickten nach alten Brötchenresten. Noch hatte keiner sauber gemacht. „Das war eine gelungene Party", sagte ich und Wolf pflichtete mir bei.

Ich kam erst jetzt dazu, ihn genauer anzusehen. Er sah richtig gut aus, groß gewachsen, gebräunte Haut und längeres, fast schwarzes Haar, schicke Armbanduhr. Wenn er nach der Feierei jetzt auch nicht frisch rasiert war, hatte er doch nichts mehr an sich von dem, was ihn früher gekennzeichnet hatte. Als Kind war er immer ein wenig ungepflegt und ärmlich gewesen, der Junge aus den Baracken eben. Aber schon damals hatte er sich gegen alle Widerstände durchgebissen. Auch der Lehrer hatte ihn nicht klein gekriegt. Jetzt war er ein Bursche geworden, der Eindruck machte.

„Die Mädchen von Meinerzhagen bis Attendorn stehen auf Wolf", sagte Ottomar, „glaub mir, er kann sie alle haben."

„Und Ottomar hat sogar eine flotte Braut in Menden. Das weiß zwar hier noch keiner, aber dir kann ich es ruhig erzählen. Es ist sicher nur eine Frage der Zeit, wann er sie zu sich auf den Hof holt."

Dazu gab Ottomar keinen Kommentar ab.

Wolf sah mich an: „Und Monika? Immer noch die alte Liebe?"

Ich nickte. „Na dann", sagte ich, „ist ja jeder von uns gut versorgt."

Ottomar kam mit den Krügen zurück. Er hatte sie alle drei mit Rechts gepackt. Links trug er eine Prothese. Ich hatte seinen Unfall in Kindertagen miterlebt, der ihm die Hand zerquetscht hatte. Er hatte vergeblich versucht, eine Herzkartoffel aus der Maschine zu greifen. Aus dem Hemd heraus schaute jetzt links eine Hand, ausgebildet mit einzelnen, steifen Fingern und in Hautfarbe, auf den ersten Blick gar nicht als Ersatzhand zu erkennen. Er stellte die Krüge ab. Wir griffen zu und tranken.

Ich fand es herrlich, hier zu Hause mit den alten Freunden zu sitzen. Ich lehnte mich zurück und ließ mein Gesicht von der Sonne bescheinen, bis eine frische Bö über den Platz zwischen der Scheune und dem alten Gesindehaus wehte, wo ich früher in der oberen Etage mit meiner Familie gewohnt hatte.

„Wie geht es Oma Johnke?", fragte ich Ottomar.

„Das weißt du noch nicht? Die ist vor drei Monaten gestorben" antwortete Ottomar, „die liegt jetzt oben auf dem Friedhof."

Ich zuckte zusammen. Ich hatte nie damit gerechnet, dass sie einmal nicht mehr da sein könnte. „Die 100 hat sie nicht mehr geschafft, aber immerhin 95 ist sie geworden."

Ich stellte meinen Krug auf die Erde, stand auf und ging um das Haus. Da stand noch ihre Bank, auf der sie immer gesessen hatte, und daneben der Holzstoß, wenngleich nur noch sehr wenige Scheite aufgestapelt waren. Diesen erbärmlichen Rest hatte sie wohl nicht mehr verbrennen können. Gut hauszuhalten hatte sicher zu ihrem Wesen gehört. Ihr Herd in der Stube brannte immer, im Winter wie im Sommer. Er hatte gewärmt und sie hatte darauf ihre Speisen und Tee zubereitet, Suppe aufgewärmt oder Gartenfrüchte eingekocht. Es war eine selbstverständliche Aufgabe für uns gewesen, für sie kleines Anmachholz zu hacken oder bei Kösters im Laden mal einzukaufen. Für diese geringen Mühen hatte sie hundertfach zurückgezahlt, mit Rat und Trost und Fürsprache und Linderung bei Schmerzen jeglicher Art, vom Insektenstich bis zum Liebeskummer. Sie war die Anlaufstelle gewesen für unsere Kinderprobleme, für Ärger mit den Eltern oder in der Schule und für all die komplizierten Fragen nach dem Sinn des Lebens. Und jetzt? So eine altehrwürdige Persönlichkeit musste doch fehlen.

„Ihre beiden Zimmer unten sind noch ungenutzt. Der Ofen und das schwere Bett stehen noch drin. Kann ich nicht mehr vermieten. Keine Nachfrage. Jeder im Dorf hat doch seine Wohnung oder sein Haus, und die jungen Leute, die zu

Hause ausziehen, gehen doch eher weg vom Dorf." Ottomar zuckte mit den Schultern.

„Wir werden die Gelegenheit nutzen, die der Doktor uns verpasst hat", sagte er dann. Er schien eine Idee zu haben und wir sahen ihn an. „Ihr kennt doch unsere Jagdhütte hinterm Nockelberg. Da ist dringend eine Inspektion nötig."

Noch wussten Wolf und ich nicht, worauf er hinaus wollte. Aber wir kapierten dann schnell. „Wir nehmen den kleinen Unimog von der Feuerwehr und machen eine Manöverfahrt. Einmal im Jahr muss unsere Einsatzbereitschaft getestet werden. Der Wagen ist natürlich vollgetankt. Morgen früh geht es los, Männer."

Er dachte an alles, Proviant, Getränke, Wolldecken, Handtücher, Taschenlampen. Wir staunten. „Na, drei, vier Tage können wir doch bleiben. Die Zeit wurde uns doch vom Doktor geschenkt."

Die Hütte lag vom Weg aus etwas versteckt hinter einem kleinen Fichtenwald. Sie sah eher ein wenig breit aus, wie ein flacher Holzbungalow mit nur mäßig schräger Dachfläche, nicht wie man sich ein malerisches Jäger- oder Hexenhaus vorstellt. Über der Tür war nicht einmal Platz für ein kleines Hirschgeweih. Man spürte beim Betreten, dass schon längere Zeit niemand mehr hier gewesen war. Es roch ziemlich muffig. Wir wollten frische Luft hereinlassen. Zwischen den Fensterflügeln und den Klappläden davor hatten sich Unmengen von Fliegen einen Platz zum Überleben gesucht. Einige krabbelten noch herum, aber die meisten streckten schon die Füße von sich. Mit einem Handfeger wurden sie nach draußen befördert. Insgesamt sah alles jedoch ganz annehmbar aus und das Innere versprach schon eher ein wenig Jägerromantik.

Es gab eine typische, rustikale Sitzecke mit Eckbank und Stuhlkissen. Die Kuckucksuhr darüber musste erst aufgezogen und gestellt werden, bevor sie sich doch nur als ein nicht funktionierendes Schmuckelement erwies.

Rechts und links daneben hingen runde Zinnteller mit Jagdmotiven. Nicht so ganz unser Geschmack. Auf einem Querbalken unter dem Dach standen ein paar ausgestopfte Vögel, ein Eichelhäher mit seinem typischen himmelblau und schwarz gebänderten Seitengefieder, ein bunt gefärbtes Männchen einer Tauchente und das Tierpräparat einer Elster. Alles Gefieder war stark verstaubt. Näher wollte man das nicht untersuchen. An der Wand zwischen den beiden vorderen Fenstern hingen dekorativ eine Sense und ein Dreschflegel, begleitet von langen Spinnwebfäden.

An Ende des Raumes gab es eine Anrichte mit Kochplatte und Waschbecken und hinter einer Tür sogar eine innenliegende Toilette, wenngleich als Plumpsklo mit Eimer und ohne Wasserspülung. Immerhin ein kleines Fenster nach außen. Unsere Getränke verstauten wir unter der Kochtheke. Die Lebensmittel kamen in das Regal darüber.

Unser erster kleiner Rundgang brachte gleich eine unangenehme Überraschung. Wir gingen hinter der Hütte ein wenig den Hang hinauf, Beine vertreten, na gut, und Ottomar versprach von einer freien Stelle aus einen herrlichen Blick über die Lister- bis hin zur Biggetalsperre. Vom Weg ab gingen wir querfeldein etwas mühsam über ein kleines Wiesenstück und an einem Mischwald entlang. Wolf schien schon keine Lust mehr zu haben. Wir warteten auf den freien Ausblick und waren erstaunt, als Ottomar plötzlich am Rande der Wiese stehen blieb, wo ihn etwas ganz anderes in Anspruch nahm.

„Seht euch diese Sauerei an!" Er bückte sich hinunter und Wolf und ich fragten sich, was er da entdeckt hatte. „Wenn ich diese Saubande zu fassen kriege!"

Wir mussten zweimal hinschauen. „Das ist eindeutig eine Drahtschlinge." Jetzt sahen wir es auch. An einem dünnen Baumstamm war ein Draht befestigt, der dann zu einer 20 Zentimeter weit offenen Schlinge gebogen war, die sich zuziehen konnte, falls eine Beute hineinlief und im Fluchtreflex daran zog. Ottomar war fassungslos.

„Die Saukerle wollen Hasen fangen. Das nennt man professionelle Wilderer. Sie haben die Schlinge so platziert, dass die Tiere hineinlaufen, wenn sie ihre üblichen Wege nehmen. Wenn die Tiere Pech haben, können sie sich selbst nicht mehr befreien und sind hoffnungslos gefangen."

Wir standen erstaunt, Ottomar war wütend. Er löste den silbernen Draht von dem Baum, knickte ihn zusammen und hielt ihn in der Hand. Wir blickten um uns, aber nirgends war ein Tier zu sehen.

„Hasen sind nachtaktive Tiere", sagte er, als er sich ein wenig beruhigt hatte, „erst ab der Dämmerung gehen sie auf Nahrungssuche."

„Wo sind sie jetzt?", fragte Wolf.

„Jetzt sind sie noch in ihren Verstecken. Sie scharren sich flache Mulden im Dickicht oder unter größeren Steinen, das ist ihre sogenannte Sasse, wo sie tagsüber liegen. Wenn es langsam dunkel wird, machen sie sich auf. Ihr wisst, was sie fressen. Sie ernähren sich von Gräsern, Kräutern und Blättern."

Er ging los und wir folgten ihm. Nur wenige Schritte weiter zeigte er auf die nächste Schlinge. „Das habe ich mir gedacht", brummelte er und dann waren wir wirklich entsetzt: In der dritten Falle steckte ein toter Hase oder, genauer gesagt, das, was davon noch übrig war. Einer der Läufe war völlig abgenagt und die Seite aufgerissen, so dass die Innereien fehlten.

Wolf und ich sahen Ottomar bestürzt an. „Was weiß ich", sagte er, „Greifvögel, vielleicht ein Bussard, aber auch ein Marder oder ein Fuchs laufen nicht vorbei." Er kniete sich nieder. „Und wie lange war der Hase vorher schon in der Schlinge gefangen, ohne Wasser und Nahrung! Wie schlimm, dass die Bastarde nicht einmal ihre Fallen überprüfen und die Opfer einfach völlig sinnlos verrecken lassen und solche Kadaver produzieren."

„Wartet hier", sagte Ottomar und ging den Berg hinab wieder zurück. Wolf und ich saßen schweigend am Ort dieses böswilligen Frevels. Wir mochten gar nicht hinsehen, wie Ameisen und Aasfliegen sich zu schaffen machten. Nicht lange darauf tauchte er mit einem Spaten in der Hand auf und gab ihn mir. Ich hob eine kleine Grube aus, wir legten den Hasen hinein, bedeckten ihn mit Erde, mit ein paar Stöcken und Steinen. Dann gingen wir zur Hütte zurück.

Obwohl uns zunächst der Appetit vergangen war, stellte Ottomar dann doch schweigend eine große Pfanne auf den Brenner, der aus einer dicken Flasche mit Propangas befeuert wurde. Hinein kamen in Scheiben geschnittene Tomaten, ein Dutzend Eier und darüber gelegt etliche Scheiben vom Goudakäse. Wolf schnitt Brot ab. Unsere Unterhaltung kam nur langsam wieder in Gang.

„Ich finde es einfach schlimm, wenn man Tiere quält. Diese Saubande. Ich möchte wissen, wer so weit hier hinausläuft, um sich einen Hasenbraten zu fangen."

Wir tunkten das Brot in die gebratene Eier-Tomaten-Käse-Masse. Das schmeckte vorzüglich.

„Schluss jetzt damit", sagte Wolf. Er nahm seine Konzertina hervor. Das war ein sechseckiges Handzuginstrument mit einem Blasebalg in der Mitte, naja, so etwas wie ein kleines Akkordeon oder eine Harmonika. Die Knöpfchen an den Seiten werden mit den Fingern gedrückt. Er hatte das Spielen von einem ehemaligen britischen Besatzungssoldaten gelernt, der in den Fünfzigerjahren hier im Sauerland steckengeblieben war. In der Folk-Szene in England war dies ein übliches Instrument. Wir liebten es, wenn er darauf spielte. Jetzt ließ er alle Diskussionen vergessen, legte die Finger auf die Tasten und spielte: ‚Muss i denn zum Städtele hinaus'.

12 KOLONIALWAREN

Als wir am nächsten Abend bei einem Dämmerschoppen in der Hütte saßen, erzählte Ottomar von dem Tag, als der Einkaufsladen von Kösters für immer geschlossen wurde. Ich guckte erstaunt und fragend, und er sagte: „Du bist ja fein raus, du bekommst manches, was im Dorf vor sich geht, einfach nicht mehr mit." War das vorwurfsvoll gemeint, weil ich der Heimat zunächst einmal den Rücken zugekehrt hatte, oder war er ein wenig neidisch, dass ich mich mit solchen Dingen nicht mehr beschäftigen musste?

Die alte Else Köster und ihre Tochter Martha standen am letzten Tag gemeinsam hinter der Theke, beide fein zurecht gemacht, mit sauberen, weißen Schürzen über den dunkelfarbenen Kleidern. Mutter Köster nahm in ausdrücklich aufrechter Haltung und mit ernstem Gesicht die Wünsche der Kunden entgegen. Der Andrang war heute absolut überwältigend. Alle wollten noch einmal hier einkaufen, auch die Frauen, die sie in der letzten Zeit eigentlich im Laden nicht mehr gesehen hatte, die Abtrünnigen, aber die Inhaberin war gnädig und ihr war sehr bewusst, dass heute eine lange Ära zu Ende ging.

„Bitte, wer ist als nächstes dran? Ach du, liebe Heidrun. Ein Viertel Butter. Ist dein Schwager wieder zu Besuch? Sonst esst ihr doch nur Margarine."

„Ja, du hast recht. Unten im neuen Laden gibt's keine lose Butter mehr. Da müsste ich gleich ein halbes Pfund nehmen. So viel brauch ich doch gar nicht. Und dann bitte noch ein Kilo Linsen."

Mutter Köster nahm eine der steifen, braunen Papiertüten und füllte die Hülsenfrüchte aus dem Schubfach hinter der Theke ab. Mit jahrzehntelang eingeübter Handfertigkeit verschloss sie oben geschickt die Tüte.

Fünf Kundinnen standen im Laden, natürlich kannten sich alle, und man hielt während des Wartens wie immer ein ausgiebiges Schwätzchen. Die alte Frau vom Schreiner saß auf dem Stuhl neben dem Gestell mit den Konservendosen. Die Einkaufstasche aus Bast hielt sie auf ihren Knien. Die Magd vom Dahlhaus-Bauern blieb etwas im Hintergrund, aber sie wusste immer sehr viel. Habt ihr schon gehört? Oben beim Kück ist ein neues Kälbchen angekommen und die Frau vom Friseur Fingerhut kriegt einfach ihren Schnupfen nicht los. Aber Hühnersuppe will sie ja partout nicht essen. Mutter Köster unterbrach kurz das Bedienen. „Inhalieren, das hilft immer", sagte sie und machte dann weiter. „Dazu hat sie angeblich keine Zeit. Na, das muss sie selber wissen", meinte Frau Losebrink, die an der Sperre die kleine Pension hatte.

Auch draußen warteten noch drei Frauen aus dem Dorf, die mit ihren Einkaufstaschen zum letzten Mal hier im Laden dabei sein wollten. Einige waren als Kundinnen schon abgesprungen, wollten aber doch heute noch einmal kommen. Anschreiben lassen konnte man leider nicht mehr, denn jetzt war ja endgültig Schluss. Das war das größte Manko. Ein paar Schuldzettel lagen noch in der Schublade, darum würde sich ihr Schwiegersohn Pierre kümmern müssen.

Auf dem Vorplatz hatte Vater Köster zwei Tische aufgebaut und man konnte ein Glas Apfelsaft bekommen. Für die Kinder hatte er Lakritztaler. Sollte sich einer der Männer hierhin verirren, gab es sogar eine Flasche Pils, auf Kosten des Hauses. Als wenn es ein freudiges Ereignis wäre. „Nein, nein", sagte Köster, „nur zum Dank für eure jahrelange Treue. So ist es nun mal. Was soll man machen. So geht die Zeit voran." Er wendete sich zum Bach hin ab, aber stand dann wieder freundlich lächelnd vor seinem Getränketisch.

Bauer Toni von gegenüber kam über die Straße und hockte sich mit Pierre, dem französischen Ehemann von Martha, auf die Klappstühle neben dem Tisch. Dieser steckte sich eine seiner blauen, extrastarken Zigaretten an und hielt die Packung auch Toni hin, aber der winkte entschieden ab. „Pierre, du bist der einzige hier im Listertal, der ein solches Zeug verträgt", sagte er, „aber ohne dich hätten wir im Sauerland auch nie gewusst, dass es noch ein anderes Leben gibt, jenseits von unseren Bergen, nur mit Rotwein und Käse."

Ottomar kam mit dem Trecker den Weg vom Hof heruntergefahren. Er hatte einen Mähmulcher angehängt und hielt neben der Straße am Vorplatz an. „Gibt's was zu feiern?", fragte er.

„Mach mal den Traktor aus und komm", rief ihm Vater Köster zu. Sie setzten sich beide zu Toni und Pierre.

„Letzter Tag für den Laden heute", sagte der alte Mann, „ob man das feiern soll, das ist die Frage. Jedenfalls mal kurz innehalten, das kann man schon, einmal zurückblicken." Als er Ottomar eine Flasche Bier anbot, winkte der ab. „Ich nehm lieber deinen Apfelsaft." Köster fand das gut und stand auf und holte ihm ein Glas.

„Kolonialwaren, phh", sagte er dann, „haben wir doch schon immer im Angebot gehabt, Kaffee, Reis, Gewürze,

Ceylon-Tee. Aber wir waren einfach ein Einkaufsladen, wichtig waren vor allem die Waren von hier, Kartoffeln, Äpfel, Bohnen, Säfte und Wurst."

Er zeigte runter zum neuen Laden an der Sperre. „Was soll das jetzt: Edeka, *Einkaufsgenossenschaft der Kolonialwarenhändler?* Überall machen die neue Läden auf. Über 40.000 Filialen haben die schon. Und die alten Geschäfte kommen nicht mehr mit. Das sieht man ja jetzt bei uns. Was willst du gegen die machen?"

Ille Spratte kam mit ihrer vollgepackten Einkaufstasche aus dem Laden. „August", sagte sie zum alten Köster, „den Apfelsaft wirst du aber doch wohl weiter machen. Ein paar Flaschen musst du mir reservieren. Ich weiß nicht, ob ich mich an das neue Geschäft gewöhnen kann. Ist schon traurig, dass ihr jetzt schließen müsst."

„Ach, i wo. Wir beiden Alten haben jetzt die Ruhe verdient. 50 Jahre haben wir hier den Laden geführt. Die Nazis, den Krieg und die Besatzung überstanden. Sollen die da unten ruhig ihren neuen Kram machen. Supermarkt nennt man das jetzt. Und Martha kann sich mehr um die Gaststube kümmern. Da hat sie genug zu tun."

„Warst du schon mal drin im Supermarkt?"

„Auf keinen Fall, wir haben immer unseren eigenen Laden gehabt. Ich war in meinem Leben noch nicht woanders einkaufen. Warum auch? Außer natürlich mal ein paar Schuhe oder ein Hemd in Meinerzhagen."

„Da unten gibt es jetzt Selbstbedienung", sagte Toni und machte große Augen dabei.

Pierre erklärte es seinem Schwiegervater. „Man nimmt sich am Eingang einen Drahtkorb und geht durch die Reihen. Du kommst am Essig vorbei und nimmst dir eine Flasche aus dem Regal. Dann suchst du irgendwo die Nudeln und – schwupp – sind auch zwei Pakete im Korb."

Der alte Köster staunte. „Läuft man hinter die Theke?"

„Theke gibt es gar nicht, nur Gänge. Alles nimmst du dir, was du willst, aber dann am Ende zur Kasse, da musst du natürlich bezahlen, alles auf den Tisch legen und abrechnen. Kannst nur hoffen, dass du nicht zu viel eingepackt hast."

„Und ist denn keine Bedienung da?"

„Doch, doch. Die Bedienung muss neue Waren einräumen und am Ende an der Kasse abkassieren. Anschreiben gibt's nicht. Und die müssen dauernd an die Decke gucken, da hängen schräge Spiegel, mit denen man überprüfen kann, dass keiner was klaut."

„Ich fass es nicht", staunte der alte Köster.

„Gut, dass meine Frau einkaufen geht", meinte Toni, „ich komm da auch nicht mehr mit."

Pierre hob die Hand. „Was vielleicht von Vorteil ist, die 'aben nicht mehr nur Lebensmittel. Das Repertoire ist schon ein bisschen erweitert. Die 'aben auch ein wenig Spielzeug, Küchengeräte oder ein paar Socken kann man kriegen."

„Gut, dass ich das nicht mehr mitmachen muss", sagte Vater Köster. „Es ist schon richtig, dass wir den Laden endgültig zu machen."

Ottomar hatte schweigend zugehört. Sein leeres Apfelsaftglas stellte er auf den Tisch. „Ich kenn das schon von Menden. Da gibt es auch Edeka. Fand ich eigentlich gut."

„Ja, die neue Zeit. Ich kapier das noch halbwegs, aber meine Else?" August Köster schloss kurz die Augen. „Willst du noch einen Apfelsaft, Ottomar?" Er füllte das leere Glas.

„Der tut's schon weh in der Brust. Ich weiß gar nicht, wie ich die trösten kann. Das war doch ihr Leben."

„Für euch, August, tut es mir leid, aber die machen das einfach so mit uns, ob wir wollen oder nicht."

Toni stellte seine Bierflasche auf den Tisch. „Das musst du gerade sagen, Ottomar, du gehörst doch auch zu denen, die den ganzen neumodischen Kram mitmachen."

Ottomar sah ihn fragend an.

„Na, habt ihr doch jetzt auch eine neue Errungenschaft, wie ich gehört habe, eine sogenannte Gefriertruhe?"

Pierre mischte sich ein: „Das ist eine gute Sache. Davon profitiere auch ich. Bei Ottomar liegen meine Fische in einem schönen kühlen Bett, bis sie dann 'ier in der Pfanne bruzzeln."

Als Pierre erfahren hatte, dass Ottomar sich eine moderne Truhe anschaffen wollte, die Gefriergut unter -18°C kühlen kann, war er gleich hellhörig geworden. Ottomar hatte ihm erklärt, dass man darin größere Stücke unzerteiltes Fleisch langfristig lagern kann, was vor allem bei einer Hausschlachtung von großem Vorteil sei, und auch erlegtes Wild könne so länger gelagert werden. Da hatte Pierre gleich auch an die Konservierung von Fisch gedacht und war mit ihm ins Geschäft gekommen.

13 DER BÖRSENCRASH

Als Wolf und ich am nächsten Morgen wach wurden, war die Schlafstelle von Ottomar schon leer. Er war der typische Frühaufsteher, hatte seine Wolldecken zusammengefaltet und ans Fußende gelegt. Noch war es ein wenig frisch im Raum. Ich rieb mir die Augen, ging zum Fenster und sah hinaus auf die Wiese vor der Jagdhütte, die feucht war vom Morgentau. Am Rand einer Brachfläche, die sich an den kleinen Mischwald links von der Hütte anschloss, sah ich zwei Rebhühner stehen. Aus ihrem gedrungenen Körper reckten sie ihre orangebraunen Köpfe empor. Sie hatten sich sicher schon in der Dämmerung aufgemacht und pickten jetzt noch ein paar Wildkräuter, frisches Gras oder auch ein paar Insektenlarven.

Schnell zog ich mich an, auch den dicken Pullover, den ich eigentlich mied, weil er ziemlich kratzte. Ich setzte Wasser für den Kaffee auf und füllte ein paar Löffel Kaffeepulver in den Filter. Hoffentlich nicht zu viel; so gut kannte ich mich da nicht aus. Wolf verkroch sich immer noch unter seiner Schlafdecke. Als der Kessel gerade leicht zu pfeifen begann, trat Ottomar durch die Tür. Er trug Stiefel, die nass waren vom feuchten Gras.

„Das hat mir keine Ruhe gelassen", sagte er, „und ich habe wahrhaftig noch zwei weitere Hasenschlingen entdeckt."

Er zog die Stiefel aus und hängte seinen halblangen Wachsmantel an den Haken neben der Tür.

„Ich glaube aber, das war es hier erst mal mit den Fallen. Ich müsste nur die Kerle in die Finger kriegen!" Dann blickte er freudig zu mir herüber, als ich das heiße Wasser in den Filter goss. „Ein frischer Kaffee, das wird mir jetzt gut tun. Und für euch, Jungens, die gute Nachricht: Wir werden heute einen schönen, sonnigen Tag bekommen. Raus aus den Federn, Wolf. Erst zum Abend hin wird es sich zuziehen. Dann gibt es wahrscheinlich ein kräftiges Gewitter."

Nach dem Frühstück holte Ottomar aus dem draußen angebauten Schuppen eine Leiter und eine Säge hervor und stellte uns an die Arbeit. „Wir müssen uns unseren Aufenthalt hier schon ein wenig verdienen", sagte er und zeigte auf die kräftige Buche hinter der Hütte. Große, ausladende Äste reichten bis hinunter übers Dach und lagen zum Teil sogar auf. Bei starkem Wind oder bei Schneelast könnten sie leicht zu Beschädigungen führen. Er legte die Leiter an und Wolf stieg hinauf. Ein paar dicke Äste waren bald mit der Handsäge entfernt, das nutzbare Holz zerkleinert und dem Brennholzvorrat hinter der Hütte hinzugeführt.

„Sehr gut", sagte Ottomar, „jetzt habt ihr euch fast schon das Mittagessen verdient."

Wolf rief uns an den Tisch in der Hütte zusammen. Er hatte ein neuartiges Brettspiel mitgebracht, das *Börsenspiel*, und forderte uns auf zu spielen. Wir guckten verwundert. Er packte die Utensilien aus.

„Jeder erhält eine Reihe von Aktionskarten und ein Grundkapital an Spielgeld", erklärte er und verteilte kleine Papiernoten und die Karten. „Die Aktienkurse starten alle bei 100. Es gibt zum Beispiel Deutsche Bank, BP oder Siemens. Der jeweilige

Kurs wird auf der Steckleiste, die hier auf dem Tisch liegt, angezeigt. Jeder bekommt von der Bank am Anfang ein paar Aktien zugeteilt. Nun geht es reihum. Mit den Karten kann man die einzelnen Aktien kaufen oder verkaufen und die Kurse dann erhöhen oder absenken. Die Werte steigen oder fallen, und je nachdem, welche Aktien du hast, wirst du reicher oder ärmer."

„Das ist mir zu unrealistisch", sagte Ottomar.

„Das ist mir zu kapitalistisch", sagte ich.

Wolf ließ sich nicht beirren. „Das klingt komplizierter, als es ist." Er bestand darauf, dass wir ein Probespiel begannen.

Als ich startete, hatte ich viele BP-Aktien, die musste ich natürlich stützen und spielte eine Karte, die den Wert um 20 Einheiten steigerte. Aber Ottomar, der der nächste war, verkaufte schnell seine so gestiegenen BP-Aktien und setzte die Aktie dann in den Keller. Jetzt war Wolf an der Reihe. Er hatte offensichtlich Siemens, setzte sie aber nur zögerlich hoch, um keine Gegenreaktion zu erzeugen, und als ich wieder dran war, stieg ich auch bei Siemens ein und hoffte, er würde dann etwas für den Wert dieser Aktie tun.

Es entstand ein fulminantes Rennen. Die Kurse stiegen in absolute Höhen und purzelten wieder krachend zusammen. Wolf sprang auf, klatschte in die Hände und kehrte nur widerwillig zurück an den Tisch. Ottomar jubelte, hatte wahre Glückserlebnisse mit der Deutschen Bank und ich dümpelte immer noch mit BP herum.

Die Zeit für das Mittagessen war längst vorbei. Wir hingen an der Börse fest. „Ich mach mir mal ein paar Schnitten, wollt ihr auch welche?", fragte Ottomar und kam dann mit einem Teller voller Brote zurück, um im letzten Moment die Siemens-Aktie zu stützen. Andernfalls hätte er absoluten Konkurs erlebt. So sah es aber wieder sehr gut für ihn aus.

„Was machen wir hier eigentlich?", fragte ich, als der Nachmittag schon bedenklich fortgeschritten war. Der schöne

Sonnenschein, den Ottomar uns versprochen hatte, der hatte draußen ohne uns stattgefunden. Die Sonne war schon um den Berg gestiegen und schien von Westen her durch die Fenster. „Den halben Tag haben wir hier in der Hütte gesessen und unsere Aktien gestreichelt, Kurse manipuliert, versucht, den anderen ins Verderben zu treiben, Dividenden eingestrichen."

„Deine Kurse stehen wohl im Moment nicht so gut", sagte Wolf, „lenk nicht ab." Er hatte damit gar nicht so unrecht.

„Ich kann nicht klagen", prahlte Ottomar, „kommt, Jungens, ich geb' einen aus. Die nächste Runde Krombacher geht auf mich. Und dir, Heiner, schenk ich ein paar Deutsche Bank-Aktien, damit dir die Lust nicht vergeht."

Das war doch nicht normal. „Seid ihr der Magie des Geldes verfallen? Was soll das hier sein? Nur nach Besitz und immer mehr Kapital gieren?"

Wolf schaute auf. „Ich wäre gern Kapitalist. Ich hätte gern so viel, dass ich mir alles leisten könnte. Geld in Hülle und Fülle. Frag nicht nach morgen. Hast du nicht auch beim Monopoly schon immer am liebsten ein paar Hotels auf der Schlossstraße gehabt?"

„Das ist alles nur Spiel. Aber was dahinter steckt, das ist die Realität, um die wir uns kümmern sollten."

Ich hatte in einem Buch über die Revolte der Studenten gelesen. In Bad Harzburg hatte ich es im Schaufenster einer Buchhandlung entdeckt und musste es sofort kaufen und darin lesen.

„Das Kapital erhebt sich über Mensch und Natur und will nur immer mehr Profit erwirtschaften. Und wir üben uns hier darin ein, wie die Kapitalisten zu denken." Ich hatte plötzlich keine Lust mehr, um die Aktien und ihren Wert zu streiten. Ich ereiferte mich: „Jetzt mal ernsthaft: Kapitalismus bedeutet Ausbeutung und soziale Ungerechtigkeit. Was haben wir damit zu tun?"

Ottomar legte seine Karten auf den Tisch. „Heiner, nun sei mal nicht so verbissen! Bei uns im Dorf gibt es keine Kapitalisten. Nur weil deine BP so im Keller stecken, mach hier doch nicht den Spielverderber."

Vielleicht hatte er recht, aber ich war irgendwie angefressen. Ich stand kurz vor der Pleite. Börsencrash. Würden meine Aktien noch einmal abgewertet, war es aus für mich. Ja, ich musste mich deshalb aufspielen und die Kenntnisse meiner neuen, linken Studien einbringen, obwohl ich damit selbst noch nicht so ganz im Klaren war.

„Wer das Kapital hat und über die Produktionsmittel verfügt, kann diejenigen, die nur ihre Arbeitskraft haben, abhängig machen und ausbeuten. Die großen Konzerne sind diejenigen, die die Macht ausüben."

Beide sahen mich sprachlos an und auch ich wunderte mich über mich selbst.

„Was sind das für Phrasen? Bist du Philosoph geworden oder Sozialist oder was ist mit dir?", sagte Ottomar. Wolf schüttelte den Kopf.

Am meisten ärgerte mich, dass sie mich nicht für voll nahmen.

„Selbst hier in unserem Kuhdorf habt ihr doch vom Vietnamkrieg gehört", sagte ich in einem viel zu erregten Ton. „In Vietnam sind mehr als 400.000 US-Soldaten im Einsatz und es sind schon mehr Bomben gefallen als in Zweiten Weltkrieg. Wer profitiert denn davon? Allein die Rüstungsindustrie macht das dicke Geld! Und was wollen die Amerikaner dort?"

Ottomar machte beschwichtigende Zeichen mit der Hand. „Halt uns nicht für blöd. Sie verteidigen dort die Freiheit gegen die Kommunisten."

„Nein, nein. Ich denke, sie haben dort nichts zu suchen, in einem fremden Land. Die Amis treiben die Menschen nur in die Arme der Kommunisten. Milliarden von Dollars werden dort verschwendet, die anders angewandt Fortschritt bedeuten könnten, die Hunger und Armut beseitigen könnten. Die Rüstungskonzerne lachen sich ins Fäustchen."

Die beiden sagten nichts und blickten skeptisch. Das feuerte mich umso mehr an. „Weißt du, Ottomar, dass sie dort chemische Entlaubungsmittel einsetzen, die großflächig Wälder entlauben und Nutzpflanzen zerstören. Dieses *Agent Orange* wird von Flugzeugen und Hubschraubern versprüht. An diesen Dioxin-Giften erkranken dann natürlich auch Hunderttausende von Menschen."

Ottomar spürte, dass ich sehr erregt war und er mich ernst nehmen musste. „Ein Krieg ist niemals gut. Ich hoffe, wir werden so etwas nicht mehr erleben. Lass uns zusehen, dass wir die kleine Welt hier bei uns in Ordnung halten."

„Solange nur unsere Wälder nicht entlaubt werden, bist du zufrieden? Da machst du es dir aber leicht."

Ich war aufgestanden und ging quer durch den Raum. Ich spürte, dass ich meine Freunde nicht so überrumpeln durfte. Ich musste mich zusammennehmen. Auch wenn mir meine Argumente richtig und gewichtig erschienen, hatte es keinen Sinn, sie auf die anderen einprasseln zu lassen. Ich wusste doch selbst viel zu wenig über die politischen Zusammenhänge und musste erst einmal lernen.

Ich atmete tief durch. „Schon gut. Eine kleine Runde *Börsenspiel* mache ich noch mit."

„Na dann", sagte Wolf, „mal her mit den Kröten! Für meine Papiere der Deutsche Bank bekomme ich jetzt pro Stück 30 DM Dividende."

Wir hatten erst genug, als wir schon die Petroleumlampen angezündet hatten. Wir waren wahrlich erschöpft von unseren Börsengängen. Die Grenzen des Spiels hatten wir schon überschritten und mussten mit kleinen Zetteln vom Notizblock Schuldscheine und Wertpapiere anfertigen, da das Spielgeld und die Aktienpakete nicht mehr ausreichen. Wir trieben den Kapitalismus bis zum Exzess.

Was sich draußen vor unserem Börsensaal abspielte, die wirkliche, wahre Welt, nahmen wir erst nach und nach wieder wahr, aber dann umso heftiger. Dunkle Wolken, die sich rasend schnell zusammengezogen hatten, verdüsterten den Himmel. Heftige Windböen pfiffen um das Haus, rappelten wild an den Schlagläden der Fenster, als wollten sie sie aus der Wand reißen. Irgendetwas klatschte auf das Dach. Ottomar wagte sich nach draußen, duckte sich gegen den Sturm. Er griff nach dem Spaten, kriegte einen Weidenkorb und ein paar Zinkeimer zu packen, die schon durch die Gegend rollten, und verstaute sie im Schuppen. Alles wurde fest verrammelt. Die weißen Birkenstämmchen neben der Hütte bückten sich unter der peitschenden Sturmgewalt.

Es war noch nicht einmal halb zehn, da krochen wir schon unter unsere Bettdecken. Der plötzliche Umschwung vom Börsenparkett in die stürmische Nacht erschien unwirklich und bedrückend. Die Kraft der Natur, die da über uns hereingebrochen war, beeindruckte uns mehr als jeglicher Kapitalismus und ließ uns bescheiden zurück.

Kaum lagen wir, drang durch das Oberlicht der Hüttentür ein heller Blitzstrahl herein. Der Raum wurde grell erleuchtet. Dann gab es einen ersten kräftigen Donnerschlag. Wir zuckten zusammen. Das Zentrum des Unwetters musste hinten vom Tal aus über unseren Berg gezogen sein. Immer wieder blitzte das Licht auf. Es krachte ganz nah oder grummelte ein wenig weiter weg. Wenn jetzt hier ein Blitz einschlug! Gab es denn überhaupt einen Blitzableiter?

Urplötzlich setzte der Regen ein. Es schüttete und prasselte auf das Dach der Hütte und das ablaufende Wasser spritze weit über die schmale Traufkante aus Kies. Starke Böen schleuderten das Wasser auf die Vorderfront unserer Behausung. Es strömte nur so hernieder. Hoffentlich bleibt im Haus alles dicht! Unter der Tür zeigte sich schon eine Wasserlache.

Wir lagen unbeweglich. Angespannt lauschten wir mit allen Sinnen, hatten das Gefühl, dieser Naturgewalt ausgeliefert zu sein. Hier oben auf dem Berg tobte es besonders heftig. Keiner sagte ein Wort.

Nach etwa 15 Minuten war das Schlimmste vorbei. Das Gewitter hatte sich zum Glück nicht länger festgesetzt, sondern war östlich Richtung Attendorn abgezogen. Der starke Regen hörte schlagartig auf und ging über in ein leichtes Rauschen von dünnen Tropfen. Wir horchten erleichtert den Geräuschen des Unwetters nach. An Schlafen war aber im Moment nicht mehr zu denken, so aufgewühlt waren wir. Wir setzten uns noch einmal an den Tisch.

14 NÄCHTLICHER BESUCH

Plötzlich hörten wir ein Klopfen an der Tür, erst zwei kleine, zaghafte Schläge, dann mehrmals etwas fester.

„Was ist das?", fragte Wolf. Wir sahen hilfesuchend Ottomar an. Der zuckte mit den Schultern. Wir saßen unschlüssig.

„Na, geh nachsehen."

Wolf ging zur Tür, öffnete sie. Er zuckte zurück. Direkt auf der Schwelle, nur ein paar Zentimeter vor ihm stand ein dunkler Mann. Er war fast so groß wie Wolf und kräftig gebaut. Eine Kapuze hatte er tief ins Gesicht gezogen. Jacke und Hose trieften vor Nässe. Er umklammerte unseren Freund augenblicklich, drückte ihn an sich und stieß irgendwelche kaum verständlichen Worte aus. Wolf konnte sich seiner nur mühsam erwehren. Sie taumelten ins Zimmer.

Ich saß vorn vor dem Tisch, sprang sofort auf und zur Tür, um Wolf beizustehen. Ich fasste den Mann am Arm und versuchte, ihn beiseite zu ziehen. Er jaulte auf. Aber dann war schnell ersichtlich, dass der Fremde nicht aggressiv war. Er leistete keine Gegenwehr, schluchzte noch einmal und ließ sich ohne Widerstand zum Tisch und auf einen Stuhl führen.

Wir hatten alle ziemliches Herzklopfen gehabt, sahen nun aber einen Mann vor uns, der ängstlich und scheu in seiner pitschnassen Kleidung vor uns hockte. Als er die Kapuze zurückzog, kam ein dunkler Haarschopf hervor, das Gesicht war markant geschnitten und die Augen flackerten unruhig hin und her. Er war in unserem Alter, vielleicht geringfügig älter.

„Was machst du hier? Wohin willst du denn?", fragte Ottomar, der sich als erster gefasst hatte. Er antwortete nicht. Wir fragten auch nach seinem Namen und seinem Wohnort. Keine Antwort. Er blickte zu Boden. Erst als wir ihm den Teller mit den Butterbroten vorlegten, reagierte er. Er nahm ein Käsebrot und aß es mit großem Hunger.

„Er braucht erst mal etwas Trockenes zum Anziehen", sagte ich. Wolf half ihm, Jacke, Pullover und Hose auszuziehen, und wir hüllten ihn in eine Wolldecke. Er saß da und schwieg, nahm aber gern noch eine Schnitte Brot.

Wir wollten uns mit Blicken über ihn verständigen, kamen aber nicht weiter. Unser überraschender Gast machte immer noch einen verwirrten Eindruck.

„Wolltest du uns denn besuchen?", versuchte Wolf zu vermitteln.

Er schüttelte den Kopf. Und dann sprach er: „Das Gewitter ist laut. Der Hotzenplotz hat geknallt. Ich bin schnell gelaufen, immer gelaufen."

Zögerlich bekamen wir ein paar Informationen und versuchten langsam, uns ein Bild zu machen. Körperlich war er völlig gesund, aber irgendwie schwachsinnig. Aus Meinerzhagen kannten wir auch einen, der heiß Herbert. Er saß manchmal auf den Stufen der Kirche, brummelte vor sich hin oder lachte auch plötzlich auf. Er tat keinem etwas und alle ließen ihn in Ruhe. Man nannte das wohl geistige Behinderung. Wir kannten uns da nicht besonders aus, aber wir wussten, dass Ausdrücke wie Dorftrottel oder Schwachkopf nicht mehr zeitgemäß waren. Unser Besucher machte zudem einen sanftmütigen Eindruck, legte seine Zurückhaltung mehr und mehr ab und schien Vertrauen zu uns zu entwickeln.

Sein Name war Friedrich. Er hatte sich wohl verlaufen, bei dem Gewitter große Angst bekommen und war in Panik einfach losgerannt. Und woher stammte er? „Von zu Hause", sagte Friedrich und mehr war nicht herauszubekommen.

„Heute können wir nichts mehr machen", meinte Ottomar, „draußen ist alles nass und stockfinster. Er wird wohl die Nacht über hier bei uns bleiben müssen."

Neben dem Matratzenlager von Wolf bereiteten wir eine Schlafstelle für Friedrich. Er hatte aber noch ein Anliegen.

„Wir müssen singen", sagte er.

Nach und nach begriffen wir, dass zu Hause seine Mutter wohl immer vor dem Schlafengehen ein Lied mit ihm sang.

„Was sollen wir denn singen?", fragte ich, „schlag du was vor, du bist der Älteste."

Friedrich zeigte ein breites Lachen, dann begann er und wir stimmten zögerlich ein.

Der Mond ist aufgegangen,
die gold'nen Sternlein prangen
am Himmel hell und klar.
Der Wald steht schwarz und schweiget,
und aus den Wiesen steiget
der weiße Nebel wunderbar.

Die erste Strophe schafften wir alle gemeinsam. Dann musste ich textlich etwas vorangehen, aber die anderen summten doch mit oder hatten einzelne Zeilen parat. Wir spürten alle diesen wunderbaren Moment des Abendgesangs von Matthias Claudius und waren dankbar, dass Friedrich uns zu diesem Lied aufgefordert hatte.

Wie ist die Welt so stille
und in der Dämmrung Hülle
so traulich und so hold!
Als eine stille Kammer,
wo ihr des Tages Jammer
verschlafen und vergessen sollt.

Seht ihr den Mond dort stehen?
Er ist nur halb zu sehen
und ist doch rund und schön:
So sind wohl manche Sachen,
die wir getrost belachen,
weil uns're Augen sie nicht seh'n.

Wir stolzen Menschenkinder
sind eitel arme Sünder
und wissen gar nicht viel.
Wir spinnen Luftgespinste
und suchen viele Künste
und kommen weiter von dem Ziel.

Gott lass' dein Heil uns schauen,
auf nichts Vergänglich's trauen,
nicht Eitelkeit uns freu'n!
Lass' uns einfältig werden
und vor dir hier auf Erden
wie Kinder fromm und fröhlich sein!

So legt euch denn ihr Brüder,
in Gottes Namen nieder;
kalt ist der Abendhauch.
Verschon' uns, Gott, mit Strafen
und lass' uns ruhig schlafen!
Und uns'ren kranken Nachbarn auch!

Als Ottomar als erster wach wurde, es war noch kaum sechs Uhr morgens, blickte er hinüber zur Wand, wo wir unter dem Fenster das Lager von Friedrich bereitet hatten. Eine wohlmeinende Sonne war schon durch das Fenster zu erahnen. Friedrich saß mit angewinkelten Beinen auf seiner Matratze und hatte geduldig gewartet, bis sich einer von uns regte. Jetzt sah er Ottomar an und sagte: „Friedrich nach Hause." Er war so ungeduldig, dass wir selbst auf ein kleines Frühstück verzichten mussten.

Wir stiegen alle in den Unimog, Wolf und ich hinten auf die Ladefläche, Friedrich zu Ottomar ins Führerhaus.

„Friedrich sitzt im Auto", sagte er stolz.

„Vielleicht erkennt er etwas während der Fahrt", hoffte Ottomar.

Nach den heftigen Regengüssen am Vorabend waren die Wege hier im Wald ziemlich matschig, aber mit dem Allradantrieb sollte das das geringste Problem sein. Die Luft war jetzt sehr frisch, die Sonne hatte sich von Osten gerade erst über den Berg erhoben. Nur oben in den Wipfeln der hohen Fichten sah man schon milchige Lichtstreifen. Ganz gelegentlich blitzte etwas Helles auf.

Ottomar fuhr die Serpentinen herunter auf Herringhausen zu. Das war in kaum mehr als einem Kilometer Entfernung die nächstgelegene Ortschaft. Ob Friedrich von da aus losgelaufen war? Vielleicht hatten wir Glück.

Es gab nicht einmal zehn Häuser und es war auch niemand zu dieser frühen Stunde zu erblicken. Ottomar wies auf die Häuser und Scheunen, aber Friedrich zeigte keine Reaktion. Wir fuhren weiter nach Pütthof. Hier kannte Ottomar einen Bauschlosser, der einen kleinen landwirtschaftlichen Betrieb im Zuerwerb führte, dessen Arbeit aber hauptsächlich seine Frau erledigte. Er fuhr auf den Hof, wo sie gerade mit einer Schubkarre aus dem kleinen Stall kam, in dem ihre vier Kühe standen.

Ottomar kurbelte das Seitenfenster herunter. „Hallo, Heidi", rief er ihr zu, als er das Auto neben ihr geparkt hatte, „alles gesund?"

Sie erkannte ihn. „Was machst du denn hier? Die Kühe sind gesund, aber mein Alter hat's immer noch auf den Bronchien."

„Mal mit Kräutertee versuchen, nur, wenn er das Rauchen nicht lässt, hat das auch keinen Zweck."

„Das musst du ihm selber sagen." Sie putzte sich ihre Hände an der Schürze ab. „Was treibt ihr hier so früh? Bist du jetzt wieder hier im Land? Prüfung bestanden? Dann solltest du dich um dein eigenes Vieh kümmern."

Ottomar stieg aus und redete mit ihr. Er zeigte auf Friedrich, der im Unimog saß und unruhig auf seinem Sitz hin- und her rutschte. Dann kam er zu uns an die Ladefläche.

„Nein, Heidi kennt ihn nicht. Aber sie meint, hinter der Ihne, fast schon in Rinkscheid, da soll so einer mit seiner Mutter wohnen."

Wolf hatte seine Zweifel. „Das kann nicht sein, das wären ja bestimmt fünf oder sechs Kilometer bis zu unserer Hütte. Meint ihr, der ist so weit in der Dunkelheit einfach ins Blaue hinein gelaufen?"

Wir fuhren Richtung Albringhausen und dann an der Ihne entlang. Hinten auf unserer Ladefläche ruckelte es ordentlich. Wolf und ich wurden durchgeschüttelt. Ottomar versuchte ständig zu erfahren, ob Friedrich sich an irgendeine Örtlichkeit erinnern könnte, aber der sagte immer nur: „Friedrich fährt nach Hause."

In einer Rechtskurve bog Ottomar ab in die Straße Richtung Rinkscheid. Friedrich wurde plötzlich ganz still. Dann rief er: „Nein, nein! Zu weit." Ottomar hielt an, fuhr ein Stück zurück und auf Anweisung dann scharf nach links in eine Sackgasse. Friedrich klatschte in die Hände. Am letzten Haus, bevor die Straße in einen Feldweg überging und leicht anstieg, hielt er den Wagen an.

Als Friedrich aus dem Auto sprang, kam ihm im gleichen Moment eine Frau aus dem Haus entgegengelaufen. Sie stieß einen Verzweiflungsschrei aus, gab Friedrich, als sie ihn erreicht hatte, als erstes eine schallende Ohrfeige und nahm ihn dann in ihre Arme und begann zu weinen. Sie wollte ihn nicht mehr loslassen.

Ihr Sohn machte ein betroffenes Gesicht. Er sagte: „Es war dunkel und so weit. Kein Haus mehr da." Er hob beide Arme hoch. „Und der Hotzenplotz hat geknallt. Friedrich hatte Angst, ist nur gelaufen."

„Alles ist gut", sagte sie, „alles ist gut. Komm nur immer nach Hause."

Dann erst nahm sie uns wahr. „Ihr habt ihn gebracht. Euch hat der Himmel geschickt. Ich bin so froh. Wo war er denn, mein Junge? Die ganze Nacht hab ich gezittert und gebetet."

Sie nahm uns alle mit ins Haus. Es war ein einfaches Bauernhaus mit einem Dielenboden und einer niedrigen Decke. Die Holzbalken und die Gefache waren von innen nicht verkleidet. Der große Tisch stand mitten im Raum. Vor den Fenstern zur Seite gezogen hingen rot-weiße Gardinen.

„Jetzt gibt es Frühstück. Ihr habt doch sicher Hunger."

Die Frau verwöhnte uns mit allem, was sie zur Verfügung hatte. Zunächst sprach sie ein kurzes Gebet:

Halte zu uns, guter Gott, heut den ganzen Tag.
Halt die Hände über uns, was auch kommen mag.
Amen.

Schon gab es Rühreier mit Speck, Hausmacher Leberwurst, Tomaten, Salatgurke und dunkles Bauernbrot. Ein wahres Festessen.

„Er ist ein guter Junge", sagte sie dann, „er wollte am Abend vom Estenberg noch ein wenig trocknes Brennholz holen, weil ja ein starker Regen angesagt war. Und dann war er plötzlich weg."

Als Friedrich hörte, dass sie über ihn sprach, duckte er sich in sich zusammen. „Es hat gegrollt, ich bin schnell gelaufen."

„Alles ist gut. Aber bleib immer beim Haus, mein Junge." Sie wandte sich dann wieder an uns: „Normalerweise bleibt er in Reichweite. Nur einmal schon ist er weggelaufen, da wurde drüben bei einer Treibjagd geschossen und er hat Angst bekommen. Jetzt war es wohl das Gewitter, das ihm zu schaffen gemacht hat."

Sie wollte uns noch ein paar Brote schmieren und für den Heimweg mitgeben. „Nein, nein", sagte ich, „wir sind in einer halben Stunde zu Hause, das ist wirklich nicht nötig."

Bevor wir dann losfahren konnten, zog uns Friedrich um das Haus und zeigte hinauf zum Waldrand, der knapp 50 Meter entfernt war. Er ging voran und winkte uns. Wir wussten nicht so recht, was er wollte, ließen uns dann aber doch darauf ein, ihm zu folgen. Am Ende der Wiese lagen drei oder vier Fichtenstämme, auf die er zeigte. Sie waren schon halb von Gras und wilden Brombeersträuchern zugewachsen. Ihr Durchmesser betrug fast 20 Zentimeter und sie waren sicher acht Meter lang.

Er stand vor den Stämmen und sagte: „Friedrich ist stark, aber geht nicht alleine."

Wir sahen uns an und dann sprach Ottomar zunächst mit der Mutter. Ja, die Fichten sollten runter zum Hof, aber nein, das müssten wir nicht machen. „Was der Friedrich sich einmal in den Kopf gesetzt hat", sagte sie, „davon lässt er nicht mehr ab. Aber bitte, das können wir nicht verlangen."

Zunächst befreiten wir sie von dem Bewuchs und konnten die Stämme ein Stück weit über die abschüssige Wiese rollen lassen. Dann packten wir sie gemeinsam und trugen sie das letzte Stück bis auf den Hof. Friedrich zeigte ein strahlendes Lächeln.

„Jetzt bleibt ihr aber bis zum Mittagessen", sagte seine Mutter, „das ist doch das Mindeste."

Es schien eine schöne, warme Sonne und Wolf hatte sich schon ein Plätzchen im Gras gesucht, wo er sich niederließ.

Ottomar und ich wurden von Friedrich an den Händen gefasst und er zog uns um das Haus. Neben der Einfahrt zum Hof gab es einen kleinen Tümpel und ein eingezäuntes Gebiet mit ein paar wildfarbigen Laufenten. Auch Hühner liefen in dem Gehege herum. Sogar einen Truthahn entdeckten wir, der stolz seinen roten Kopf hervorreckte. „Alle Tiere werden gefüttert von Friedrich."

Schließlich wurden wir zum Mittagessen gerufen. Es gab eine kräftige Gemüsesuppe, mit Bohnen, Möhren, Kartoffeln, Speckwürfeln und Petersilie aus dem Garten. Friedrich war jetzt so vertraut mit uns, dass er sogar ein wenig albern wurde und am Tisch herumhampelte, bis ihn seine Mutter leicht zurechtwies.

„Es wäre schön, wenn ihr uns noch einmal besuchen würdet", sagte sie beim Abschied. Friedrich kam und drückte jedem von uns einen Apfel in die Hand. „Die hat der Herrgott gewachsen für meine Freunde", sagte er. Er winkte uns nach, bis wir in der scharfen Kurve wieder auf die Hauptstraße einbogen.

Wolf war zu Ottomar ins Führerhaus gestiegen. Ich war allein hinten auf der rumpelnden Ladefläche. Ich streckte mich lang aus, verschränkte die Arme unter dem Kopf und blickte nach oben. Blauer Himmel. Von schräg her Sonnenstrahlen, bis der Wagen wieder eine Kurve fuhr. Bei einem Schlagloch wurde mein Körper hochgeruckelt. Dann wölbten sich von rechts und links die Äste hoher Bäume über den Weg. Schlagartig wurde es kühler. Als wir auf die asphaltierte Straße kamen, schien die Sonne wieder hell. Ich schloss die Augen. Ich dachte an Friedrich und seine Mutter. Es war noch nicht einmal einen Tag her, dass wir diesen Menschen kennengelernt hatten. Seinen Apfel hatte ich in der Hosentasche. Ein wirklich besonderes Geschenk. Ich wusste nicht mehr, wann es das letzte Mal gewesen war, dass für mich vor dem Essen jemand gebetet hatte.

15 WETTERLEUCHTEN

Auf dem Rückweg fuhr Ottomar bei sich zu Hause vorbei. Er wollte tanken und auch unseren Brotvorrat aufstocken. Er ging ins Haus und wir saßen im Auto und warteten. Es dauerte eine Ewigkeit, dann kam er von der anderen Seite aus dem Stall zum Unimog zurück. Er machte ein missmutiges Gesicht.

„Eins der Schafe will ablammen. Es ist schon ein älteres Tier und es war nicht vorauszusehen, wann es so weit ist. Der Euter hat sich gerade erst ausgebildet. Und jetzt muss es plötzlich wohl heute oder morgen mit dem neuen Lämmchen sein. Die Schleimbildung der Scheide nimmt deutlich zu. Mein Vater will unbedingt, dass ich das mache. Tut mir leid, Jungens."

Wir waren beim Ablammen noch nie dabei gewesen und Ottomar erzählte kurz, was zu tun sei. Er musste die nötigen Utensilien bereithalten, Seife und Wasser, Geburtsstricke, Handschuhe und Desinfektionsmittel.

„Dann heißt es warten. Die Geburt dauert nur etwa eine Stunde, aber dann kommt noch die Nachgeburt, das kann noch mal drei Stunden dauern. Mit zur Jagdhütte kann ich jetzt nicht mehr. Ich melde mich für heute und morgen ab."

Wolf und ich waren unschlüssig. Was sollten wir tun? Ohne Ottomar wollten wir nicht zur Hütte.

Dann hatte Wolf eine Idee. „Wir nehmen deinen silbergrauen Flitzer, komm, Heiner. Drüben, hinter Schreibershof im Dumicketal, da kenn ich zwei, da fahren wir mal hin." Ich musste am Edeka-Laden halten und er kam mit einem Doppelpack Martini wieder heraus. Wir fuhren hinüber auf die andere Seite der Talsperre.

Die zwei hießen Linde und Gunda. Sie waren, wie von ihm erwartet, jetzt am späten Nachmittag hinten im Garten ihres Hauses. Wolf kannte sich offensichtlich aus, denn er ging einfach um das Haus herum und auf die beiden zu. Ich folgte etwas zögernd nach.

Linde war blond, hatte eine Gießkanne in der Hand und war dabei, die Stangenbohnen zu gießen. Gunda saß in einem Liegestuhl neben dem Beet und rauchte eine Zigarette. Ihr erster Anblick wirkte faszinierend auf mich. Phänomenal! Sie trug eine Art Karottenhose in Rot und ein zitronengelbes Oberteil. Ihre Lippen waren stark rot geschminkt. Wolf beugte sich hinunter und gab ihr einen Kuss. Er machte ein paar dumme Sprüche und beide fingen gleich an zu lachen und zu kichern.

Sie waren Schwestern, Gunda die kleine, die Wolf geküsst hatte, und Linde die große. Sie war braun gebrannt, hielt energisch ihre Gießkanne, war sicher fünf Jahre älter als wir anderen und hatte fortan das Geschehen im Griff.

„Leider haben wir hier kein Eis, aber, Gunda, lauf mal ins Haus und bring ein paar Zitronenscheiben. Wolf, du bist der perfekte Kavalier, bringst uns hier einen Martini mit und dann auch noch einen so süßen, kleinen Burschen."

Damit meinte sie mich. Ich wäre fast im Boden versunken und wollte mir doch meine Unsicherheit nicht anmerken lassen. Ich blickte unbeteiligt nach oben in den Himmel, aber da war nichts.

Als Gunda zurückkam, brachte sie sogar echte Martinigläser mit, trichterförmig auf einem langen, dünnen Stiel. „Zitrone haben wir nicht", sagte sie und präsentierte stattdessen auf einem Brettchen dünne Scheiben von einer Salatgurke. Die wurden oben an das Glas gesteckt. Besser als nichts. Ich staunte. Sowas hatte ich noch nicht gesehen.

Was erfuhr ich über die beiden? Sie wohnten meist allein in dem Haus. Ihre Mutter war früh gestorben, der Vater war Fernfahrer und fuhr mit dem Lkw bis nach Belgien oder sogar nach Südfrankreich. Dann war er tagelang unterwegs. Linde arbeitete im Büro bei einem Baustoffhandel in Olpe und Gunda bediente vorwiegend am Wochenende aushilfsweise als Kellnerin in einem Lokal am Biggesee. „Daher haben wir auch die tollen Cocktailgläser."

Jetzt erlebte ich Wolf von einer ganz neuen Seite, er war unterhaltsam und wortgewandt, er machte Komplimente, scherzte und goss uns immer wieder von dem Martini ein. Ich hatte dieses Getränk noch nie probiert, aber es begann mir zu schmecken. „Du musst mal einen echten Martini-Cocktail probieren, ein bisschen wie Weißwein, aber mit einem leichten Geschmack nach Gin, Kräutern, Vanille und Zitrone. Das ist noch was ganz anderes als diese Fertigmischung aus der Flasche."

Gunda erzählte lustige Geschichten aus ihrem Gartenlokal, parodierte die Gäste und vor allem ihren stets mehr als hektischen Chef, der sein Personal herumkommandierte, aber den keiner für voll nahm.

„Andererseits kann der auch ganz witzig sein. Einmal hat ein Gast eine Forelle Müllerin bestellt. Sein Begleiter wollte auch eine. *Aber bitte ganz frisch*, sagte der. Da hat der Chef in die Küche gerufen: *Zweimal Forelle, einmal davon bitte frisch.*" Sie rollte sich vor Lachen.

Linde ging ins Haus, legte eine Platte auf und öffnete ein Fenster, sodass es laut in den Garten schallte. Als erstes lief eine LP von Scott McKenzie, natürlich mit dem Titelsong San Francisco:

If you're going to San Francisco,
be sure to wear some flowers in your hair.
If you come to San Francisco,
Summertime will be a love-in there.

Wir konnten mitsingen oder zumindest mitsummen und Gunda sprang auf, pflückte aus dem Beet nebenan ein paar Ringelblüten und warf sie über uns. Dabei fiel sie ins Gras und kugelte sich und lachte. Der Martini begann auch bei mir zu wirken. Die Luft wurde schwül-warm. Wolf hatte sein T-Shirt ausgezogen und saß im Unterhemd da.

Bewundernd sah ich, dass seine Muskeln sich sehen lassen konnten. Früher in der Schule war er immer derjenige gewesen, der in der letzten Reihe stand, und jetzt schien er mir weit überlegen. Gunda warf ihm eine Kusshand zu.

„Kennt ihr den?", sagte sie dann. „Fragt der Ober: *Wie fanden Sie das Filetsteak, mein Herr?* Der Gast antwortet:

Ganz zufällig, als ich das Gemüse beiseiteschob." Darüber konnte sie wieder nur selbst lachen.

Linde legte die nächste LP auf. *Sympathy for the Devil* von den Stones. Die Luft wurde immer drückender, aber zu einem Gewitter schien es nicht zu reichen. Mir standen Schweißperlen auf der Stirn. Am schon grauen Abendhimmel leuchteten ganz in der Ferne plötzlich helle Streifen auf. Zuckendes Licht erhellte die dicken Wolken. Wahrscheinlich tobte das Unwetter weiter weg von uns und wir sahen bisher nur das Wetterleuchten. Waren das Vorboten, die Blitz und Donner auch für uns ankündigten, oder waren wir so weit entfernt, dass uns das Inferno nicht erreichen würde?

Dann waren Gunda und Wolf mit einem Mal verschwunden. Linde schüttete uns den letzten Rest der zweiten Martini-Flasche ein. „Na, wo werden die wohl sein?", sagte sie und kniff mir ein

Auge zu. Wir stießen an und ich merkte, dass ich einen ordentlichen Schwips hatte.

Das Wetterleuchten schien näher zu kommen, aber immer noch war kein Donner zu hören. Nur da es jetzt dunkler geworden war, wirkte das gelegentliche Himmelslicht in den Wolken viel intensiver. Die Luft war zunehmend schwül geworden. Wir hörten die letzten Takte von den Stones aus dem Küchenfenster. Ich hatte mich in den Liegestuhl gesetzt, den Kopf zurückgelehnt und die Augen geschlossen.

„Komm mal, mein Kleiner", sagte Linde und zog mich an der Hand hoch, „wir gehen auch ins Haus, bevor du mir ganz einschläfst."

Ihr Zimmer war im Obergeschoss. Die Treppe knarrte etwas, aber sonst war es still im Haus. „Wir machen kein Licht an, dann kommen auch keine Mücken herein", sagte sie. Durch das Fenster fiel nur sehr spärlich etwas Licht ins Zimmer, kaum dass es von dem fernen Wetterleuchten mal ein wenig erhellt wurde. Ich sah, dass das Bett direkt neben dem Fenster stand. Als ich die Schuhe abstreifte, spürte ich unter den Sohlen einen weichen Wollteppich.

Linde knöpfte ihre Bluse auf und legte sie mit ihrem Rock auf einen Stuhl neben dem Bett. „Bei dem BH musst du mir aber helfen, Heiner, der Verschluss ist ein wenig verklemmt."

Ich schluckte. Linde wandte mir den Rücken zu, aber wie sollte ich ohne Licht und ohne praktische Erfahrung das Problem lösen. Ich wusste, es gibt kleine Häkchen und Ösen und fingerte an dem Verschluss herum, aber absolut ohne Erfolg. Sie stand ruhig da, ließ mich zappeln, vergeblich herumfummeln und grinste wahrscheinlich dabei. Dass ich einen knallroten Kopf bekam, war in dem Dämmerlicht zum Glück nicht zu sehen.

Linde lachte. „Du bist wirklich süß", sagte sie nach einer peinlich langen Zeit, streifte die Träger von den Schultern und den BH bis hinunter auf den Bauch, drehte ihn um, sodass der Verschluss vorne war und öffnete ihn. „Ein Profi bist du noch nicht."

Ich hatte das Gefühl, dass sie mich vorführen wollte. Aber als ich so nah vor ihr stand, roch sie ungemein verführerisch und ich konnte nicht widerstehen. Ich versuchte, sie zu küssen, ich glaubte, das konnte ich, doch sie lachte mehr, als dass sie auf meine Küsse einging. Sie zog mich zum Bett.

Dann lagen wir nackt da und ihr Spiel war vorbei. Sie war jetzt äußerst fair. Ich musste nun nichts mehr dazu beitragen außer meiner Lust und der Begierde, die sofort erwachte und alles geschehen ließ. Wenn meine Ungeduld zu stark wurde, hielt sie mich sanft zurück, und wenn ich nicht mehr weiter wusste, führte und lenkte sie mich mit kaum merkbaren Hinweisen, die von ihrem Körper oder den Händen ausgingen, und gab mir schließlich sogar das Gefühl, dass ich es war, der unsere Liebe vorantrieb und uns schließlich zum Höhepunkt führte.

Durch das offene Fenster war ein leichtes Grollen zu hören. Das Gewitter war wohl unbemerkt näher herangezogen. Sie ließ mich ein wenig ruhen und gab mir Zeit, diese neuen, phänomenalen Gefühle, die mich soeben ergriffen hatten, auf mich wirken zu lassen. Linde lag neben mir, hatte die Arme weit nach hinten über den Kopf gelegt, so dass ihr Busen sich nur sehr schwach über der Brust erhob. Ich strich in kreisenden Bewegungen mit dem Finger darüber. Meine Augen hatten sich ziemlich an das Dämmerlicht gewöhnt und ich meinte, auf ihren Lippen ein Lächeln zu sehen. Das brachte mich dazu zu denken, dass ich meine Sache wohl gut gemacht hatte und als Liebhaber zu gebrauchen war. Gleich schoss ich über das Ziel hinaus: „Wie war's für dich? Ich hoffe, du warst mit mir zufrieden."

Linde richtete sich auf und lachte: „Du bist einer! Sowas ist mir ja noch nie passiert."

Ich wusste nicht, was sie meinte, und sah sie fragend an.

„Schon gut, Kleiner, war alles gut."

Ich wurde ein wenig ungehalten. Warum sagte sie immer *Kleiner* zu mir? Was bildete die sich ein. Ich drehte mich von ihr weg. „Und sei unbesorgt", antwortete ich, „ich werde auch noch einen Kurs machen im Öffnen von BH-Verschlüssen."

„Nun sei nicht gleich sauer, komm, streichel mich noch mal, darin bist du wirklich gut." Sie zog mich zu sich herüber und wir nahmen uns in den Arm.

Jetzt dachte ich zum ersten Mal an Monika, scheuchte den Gedanken aber schnell wieder davon. Das hatte nichts mit dem hier zu tun, sagte ich mir. Vielmehr verursachte dieses ganze Martini-Zeug, das mich zuvor angetört hatte, nun einen ungeheuren Durst. Bei ihr wohl auch.

„Komm, wir gehen noch mal in den Garten", sagte Linde. Aus dem Kran in der Küche füllte sie eine Karaffe mit Wasser. Auch sie suchte vergeblich nach einer Zitrone. Man konnte aus Richtung Attendorn nun schon deutlich einzelne Donnerschläge unterscheiden.

„Ob uns das Gewitter doch noch erwischt?"

Die Schwüle war noch nicht verschwunden.

„Keine Angst", sagte Linde, „dich wird schon nicht der Blitz erschlagen."

Als ich am Morgen wach wurde, war das Lager neben mir leer, Linde schon verschwunden. Ihre Schwester Gunda hatte ein kleines Frühstück vorbereitet.

„Sie fängt um 8 Uhr im Büro an, ich arbeite heute erst ab 11, wenn der Mittagstisch beginnt." Während wir Rosinenstuten mit Marmelade aßen, hatte sie nur Blicke für Wolf. Sie himmelte ihn regelrecht an.

Ich war eigentlich froh, dass ihre Schwester schon das Haus verlassen hatte. Was war da gestern Abend passiert? Ein kleiner

Kopfschmerz quälte mich. Die Luft war schwül gewesen, der Martini hatte gewirkt, Linde war verlockend, und es musste einfach irgendwann geschehen, sagte ich mir. Ich war ein wenig stolz, ein wenig verschämt, ein wenig schuldbewusst.

Wolf sah mir alles an, er wusste Bescheid. Als ich die Treppe herunterkam, streckte er den Daumen in die Höhe und nickte mir wohlwollend zu. Ein bisschen brummte mir der Kopf.

Als wir in meinem kleinen Fiat davonfuhren, winkte Gunda uns lange nach, warf Handküsse hinterher, bis wir um die Kurve bogen. Linde habe ich nie mehr wiedergesehen. Ob Wolf noch weiteres mit Gunda angestellt hat, habe ich zunächst nicht erfahren.

Ottomar hatte während unseres Ausflugs zu den Mädchen im Dumicketal das Nötige dazu getan, dass ein gesundes Lämmchen auf die Welt gekommen war. „Nachdem die Fruchtblase geplatzt war, lief alles fast von alleine. Als erstes erschienen die Klauen der Vorderbeine, dann der Kopf. Das Muttertier hat dann das Gesicht sauber geleckt, damit die Atemwege vom Schleim befreit werden. Dann wurde es von mir nur noch mit Stroh und einem Handtuch trocken gerieben und ich habe den Nabel desinfiziert." Wir hörten fasziniert zu, als Ottomar weiter berichtete: „Schon bald konnte das Lamm aufstehen und hat den Euter der Mutter gesucht. Ich habe nur den Euter kurz angemolken und das Lamm hat gleich von selbst getrunken. Das klappt nicht immer so ohne Probleme, aber diesmal ging alles reibungslos."

Wir bewunderten Ottomar, der während unserer leichtfertigen Martini-Nacht etwas Großes geleistet hatte. Er zeigte uns noch das Lämmchen, dann ging es wieder auf zu unserer Jagdhütte am Nockelberg. Uns blieben noch zwei freie Tage.

16 DER ORTSVORSTEHER

Beim Frühstück erzählte Ottomar, dass Klaus Padberg nicht mehr lebte. Wir hatten ihn natürlich gut gekannt, er war der Ortsvorsteher im Dorf gewesen. Nachdem er vor Jahren in Rente gegangen war, hatte man ihn sanft gedrängt, dieses Amt zu übernehmen, obwohl seine Frau strikt dagegen war.

„Genieße doch einfach mal dein Altenteil. Warum musst du dir wieder so einen verantwortungsvollen Posten suchen? Lange genug hast du im Vorstand des Schützenvereins mitgewirkt, bist jetzt immer noch als Hallenwart im Einsatz. Kümmere dich lieber um unser Haus und deine Enkelkinder. Von mir will ich ja gar nicht sprechen."

Padbergs Klaus, wie ihn alle nannten, hatte sich Bedenkzeit ausgebeten und dann schließlich gesagt: „Einer muss es ja machen und ich hab ja jetzt mehr Zeit, woll, warum soll ich mich drücken?"

Der Gemeinderat wählte ihn einstimmig in dieses Ehrenamt und die Ernennungsurkunde zum Ehrenbeamten wurde übergeben.

Zum 80. Geburtstag besuchte er von nun an die Geburtstagskinder und überbrachte die Grüße und ein Geschenk der Gemeinde Valbert. Das Ritual wiederholte sich bei runden oder halbrunden Geburtstagen. Zur Goldenen Hochzeit oder noch höheren Hochzeits-Jubiläen durfte er ebenfalls von Seiten der Gemeinde gratulieren. Bei diesen Feierlichkeiten gab es viel zu erzählen, und wenn der Besuch am Vormittag war, musste seine Frau häufig mit dem Mittagessen warten, bis er schließlich kam. Noch dazu konnte er bei den Jubilaren nicht jeden Schnaps und jedes Mettbrötchen ausschlagen und verzichtete dann zu Hause auf das jetzt kalt gewordene Essen, um sich sofort einem ausgiebigen Mittagsschlaf hinzugeben. Das trieb seine Frau mehr und mehr auf die Palme.

Er fühlte sich so sehr seiner ehrenvollen Aufgabe verpflichtet, dass er bei jedem, sogar eher zaghaftem Ruf zur Stelle war und half und anpackte und mit Rat und Überlegung eine Lösung suchte. Er kümmerte sich darum, wenn im Gebüsch ein alter Autoreifen lag oder ein Sack Zement, der Feuchtigkeit gezogen hatte und ein steinharter Brocken geworden war. Er half, wenn jemand beim Ausfüllen von Formularen Probleme hatte und begleitete so manchen Alten zum Amt. Nachdem Onkel Otto seinen Job als Straßenwart nicht mehr ausübte, musste er auch gelegentlich den Bauhof informieren, wenn es im Dorf am Straßenzustand Mängel gab.

Er beförderte sogar, wenn es sein musste, gangunsichere Zecher am späten Abend aus dem Gasthof nach Hause und legte dort ein Wort für sie ein. Sich selbst brachte er dadurch in immer größere Schwierigkeiten. An einem dieser Abende fand er daheim sein Bettzeug auf dem Sofa in der Stube und seine Frau hatte das Schlafzimmer von innen abgeschlossen.

Als er kopfschüttelnd mit seinem Schwager sprach, den er um Vermittlung bat, zeigte dieser mehr Verständnis für seine Schwester als für ihn. Damit hatte Klaus Padberg nicht gerechnet und es enttäuschte ihn tief. Es blieb ihm nichts anderes übrig, als bei seiner Frau Abbitte zu leisten und seine gut gemeinten und wichtigen Tätigkeiten von nun an etwas einzuschränken.

Dann griff er ein neues Projekt auf und hoffte damit nicht nur das ganze Dorf, sondern auch seine Frau und seinen Schwager zu überzeugen.

1961 wurde vom Land NRW der Wettbewerb „Unser Dorf soll schöner werden" ins Leben gerufen. Für den Sieger ging es weiter auf Bundesebene. Klaus Padberg hatte erfahren, dass die Sauerländer Dörfer Grafschaft und Oberhundem dabei 1965 sogar Gold gewonnen hatten. Bundespräsident Heinrich Lübke, der auch aus dem Sauerland stammte, zeichnete die Sieger aus. Klaus war ganz besessen von der Idee, sich hier zu beteiligen und meldete kurzerhand sein Dorf bei der Kreisverwaltung für den Wettbewerb an.

Als er ein paar der alteingesessenen und ihm treu verbundenen Dorfbewohner in Kösters Gaststätte zu einer ersten Besprechung einlud, blickte man zunächst skeptisch. Man war nur gekommen, weil man seine Arbeit als Ortsvorsteher schätzte. Neben den meist männlichen Anwesenden waren sogar zwei Frauen dabei, Ille Spratte vom Café am See und die Frau vom Dorflehrer Krusemann.

„Was soll hier denn noch schöner werden?", fragte gleich Bauer Toni.

„Das fragst gerade du", sagte Klaus, „du könntest deinen Misthaufen von der Straße weg nach hinten neben die Scheune verlegen. Ist dir schon mal aufgefallen, wie sehr das stinkt? Und alle, die mit dem Bus durch unser Dorf fahren, haben einen herrlichen Blick auf deine Kuhkacke." Das saß.

Klaus Padberg hielt eine flammende Rede. Bei mehreren Spaziergängen durchs Dorf hatte er sich schon seine Gedanken gemacht und eine Liste angelegt. Darauf war nicht nur der Misthaufen von Toni aufgeführt, sondern auch der vom alten Lück im Oberdorf. Bei mehreren Häusern würde er gern einen neuen Anstrich sehen. Nach dem Krieg hatten sie noch keine Farbe gesehen. Wenn es an mangelndem Geld fehlen sollte, könnte man die Verschönerung in gemeinsamer Arbeit durchführen und so zumindest die Handwerkerkosten einsparen. „Und die Stufen vor dem Ehrenmal für die Kriegsgefallenen bröckeln. Da sollte man mal ein, zwei Tage Hand anlegen, ein paar schöne Bruchsteine und etwas Mörtel, wo ist das Problem?" Einige der Anwesenden nickten jetzt.

Ille Spratte dachte daran, Spaziergänger oder Wanderer ins Dorf zu locken und schlug vor, im Oberdorf und im Unterdorf jeweils eine Sitzbank aufzustellen. „Und daneben, bitte sehr, auch einen Müllbehälter." Als sie sah, dass ihr Vorschlag offensichtlich auf Zustimmung stieß, machte sie gleich weiter: „Um die Telegrafenmasten könnte man dauerhaft runde Blumenkästen anbringen. Die müssten die Anwohner dann bepflanzen." Einige der Anwesenden verdrehten die Augen. „Warum soll es nur beim Schützenfest so schön aussehen?", fuhr sie fort. Insgeheim hoffte sie auch, für ihr Café weitere Kunden zu finden, wenn mehr Feriengäste ins Dorf kämen. Sie sprach Pierre an, den Schwiegersohn von Kösters Gaststätte: „Ihr habt doch schon zwei Fremdenzimmer. Könnt ihr nicht die obere Etage noch etwas ausbauen und das Angebot erweitern?"

Ottomar hatte an diesem Treffen teilgenommen. Er erzählte uns, dass Frau Krusemann sich wie immer für die kulturellen Belange eingesetzt hatte. Sie schlug vor, eine eigene Bibliothek im Dorf aufzubauen. Da machten alle große Augen. Im Schulgebäude gab es einen kleinen Raum, wo man so etwas einrichten könnte. „Auch das gehört dazu, wenn es hier schöner werden soll." Sie stellte in Aussicht, mehr als 200 Bücher zu spenden, aus ihrem Besitz und dem Nachlass ihrer Mutter.

„Und man müsste Sponsoren finden, die Mittel zur Verfügung stellen, vor allem für Bücher für die Kinder."

Klaus Padberg war mit dem ersten Ergebnis sehr zufrieden. Er nahm alle Vorschläge in seine Liste auf und hängte sie am Spritzenhaus in den Kasten, wo die Dorfnachrichten aushingen.

Als sie tags darauf draußen bei Kösters auf der Bank saßen, fragte Bauer Toni: „Aber wenn ich meinen Misthaufen jetzt vorne weg mach und wenn wir den Wettbewerb gewinnen, was ist denn dann?"

Padbergs Klaus sah ihn lange an. Schließlich sagte er: „Dann sind wir stolz und malen uns ein Schild, das hängen wir am Dorfeingang auf."

„So ist das", sagte Toni, „ich verstehe."

Als erstes größeres Vorhaben wurde das Haus neben der Schule gestrichen. Es war ein zweigeschossiges Wohnhaus für vier Familien. Günther Spratte hatte es vor ein paar Jahren einem Geschäftsmann aus Meinerzhagen abgekauft. Mit einem seiner Lkws fuhr er ein Gerüst heran. Die verputzte Fassade musste man nur an wenigen Stellen ausbessern und dann wurde es von vielen eifrigen Händen in ein helles Grün getaucht. Günther Spratte lud alle Helfer und auch die wohlwollenden Ratgeber und Beobachter der Aktion ein. Das halbe Dorf stand Kopf, denn es hatte sich wirklich so etwas wie Gemeinschaftssinn entwickelt und den neuen Glanz des grünen Hauses sah man als den Erfolg einer vereinten Anstrengung an. Bei Bratwurst und frischem Pils aus dem Fass feierten alle Helfer bis in die Nacht und Klaus Padberg freute sich besonders, dass auch seine Frau unter denjenigen Dorfbewohnern war, die an Anerkennung nicht sparten.

Dann war das Spritzenhaus dran. Aber der Elan ließ deutlich nach, zumal dieses Gebäude in einem ziemlich baufälligen Zustand war. Mit etwas Farbe war es nicht getan. Das kleine

Bruchsteinhaus war sicher schon hundert Jahre alt, hatte früher mal als Stall gedient und dann lange leer gestanden, bis man es für den Spritzenwagen und einige Utensilien der freiwilligen Feuerwehr benutzt hatte. Einzelne Steine, besonders an der rechten Ecke, waren herausgebrochen und der hölzerne Unterbau des Daches bedenklich morsch. Die Regenrinne hing herab. Bisher hatten sich alle davor gedrückt, diese Baufälligkeit wirklich anzusprechen. Vielleicht war es besser, alles so zu lassen, bis man eine Alternative gefunden hatte.

Die Beratungen darüber waren sehr intensiv, in erster Linie aus dem Grund, dass sich niemand an dieses Projekt heranwagte. Schließlich waren alle froh, als Frau Krusemann ihre geplante Bibliothek in den Vordergrund rückte. Der kleine Raum in der Schule wurde schnell hergerichtet, Regale und ein Arbeitstisch aufgestellt und die ersten Bücher lagen zur Ausleihe bereit. „Nur nach außen hin", sagte Klaus, „hat das natürlich keinen Effekt. Davon sieht man auf der Straße ja nichts. Ich weiß nicht, ob das zählt." Frau Krusemann widersprach energisch und sagte etwas wie: „Kultur ist eben innere Schönheit." Wenn die Kommission komme, müsse sie natürlich ins Haus gebeten werden.

Bevor es jedoch so weit war, konnte sich Klaus nicht mehr um die von ihm eingeleitete Wettbewerbsbeteiligung kümmern. Seine Frau hatte schon seit längerem bemerkt, dass seine Haut ungewohnt blass aussah und er mehr und mehr den Hunger verlor. Dazu fühlte er sich zunehmend müde und abgeschlagen. Sie führte das auf seinen unermüdlichen Einsatz zurück, schließlich ging er mit großen Schritten auf die 75 Jahre zu. Als er dann vermehrt über Rückenschmerzen klagte, schickte sie ihn zum Doktor. Der fragte nach so unterschiedlichen Phänomenen wie Schwellung der Augen und dem Harndrang, stellte als Diagnose schließlich erhebliche

Nierenprobleme fest, aber es war schon zu spät. Im Blut und Gewebe hatten sich giftige Stoffe angesammelt. Bevor Klaus Padberg seine zweite Amtszeit als Ortsvorsteher beenden konnte, starb er an einem akuten Nierenversagen.

Frau Krusemann setzte sich vehement dafür ein, die Dorf-verschönerung in seinem Sinne weiterzuführen, doch alle ihre Appelle halfen nicht, denn der ausschlaggebende Motor fehlte. Sie selbst konnte die praktischen Tätigkeiten nicht einleiten, geschweige denn durchführen und die anderen Mitstreiter von Padbergs Klaus verschanzten sich hinter ihrer Arbeit. „Der war ja Rentner, da geht das, aber wie sollen wir so viel Zeit auf-bringen? Und eigentlich ist unser Dorf ja schön genug."

Immerhin konnte Frau Krusemann den Toni dazu bringen, seinen Misthaufen von der Straße weg zu verlegen. „Das sind wir ihm schuldig." Vor dem Haus stellte er eine Bank auf, da-neben wurde ein Blumenbeet angelegt. Und das grüne Haus etwas weiter die Straße hinauf strahlte in neuem Glanz.

„Na ja", sagte Ottomar, „etwas hat der Klaus doch erreicht. Wenn er weitergemacht hätte, hätten wir sicher einen Preis gewonnen."

17 GINA

Als ich nach diesen aufwühlenden Tagen zu meinem Standort in Goslar zurückgekehrt war, ging ich am ersten Abend ins Colibri. Es gab kaum Gäste im Lokal und es roch nach kaltem Rauch. Das Licht über der Theke war viel zu grell; ansonsten gab es im Raum nur einige mit Stoff bespannte, gelbliche Wandleuchten. An einem Wochentag – was für eine erbärmliche Spelunke!

Gleich neben dem Eingang hing aus Blech ein Sparschrank mit 40 kleinen, beschrifteten Schlitzen, in die die Sparer allmonatlich ihr Geld einwerfen konnten. Das war doch wahrlich ein Grund, die Kneipe aufzusuchen. Eine grün lackierte Hammerschlag-Oberfläche sollte Seriosität vortäuschen. Neben den monatlichen Leerungen fand am Ende des Sparjahres eine Abrechnungsfeier statt und der Wirt gab eine Runde an die Sparer aus. Er war ja der eigentliche Profiteur der Aktion.

Ich saß an der Theke und Zapfer Karlemann kam ziemlich schnell auf den Punkt: „Mann o Mann, du lässt es dir im Urlaub wohlergehen, aber an ein gebrochenes Mädchenherz denkst du nicht."

Ich sah ihn erstaunt an. Was wollte er? Ich hatte genug Probleme, mit denen ich mich beschäftigen musste.

„Na ja, an allen Tagen des Wochenendes fragte die kleine Gina nach dir und sie schien untröstlich, dass sie dich nicht finden konnte. Was hast du mit ihr angestellt?"

Ich schüttelte den Kopf. „Nichts", sagte ich, „ich habe ein paar Mal mit ihr getanzt und ein bisschen gequatscht. Mehr nicht."

Er stimmte mich dennoch nachdenklich. Hatte ich denn etwas mit ihr angestellt? Zuerst hatte sie mich zum Tanzen aufgefordert. Es war angenehm gewesen, meinen Arm um ihre Taille zu legen. Sie trug ein anderes Parfüm als Monika. Wir hatten die nötige Distanz gewahrt. Eine leichte Beute, wie andere der Tanzmädchen, war sie sicher nicht. Hatte mir das gefallen?

Was wollte sie von mir? Blöde Frage, dachte ich dann. Ich hatte aber nichts mit ihr im Sinn. Was war es wohl, was mich an ihr reizte? Warum stieg mir jetzt das Blut in den Kopf?

Ich wusste, wo der Andenkenladen war, in dem sie arbeitete, eine kleine Verkäuferin. Als ich am nächsten Tag kurz vor Geschäftsschluss dort herumspazierte, tat ich so, als ob mich die Souvenirs interessierten, die vor dem Laden auf Ständern und schmalen Tischen angeboten wurden. Es gab kleine Frühstücksbrettchen aus Holz mit eingebranntem Goslar-Schriftzug, Brockenhexen mit spitzen Hüten in allen Formen und Materialien, daneben auch Gläser mit Harzer Leberwurst. Unsagbarer Kram. Die Person, die dann beim Feierabend alle Utensilien zurück in das Geschäft einräumte, war aber nicht Gina, sondern eine ältere Frau. Vielleicht die Inhaberin oder irgendeine andere Angestellte?

Ich wich auf den Obstladen nebenan aus, kaufte mir ein paar Weintrauben, die ich sofort aus der Tüte heraus aß, und ging den Weg hinauf zur Kaserne zurück. Die Kerne spuckte ich auf die Straße.

Luggi und ein paar andere Jungens aus Braunschweig feierten schon tagelang den erneuten Sieg ihres Fußballvereins.

Sie glaubten tatsächlich daran, dass die Eintracht Deutscher Meister werden würde. Sie grölten rum und feuerten sich selbst an, zwar in der Nachbarstube, aber ich fand trotzdem nicht meine Ruhe, um ein paar Seiten *Blechtrommel* zu lesen. Ich lag auf meinem Bett und schloss die Augen, und Peggy March sang wieder: *Mit 17 hat man noch Träume, da wachsen noch alle Bäume in den Himmel der Liebe.* So ein Schwachsinn, dachte ich. Aber ich spürte plötzlich, dass ich wieder Gina im Arm hatte.

Noch zweimal schlich ich an den nächsten Tagen vergeblich um den Souvenirshop herum, aber auch am Freitag beim Tanz im Colibri war Gina nicht anwesend.

Ich vergaß sie dann, oder besser gesagt, ich schüttelte einfach den Kopf, schüttelte sie ab, wenn sie es wagte, in meine Gedanken zu kommen. Was hatte ich mit ihr zu tun?

Am Samstag war es Zeit für das übliche Treffen mit Monika. Sie lebte immer noch auf, wenn sie von ihrem Tanzsportgymnastikwettbewerbserfolg schwärmte. Ich gönnte ihr das und ließ sie erzählen. Und ich war froh darüber. Sie kam gar nicht darauf, näher nach meinem Aufenthalt zu Hause im Sauerland zu fragen. Ich hatte das Gefühl, mir stände es ins Gesicht geschrieben, was mit mir und dieser Linde geschehen war. Ich konnte Monika nicht in die Augen sehen. Diese Nacht hatte Spuren hinterlassen, aber nur ich spürte sie. Konnte ich mich so gut verstellen oder war sie zu unsensibel, um zu empfinden, dass irgendetwas zwischen uns stand. Sie freute sich, mich zu sehen, und plapperte los. Besonders mit den Reifen hatte es vorzüglich geklappt, und sie hatten wirklich Musik von Glenn Miller ausgewählt. „Muss ich mir mal anhören", sagte ich, „wie heißt das Stück? *In the mood?*"

Ein unwohles Gefühl blieb bei mir, aber warum sollte ich etwas von den beiden Schwestern aus dem Dumicketal erzählen?

Eine Woche später machte ich mit Monika am Sonntag einen Ausflug zum Okerstausee, von Bad Harzburg oder Goslar aus in einer halben Stunde mit dem jetzt wieder verlässlichen Fiat zu erreichen.

Als ich sie abholte, blickte sie mich skeptisch an. „Hast du eigentlich nichts anderes anzuziehen als immer diesen selben abgetragenen Pullover?", sagte sie. Ich wollte mir die Stimmung nicht verderben lassen und antwortete: „Zu Weihnachten kannst du mir ja einen neuen schenken, den werde ich dann die nächsten fünf Jahre tragen. Am besten, du strickst mir selbst einen neuen." Monika winkte ab: „Egal, da an dem See kennt uns ja sowieso keiner."

An der Talsperre machten wir einen kleinen Spaziergang und ich hatte richtig heimatliche Gefühle. „Das ist ja wie bei uns im Sauerland, der See und die Wälder, glitzerndes Wasser." Monika nickte: „Jetzt müssen wir nur noch ein schönes Café finden für unseren Sonntagskuchen." Da war es wieder. Solch sture Gewohnheiten fand ich schrecklich. Ich verdrehte die Augen.

Von der Hauptsperrmauer aus nahmen wir an einer Schiffsfahrt teil. Die Luft war lau, ein paar Vögel begleiteten das Schiff, das Wasser sprudelte an der Bordwand vorbei, verkräuselte sich hin zum Heck und floss aus in einen langen Strudelschwanz mit schmalen Schaumkronen an den Seiten. Ich schloss kurz die Augen und hörte das Rauschen des Wassers. Schon konnte man den Fahrtwind spüren. Da machte sich ein schönes Wochenendgefühl breit.

Wir erfuhren über den krächzenden Bordlautsprecher, dass man hier, wie es bei uns zu Hause am Biggesee mit Listernohl passiert war, ebenfalls eine Ortschaft im Wasser hatte ertrinken lassen. Kein Erbarmen. Die Waldarbeitersiedlung Schulenberg hatte damals etwa Siebzig Einwohner, die 1954 nach Neu-Schulenberg umsiedeln mussten, bevor ihr Dorf vom aufgestauten

Wasser nach und nach überflutet und ertränkt wurde. Verlorene Heimat, dachte ich. Wir fuhren jetzt leichtfertig mit unserem weißen Ausflugsdampfer darüber hinweg. Aus dem Lautsprecher verzerrte Schlagermusik. Freddy Quinn und Caterina Valente. Idylle im Sonnenschein. Ein Pärchen erhob sich und tanzte. Aber tief unter uns gab es sicher noch Mauern und Straßen, versunkene Hausportale und abgesoffene Ziegenställe. Da saß eine verzweifelte alte Frau auf der Bank vor dem Haus. Der Wasserspiegel stieg unaufhörlich. Hörte man ihre Stimme? ‚Ich geh hier nicht weg. Ich hab immer hier gelebt. Das Wasser wird mich nicht vertreiben.‘ Der Hund zu ihren Füßen aber war schon ertrunken.

Als Kuchen wurde an Bord lediglich der gemeine Bienenstich vom Blech angeboten. Ich mochte das eigentlich, Pudding-Creme und Mandelüberzug. Ob das Monika gefallen würde? Ich balancierte auf einem Tablett zwei rechteckige Stückchen und zwei Tassen Kaffee von der Theke zu unserem Tischchen ganz vorn auf dem Vorderdeck, direkt an der Reling, wo das Wasser des Okerstausees durch den Schiffsbug geteilt wurde. Für mich gab es keine, für Monika jedoch eine doppelte Portion Sahne im Kaffee. Ich war mit dem Kuchen sehr zufrieden, aber Monika guckte ziemlich enttäuscht.

„Na ja", sagte sie, „das ist ja kaum viel besser als nichts." Ich kniff die Lippen zusammen, dachte an die alte Frau unten auf dem Grund des Sees und blickte hinüber zum tannenbestandenen Talsperrenufer. Dort wirkte das Wasser etwas dunkler und fast grünlich. Was sollte ich sagen? Ich hatte mein Bestes versucht. Aber sonntags ohne richtigen Kuchen, das konnte für sie einfach nicht sein. Was hätte sie wohl zu Streuselkuchen gesagt? Der war ja noch trockener.

„Was macht eigentlich der Oskar, dein kleiner Blechtrommler?", fragte sie plötzlich. „Hat er denn schon gelernt, die Noten

für sein Instrument zu lesen?" Sie kicherte. „Du bist doch flei-
ßig und hast sicher schon ein paar Kapitel durchgearbeitet."

Ich hatte das Gefühl, sie mache sich lustig über mich, und
antwortete nicht. Es zeigte sich, dass sie auf eine Antwort auch
gar nicht gewartet hatte. Ich rückte ein wenig von ihr weg und
musste mir eingestehen, dass mich diese Stichelei wurmte. Es
ärgerte mich, dass ich nicht souveräner damit umgehen konnte.

Sie warf mir einen überspitzten Kussmund zu. Auch das
noch. Ich zuckte zurück, aber sie schmiegte sich an mich und
lachte. Von der Seite sah ich ihr hübsches Profil.

Wie tief mochte das Wasser hier wohl sein? Ich hatte so
ein ungutes Gefühl, weil ich mich fragte, ob man die Häuser
vor der Überflutung wohl eingerissen hatte oder ob jetzt Fische durch den Flur und die Küche schwammen, durch den
Schornstein wieder hinaus.

Monika interessierte die Tiefe nicht und zeigte mit dem Finger über die glatte Oberfläche des Wassers hin zu den steinigen
Ufern. Auf der schmalen Böschung saßen hin und wieder ein
paar Leute. Dort standen Fahrräder an der Straßenbegrenzung.
Zwei kleine Mädchen warfen Steine ins Wasser. Ein Hund sprang
nach einem Stöckchen. Weiter oben, jenseits der Straße, stiegen
hohe, dunkle Fichten empor. Das war wirklich fast wie zu Hause.

Als wir über die schwankende Gangway das Schiff wieder
verlassen hatten und auf dem Kiesweg zum Parkplatz schlen-
derten, kamen uns drei Personen entgegen. Ich erkannte die
mittlere sofort, obwohl ich gegen die schon tief stehende Sonne ansehen musste. Es war Gina.

Sie wurde von zwei Erwachsenen begleitet. Die Frau war
eher ein wenig dicklich und trug einen offenen, leichten Man-
tel, der Mann fiel durch einen dunkelgrünen Lodenhut auf
und führte an der Hand einen Wanderstock mit einem ge-
bogenen Handgriff. Vorn auf dem Stock blinkten drei oder
vier kleine Blechschilder in der Sonne, vielleicht Andenken

aus Berchtesgaden oder von der Bundesgartenschau in Stuttgart. Vermutlich waren die beiden ihre Eltern. Gina sah sehr blass aus und war in ein helles, grünliches Sommerkostüm gekleidet, das ihre bleiche Gesichtsfarbe noch unterstrich. Ich kannte sie ja nur im Tanzdielenlicht mit einer Strohhalmcola in der Hand und konnte ihre Person jetzt in dieser Situation nur schwerlich einordnen, ein junges Mädchen in Begleitung ihrer Eltern, unscheinbar und angepasst.

Gina und ich sahen uns im Vorbeigehen erstaunt an. Wir wandten beide dem anderen das Gesicht zu, sagten nichts und gingen zunächst scheinbar unbeteiligt weiter.

Ich war zu verblüfft, als dass ich ein Wort herausgebrachte hätte, und konnte nicht reagieren, ja, ich fühlte mich sogar regelrecht ertappt und merkte, wie ich augenblicklich erstarrte. Während ich also zu keiner Reaktion fähig war, blieb Gina nach einem kurzen Moment plötzlich stehen, drehte sich halb zu mir und Monika um, und nachdem sie schon zwei Schritte vorbei war, sagte sie: „Bist du es, Heiner? Fast hätte ich dich nicht erkannt."

Die gesamte Gruppe blieb nun stehen. Ich hatte das Gefühl, auch die Luft stände still. Im Rücken spürte ich einen Krampf und ich musste mich unwillkürlich strecken. Warum kam bei mir urplötzlich ein schlechtes Gewissen auf?

Ich ließ Monikas Hand los und plapperte irgendein dummes Zeug daher, schönes Wetter, Schiffsfahrt, Bienenstich. Ihre Eltern nickten, Gina sah mich aufmerksam an, Monika guckte irritiert. Die dicke Mutter wischte sich mit der Hand über die Stirn. Ich fühlte mich wie der absolute Idiot, der ich sicher auch war.

„Komm, Gina, das Schiff legt gleich ab", sagte der Vater. Er fasste sich kurz an den Hut, ohne ihn aber wirklich zu lüften. Die Mutter zog an ihrem Arm. Gina blickte mich noch einmal an. „Vielleicht bis ein andermal", sagte sie leise, ohne ihre Lippen wirklich zu öffnen. Sie versuchte zu lächeln. Ich hob die Hand. Vom Schiff her hörte man die Glocke schlagen. Unter unseren Schritten knirschte Kies. Ich drehte mich nicht mehr um. Ein Windhauch kam vom See her.

„Kannst du mir sagen, was das war?" Monika schien irritiert.

Ich fasste mir mit zwei Fingern in den Hemdkragen und zog ihn ein bisschen nach vorn. Es verschaffte mir kaum mehr Luft. Stockend und wahrheitsgemäß erklärte ich unsere unverbindliche Tanzbodenbegegnung. „Ich weiß gerade mal ihren Namen. Sonst ist wirklich nichts", sagte ich.

So war es ja auch, redete ich mir ein, und ich fühlte mich trotzdem wie ein Lügner und Verräter. Und die Nacht mit Linde stand mir vor Augen, der verklemmte BH-Verschluss, das weiße Bett im Wetterleuchten, die Blitze, denen der Donner fehlte.

Davon wusste Monika nichts. Sie kannte auch das Colibri nur von flüchtigen Erzählungen. Sie lebte in ihrem hölzernen Kaiserpalast und hatte ihren Wettbewerb mit Seil, Reifen und Keule gewonnen. Die Urkunde war sicher schon gerahmt.

Jetzt diese Begegnung am Seeufer. Hinten legte das Schiff ab zu einer neuen Fahrt über den dunklen Grund mit dem ersoffenen Dorf. Die schwarze Frau unten vom Seeboden schüttelte ihren Kopf. Ihre Füße standen schon bis zu den Knien im Wasser, vor ihr der ertrunkene Hund: ‚Ich bleibe.'

Ich machte mir weniger Gedanken darüber, wie Monika dieses unverhoffte Zusammentreffen einschätzte und ob weitere Erklärungen nötig sein würden, als darüber, wie dies wohl auf Gina gewirkt hatte. Von Linde wussten beide nichts. Und für die war ich sicher so unbedeutend, dass sie mich längst schon wieder vergessen hatte. Aber Gina hatte bisher noch keine Ahnung davon, dass ich eine Freundin hatte, und sie hatte mich jetzt Hand in Hand mit Monika angetroffen. Ich wusste nicht, wie überrascht und enttäuscht sie wohl war. Meine Konfusion konnte größer nicht sein.

18 KRUMME JUDEN

Immer noch fragte Monika nach meinem Dienst, nach den Vorgesetzten, dem Kasernenessen oder den Schießübungen und den anderen Kameraden. Ich hatte meist wenig Lust, darüber zu sprechen. Außerdem hatte ich mehr und mehr den Eindruck, dass sie sich kaum dafür interessierte, stattdessen fühlte ich mich eher ausgefragt und kontrolliert. Von der Gestaltung der freien Zeit, vor allem an den Abenden des Wochenendes, die äußerst fragwürdig war, erzählte ich fast nie. Trinkexzesse, Machosprüche, Kartenspiele und Männlichkeitsgehabe. Ich weiß nicht, ob es den anderen auch wenig behagte, darüber sprach man nicht, aber es waren Gewohnheiten und Rituale, denen man sich nur hätte entziehen können, wenn man den Preis des Außenseiters zahlen wollte. Der eine oder andere hatte doch sicher auch zu Hause eine nette Freundin oder eine Familie, die sich auf ihn freute. Davon war hier in der Kaserne kaum die Rede.

Auch zu dem Wehrdienst, den ich beim Grenzschutz ableistete, hatte ich mit der Zeit ein kritisches Verhältnis bekommen. Von anderen Bekannten aus der Heimat hörte man jetzt mehr und mehr, dass sie den Kriegsdienst verweigerten. Wer aus Gewissensgründen den Dienst mit der Waffe ablehnte, konnte seit 1961 stattdessen Zivildienst leisten. Man konnte im Krankenhaus, im Altenheim oder beim Rettungsdienst arbeiten. Auf diese Idee war ich gar nicht gekommen.

Wir hörten von den Hippies oder den Blumenkindern, einer Bewegung, die von San Francisco ausging. Natur, Liebe, Konsumverzicht und Peace waren einige Schlagworte. Und man verabscheute den Vietnamkrieg, der als eine Aggression der USA angesehen wurde. Unsere Regierung unterstützte die Kriegsaktionen im fernen Asien offenbar vorbehaltlos. Ich trug eine Uniform dieses Staates und viele Zweifel kamen in mir auf. Mit Monika konnte ich kaum darüber sprechen, sie schien sich dafür nicht zu interessieren. „Die Hippies nehmen auch Drogen. Da halten wir uns mal lieber fern", sagte sie.

Zum Unterricht versammelte sich unsere Gruppe oben unter dem Dach im Schulungsraum. Dort war es meist ein wenig stickig, denn es gab lediglich in der Dachschräge ein paar Fenster, die nach außen aufgestellt werden konnten. Wenn der Unterricht morgens nach dem Appell begann, waren wir oftmals noch ziemlich müde und es war oft richtig mühsam, die Augen aufzuhalten. Heute sollten neue Marschlieder erlernt und eingeübt werden. Das war alles andere als Musikunterricht, den wir von der Schule kannten.

Oberwachtmeister im BGS Bräcker trat vorn vor uns hin. ACHTUNG! Und von ihm hörten wir erst einmal SETZEN, AUFSTEHEN, SETZEN, AUFSTEHEN, SETZEN, AUFSTEHEN. „Zackig, zackig. Endlich wach, Kameraden?" – „Jawoll, Herr Oberwachtmeister!"

Er war ein wenig dickleibig, da er schon seit Jahren aller sportlichen Aktivitäten entsagen konnte. Seine militärische Laufbahn hatte im unteren Dienst beim Oberwachtmeister ihr Ende gefunden und er konnte sich aus aller anstrengenden Tätigkeit heraushalten. Er hatte eine laute, schneidige

Stimme, den nötigen Schuss Sarkasmus und beherrschte die an ihn gestellten Anforderungen bei der Ausbildung der Nachwuchsbeamten auf Gruppenebene seit Jahren zur vollen Zufriedenheit.

Zur Einstimmung sangen wir das Polenmädchen. Das klappte und das mochten wir alle gern.

In einem Polenstädtchen,
da wohnte einst ein Mädchen,
das war so schön.
Sie war das allerschönste Kind,
das man in Polen find';
aber nein, aber nein sprach sie,
ich küsse nie.

Unser Gesang dröhnte durch die Dachkammer, hallte wider von der Schräge. Jetzt waren wir wirklich alle wach. Der Wachtmeister nickte mit dem Kopf. „Für heute habe ich ein neues Lied ausgewählt: *Tirol, du bist mein Heimatland.*" Wir blickten verwundert. „Ein schmissiges Lied, das wird euch gefallen."

Dann kam das Schlimmste, Wachtmeister Bräcker sang vor. Den Marschrhythmus schlug er mit der Faust auf den Tisch, blickte unter der immensen Herausforderung des Sologesangs mit stechenden Augen starr nach vorn in den Raum, schien seinen Blick irgendwo hinten an der Wand zu fixieren und sang mit eintöniger, spröder Stimme, vom Heimatland Tirol, vom Alphorn, das über Berg und Tal schallt, vom lieben Schatz, der schon im Grabe ruht, von Eltern, Bruder, Schwester, die längst tot und bei Gott sind, und dann schließlich vom eigenen Tod. Wir blickten mit eisigen Gesichtern nach vorne, bis zur letzten Strophe:

Wenn ich gestorben bin,
legt mich ins kühle Grab,
wo deutsche Eichen stehn,
senkt mich hinab.

Geschafft. Wir mussten es aushalten und saßen mucksmäuschenstill. Man durfte nicht wagen, zu sprechen oder zu lachen, aber irgendwie war das in dieser absurden Situation auch keineswegs angebracht.

Luggi gelang es immer, jede noch so verkrampfte Situation zu entschärfen. Er hob zur Meldung den Arm, Bräcker nickte.

„Gestatten eine Frage, Herr Oberwachtmeister. Ich war einmal mit meinen Eltern zum Urlaub in Tirol. Gehört denn Tirol zu Deutschland?"

Der Angesprochene atmete erst einmal durch. „So genau kann man das nicht sagen. Sie sprechen dort jedenfalls Deutsch." Er zögerte kurz. „Vor allem kann man nach diesem Lied gut marschieren. Das ist ein altes, traditionelles Lied. Das kenn ich schon seit meiner Jugendzeit bei der Hitlerjugend. Verstanden?"

„Jawoll, Herr Oberwachtmeister."

Den Text legte er uns vor und wir wagten uns mutig singend in dieses Neuland voran. Wir sangen aus kräftigen Kehlen. Die Müdigkeit war heute endgültig verschwunden.

Tirol, Tirol, Tirol,
du bist mein Heimatland.
Weit über Berg und Tal
das Alphorn schallt.
Die Wolken ziehn dahin,
sie ziehn auch wieder her.
Der Mensch lebt nur einmal
und dann nicht mehr.

Ich hab 'nen Schatz gekannt,
der dort im Grabe ruht.
Den hab ich mein genannt,
er war mir gut.
Hab keine Eltern mehr,
sie sind schon längst bei Gott,
kein Bruder, Schwester mehr,
sind alle tot.
Wenn ich gestorben bin,
legt mich ins kühle Grab,
wo deutsche Eichen stehn,
legt mich hinab.

Wir sangen das Lied dreimal durch, dann saß es. Ein paar der Kameraden hatten schon mit der Faust den Takt auf die Tische mitgeklopft. Oberwachtmeister Bräcker war zufrieden mit uns, mehr sogar noch mit sich selbst. Er wurde übermütig.

„Und als ich jung war, ich komm aus Kassel, da haben wir es noch ganz anders gesungen. Das war noch zur Zeit der Wehrmacht. Das steht hier nicht auf unserem Liederblatt, aber ich schreib's euch an die Tafel." Und er nahm ein Stück Kreide und schrieb, mit einer sauberen, eher kindlichen Schrift:

Krumme Juden ziehn dahin, daher.
Sie ziehen durch das rote Meer,
die Wellen schlagen zu
und die Welt hat Ruh!

„Kurze Zigarettenpause", sagte Bräcker, „in 15 Minuten wieder antreten. Dann könnt ihr den Text abschreiben."

Wir stiegen die Treppe hinunter. „Was war das denn gerade?", sagte mein Stubenkamerad Pössel, als wir draußen vor dem Gebäude standen. Ich machte mir auch erst in diesem

Moment klar, was da oben vor sich gegangen war. „Hat der das wirklich geschrieben, *krumme Juden?*"

Luggi winkte ab. „Lasst den doch. Aus so 'nem alten Nazikopp kriegst du das nicht mehr raus."

„Aber wir sind doch hier Vertreter unseres demokratischen Staates. Da darf es doch keine Judenhetze geben." Ich kam mir selbst komisch vor, wie geschwollen ich sprach, aber wie sollte man es denn sonst sagen.

„Das geht so nicht, das können wir so nicht zulassen." Pössel schien entschlossen und ergriff das Wort.

Luggi war kaum einverstanden. „Der macht uns fertig, wenn wir aufmucken, ihr kennt den doch."

Unsere Zigaretten waren aufgeraucht. Wir stiegen wieder hinauf in den Unterrichtsraum.

Ich bewunderte Pössel. Er war sehr zurückhaltend und eher unscheinbar, hielt sich in unserer Gruppe meist etwas abseits. Jetzt meldete er sich. „Herr Oberwachtmeister, wir möchten diese Strophe nicht abschreiben." Riskierte er damit seinen Wochenendausgang?

Bräcker zuckte und blickte starr nach vorn. Widerspruch war er nicht gewöhnt. Er schien zu überlegen. So restlos hatte ihn sein bisschen Verstand wohl doch nicht verlassen. „Das ist nur ein Zusatz, der gehört nicht zwingend zum Lied. Nur wer will."

Man spürte die eisige Stille im Raum. Einige der Kameraden wollten mit dem Schreiben beginnen, zögerten aber noch für einen Moment und beobachteten die Situation.

„Wir singen", brüllte da der Oberwachtmeister mehr als das er sprach und stimmte an: *Tirol, Tirol, Tirol, du bist mein Heimatland …* Wir fielen lautstark ein: *Weit über Berg und Tal das Alphorn schallt.*

Die wöchentliche Unterrichtung in politischer Bildung und Rechtskunde hielt mit uns der Leutnant ab. Er war noch ein junger Mann, vielleicht fünf Jahre älter als wir, sah gut aus und verbreitete in seinem Auftreten eine optimistische Atmosphäre. Der gesamte Zug versammelte sich im Nebenraum des Speisesaals. Es war offensichtlich, dass der Leutnant von dem Vorfall beim Übungsgesang unserer Gruppe erfahren hatte. Ich fragte mich, ob Pössel so viel Zivilcourage besessen hatte, um ihm Meldung zu machen. In meinen Augen hatte er Hochachtung verdient. Jedenfalls sprach der Leutnant heute ungewohnt ausgiebig über die Werte der Demokratie, über Antisemitismus und die Gefahren einer Diktatur und eines totalitären Regimes. Gerade wir Deutschen müssten aus der Geschichte lernen. Die Gesangsprobe erwähnte er nicht.

Die Gruppenführer waren bei diesem Unterricht auch anwesend. Oberwachtmeister Bräcker saß mit den anderen uns gegenüber neben dem Leutnant am Tisch. Er ließ sich nichts anmerken und blickte stur geradeaus.

Nach dem Ende seines Vortrags sagte der Leutnant, dass er Pössel und mich zu sich bestelle. „Die anderen wegtreten! Pause bis zur Mittagsmahlzeit."

Was war das denn? Als er unsere Namen nannte, zuckte ich zusammen. Ich blieb wie festgewachsen auf meinem Stuhl sitzen, hielt die Luft an und prustete dann schnaubend aus. Ich sah zu Pössel hinüber, der aufstand und mir winkte. Wir gingen nach vorn zum Führungstisch. Dort nahmen wir Haltung an und warteten. Der Leutnant war noch im Gespräch mit den Gruppenführern. Bräcker sah kurz zu uns herüber, dann wieder zu seinem Vorgesetzten.

Wir standen hier wie Verbrecher. Oder sollten wir belobigt werden? Ich hatte doch weder in die eine noch in die andere Richtung etwas gemacht. Den Tafelanschrieb des Wachtmeisters fand ich zwar auch empörend, aber ich hatte nicht einmal den Mut bewiesen, dagegen etwas zu sagen. Anders war es bei Pössel. Wurde er jetzt als mutiger Demokrat gewürdigt und ich als schweigender Mitläufer getadelt? Oma Johnke aus unserem Dorf hatte damals an mir gelobt, dass ich nicht einfach alles hinnehme, sondern auch unangenehme Fragen stelle. Jetzt hatte ich offensichtlich versagt. Diese Gedanken schossen mir durch den Kopf. Ja, die Rüge hatte ich verdient. Je länger wir dort vorn in Habachtstellung standen, desto heißer wurde mir. Ich wagte es nicht, zu Pössel hinüberzuschauen. Jedenfalls geschah es aber nicht vor versammelter Mannschaft, dachte ich.

Endlich legten die Gruppenführer die Hand an die Mütze und grüßten und der Leutnant entließ auch sie in die Mittagspause.

„Nun zu euch. Rühren!" Er duzte uns, das war ungewöhnlich, und zeigte auf die Stühle vor seinem Tisch, wo wir uns setzen sollten. Mir war schummerig zumute. Er sagte erst einmal nichts, aber zu meinem Erstaunen nahm sein Gesicht mehr und mehr einen freundlichen Ausdruck an, bis er tief Luft holte und uns lachend ansah.

„Ich werde bald heiraten."

Er lehnte sich zurück und schien sich an seinem eigenen Satz zu erfreuen. Dann sprach er von seinen Plänen, im Casino seinen Polterabend zu feiern, mit den Offizieren, mit altgedienten Kameraden, Familie und privaten Gästen. „Es wäre schön, wenn zur Unterhaltung an diesem Abend ein wenig flotte Musik beitragen könnte, nicht nur Marschmusik und Soldatenlieder. So viel älter als ihr bin ich ja auch nicht. Die Beatles oder Trini Lopez sind auch meine Musik."

Ich staunte, welche Wendung diese Vorladung genommen hatte. Dann machte der Leutnant deutlich klar, was sein Anliegen war. „Mit Kamerad Pössel bin ich schon einig. Er singt und spielt ausgezeichnet auf der elektrischen Gitarre und würde bei meiner Feier für musikalische Untermalung und auch für Stücke zum Tanz beitragen. Aber er braucht noch einen Mitspieler, der für den Rhythmus zuständig ist und ihn auf dem Schlagzeug begleiten kann." Er sah mich an: „Da hat er mir berichtet, dass du dafür in Frage kämest."

Ich fiel aus allen Wolken. Als wir in der Stube beim Reinigen der Gewehre um den Tisch gesessen hatten, hatte ich einmal davon erzählt, dass ich bei einer Schülercombo Schlagzeug gespielt hatte, nur zum Spaß, ohne Ambitionen oder Auftritte. Das musste sich Pössel wohl gemerkt und dem Leutnant davon berichtet haben.

Es war erstaunlich, was sich jetzt daraus entwickelte. Pössel, der aus Hameln stammte, besorgte von einem dortigen Kollegen ein kleines Schlagzeug: Snare- und Bass-Drum, HiHat und Becken mit Ständer. Das wurde in einem schmalen Raum neben der Kleiderkammer aufgestellt und dort konnten wir üben. Für zwei Stunden in der Woche stellte uns der Leutnant sogar vom Dienst frei. Vier Wochen waren es bis zum großen Auftritt. An den Wochenenden probten wir rund um die Uhr.

Und Pössel war phänomenal. Er spielte auf einer weißen Fender Gitarre, hatte eine kleine Verstärkerbox und ein Mikro mit Ständer und zauberte damit die unglaublichsten Songs hervor. Seine mal kräftige, mal raunend weiche Stimme hätte man ihm nicht zugetraut. Von *Yesterday* bis *I Walk the Line* von Johnny Cash hatte er alles drauf. Und er wies mich zur rhythmischen Begleitun ein, lobte meine Begabung, gab mir Tipps und zeigte große Geduld. Mir machte es riesigen Spaß, mit ihm zu spielen. Er konnte wirklich alles spielen, Peter Alexander, The Kinks, Peter Kraus und Fats Domino. Ich lernte nach und nach, ihm ein bescheidener Partner zu sein.

Am Polterabend trugen Pössel und ich ein weißes Oberhemd und eine graue Weste. Hinter uns war als Dekoration ein grünes Fischernetz aufgehängt und dazu ein Paar gekreuzte

Paddel. Davor war sogar ein wenig echter Sand verstreut. „Aber wir spielen jetzt nicht nur Freddy Quinn", sagte mein Gitarrist zu mir. Ob er ebenso aufgeregt war wie ich, konnte man nicht erkennen, aber mir schlug das Herz bis zum Hals.

Alle waren da, der Hauptmann und sogar andere Offiziere, die wir gar nicht kannten. Sie hatten ihre Paradeuniformen angelegt. Die Damen waren in langen Kleidern erschienen. Die Tische waren mit weißem Tischtuch und Vasen mit kurz geschnittenen Tulpensträußen geschmückt.

Nach einigen Redebeiträgen, die ich vor Aufregung kaum mitbekam, setzten wir mit der Musik ein. Pössel hatte einen Song von Cliff Richard als Starter ausgesucht, gab dem Leutnant und seiner Braut ein Zeichen, sie betraten die Tanzfläche und es ging los. Ein kurzer Schlag auf die Snare-Drum, dann *ahu ahu ahu ahu* und Pössel begann zu singen:

Ich hab' die Mädchen in Paris geseh'n
Die Ann-Louise und die Lulu
Doch ich muss sagen, es war keine so
Es war keine so wunderbar wie du!

Der Leutnant und seine Braut waren eingespielte Tänzer. Leichtfüßig schwebten sie über die Tanzfläche.

Ich ging in Java an dem Strand spazier'n
Mir winkten braune Mädchen zu
Doch ich muss sagen, es war keine so
Es war keine so wunderbar wie du!

Ich dachte mir, es geht auch ohne dich
Es gibt noch mehr auf dieser Welt
Doch jedes Mal war mir dann klar:
Du hast mir so gefehlt!

Der Applaus war groß und alles ging reibungslos weiter. Jetzt wurde die Tanzfläche gestürmt. Pössel präsentierte einen Hit nach dem anderen und mit der Zeit legte ich alle Hemmungen ab und war ihm eine angemessene Begleitung.

Da unser Repertoire leider begrenzt war, mussten wir die Stücke wiederholen, doch da war die Stimmung schon so fortgeschritten, dass niemand daran Anstoß nahm, oder die Songs sogar stürmisch begrüßt wurden. Ich glaube, *Marmor Stein und Eisen bricht* haben wir drei- oder sogar viermal spielen müssen.

19 DIE TRIBÜNE

In der Gymnastikschule begannen die Sommerferien. Die Schule in Bad Harzburg machte Semesterpause. Die Mädchen ließen Ball und Keule, Gymnastikmatte und Sprossenwand ruhen. Monika fuhr ins Sauerland zu ihren Eltern. Ich konnte meinen Urlaub so legen, dass er sich für eine Woche mit ihrem überschnitt. Wir hofften auf eine gemeinsame Woche zu Hause im Sauerland. Davor war ich vier Wochen allein im Harz.

Die Hälfte dieser Zeit dachte ich nicht an Monika. Die Abende nach dem Dienst verbrachte ich mit den Kameraden bei Bier und Kartenspiel in der Kaserne. Da ging es ziemlich grob zu. Kein Platz für Sentimentalitäten oder irgendwelche diffizilen Beziehungsprobleme. Am Samstagabend gingen wir wie gewohnt ins Colibri, wo Gina aber nach wie vor nicht mehr auftauchte. Und am Sonntagnachmittag vertiefte ich mich in die Lektüre meiner Blechtrommel statt Cafébesuch mit Monika. Ich vermisste sie nicht sonderlich.

Ich schüttelte über mich selbst den Kopf und konnte mir kaum erklären, warum mir diese Befreiung vom traditionsreichen Café Peters so wichtig war. Ich träumte sogar von unseren Cafébesuchen:

Monika und ich betraten das Lokal, und als ich den vom Regen klatschnassen Parker auszog und an der Garderobe aufhängen wollte, stellte sich heraus, dass ich darunter noch meinen olivgrünen Overall von der Fahrzeugwäsche trug. „Du hast dich noch nicht einmal umgezogen", stellte Monika entrüstet fest. Ich blickte verunsichert an mir herunter. Ja, es war nicht zu verbergen. Mir wurde heiß und kalt. Ich hatte versagt. Als ich in die Tasche fasste, kam ein öliger Lappen hervor. Ich steckte ihn schnell wieder zurück. Dabei dachte ich doch, ich hätte mir Mühe gegeben. „Bitte, meine Fingernägel sind sauber", gab ich zur Antwort und hielt meine Hände hin.

Die Inhaberin vom Café kam hinzu und sagte: „Das reicht beileibe nicht, junger Mann. Sie wollen ein wohlsituiertes Fräulein in ein renommiertes Haus begleiten. Das ist in Ihrer Aufmachung nahezu ungehörig. Ich sollte Sie verhaften lassen, aber ich begnüge mich mit einem sofortigen Lokalverbot." Sie wies unmissverständlich auf die Tür. Monika zuckte mit den Schultern: „Tut mir leid. Aber ich muss bleiben." Sie warf mir einen Kussmund zu. „Du weißt schon, kein Sonntag ohne angemessenen Kuchen."

Ich hatte das Gefühl, dass Monika nicht zu mir stand. Aber konnte ich ihr das vorwerfen? Es war doch mein Vergehen. Draußen vor dem Lokal setzte ich mich auf eine halbhohe Steinmauer. Es regnete immer noch wie aus Kübeln. Das Wasser rann mir über Haar und Gesicht. Aus einem kleinen Lautsprecher über der Eingangstür erklang sofort eine krächzende Stimme: „Verlassen Sie augenblicklich das Grundstück!" Ich hatte begriffen, ja, ich war es doch, der diese Verfehlung begangen hatte.

Als ich wach wurde, fühlte ich mich aufgewühlt und konfus. Es war drei Uhr in der Nacht. Die Kameraden schliefen. Luggi brummte tief und träumte sicher von Eintracht Braunschweig.

Pössel pfiff durch die Nase; er probierte wahrscheinlich im Traum einen neuen Gitarren-Riff aus. Hatte denn keiner Probleme mit einer Freundin?

Am nächsten Tag ging ich nach Dienstschluss Richtung Altstadt, um mir an der Post ein paar Briefmarken zu kaufen. Meine Mutter wartete immer auf eine Nachricht von mir, obwohl ich nur belangloses Zeug zu berichten hatte. Aber ihr zuliebe erfüllte ich diese Pflicht. Meist waren es Ansichtskarten, nicht nur weil das Porto günstiger war.

Da stand an der Ecke zum Marktkirchhof plötzlich Gina vor mir. Sie war gerade aus dem Laden getreten und füllte in einen Ständer an der Straße ein paar Postkarten nach. Fast stießen wir zusammen.

Ich weiß nicht, wer von uns beiden mehr überrascht war. Mein Herz schlug heftig, Gina bekam einen feuerroten Kopf. In einer Stunde hatte sie Feierabend und ich schlug einen Spaziergang am Zwingerwall entlang zum Kahnteich vor. Als ich sie abholte, trug sie eine gelbe Gummijacke, einen sogenannten Friesennerz aus Borkum, wie sie mir erzählte. „Es soll ja heute Abend noch Regen geben."

Der Teich schien ziemlich verschlammt und war mit einer dicken Schicht von Entengrütze bedeckt. Gina wusste, dass er ursprünglich ein Teil des Stadtgrabens war und somit kein natürliches Gewässer. Es roch ein wenig unangenehm nach Faulgas. Das störte uns zunächst nicht. Wir gingen nebeneinander. Wir sprachen kaum. Dann hakte sich Gina beim Schlendern mit dem Arm bei mir ein. Warum nicht? Es war schön, so zu gehen.

„Ich war mehrere Wochen an der Nordsee. Deshalb haben wir uns nicht sehen können. Meine Eltern haben mich zur Kur geschickt. Weißt du, ich leide unter Asthma. Vielleicht nicht ganz so schlimm, eigentlich nur geringgradig, wie sie es ausdrücken, aber ich habe öfter gehörige

Atemnot, Hustenreiz und bin schnell erschöpft. Da ist das Klima an der See sehr hilfreich."

Wir blieben stehen. Ich sah mich nach einer Bank um, wo wir uns ausruhen könnten. Ich sagte nichts. Mir kam die Luft stickig vor. Ich hatte plötzlich Angst um Gina. In der Luft lag dieser üble Zersetzungsgeruch. Konnte sie das ertragen? Sie hustete. Schnell weg von hier! Ich zog an ihrem Arm.

„Nein, nein", sagte Gina. „Ich bin so froh, dich zu sehen. Nur deshalb bleibt mir die Luft weg." Sie sah mich an und lachte.

Trotzdem lenkte ich wieder zurück in die Stadt.

„Was hast du getrieben in der Zeit? Warst du im Colibri?" Ihre Stimme wurde etwas leiser: „An mich hast du sicher nicht gedacht." Sie sah mich unbeholfen an. „Du musst nichts sagen, ich habe deine Freundin ja gesehen."

Man konnte besser atmen, je näher wir der Altstadt kamen, obwohl es immer noch recht stickig war. In der Luft hing irgendetwas Traniges, Öliges. Es hatte seit Tagen nicht geregnet, aber jetzt schien sich etwas zusammenzubrauen. Zwischen den Baumwipfeln konnte man am Himmel dunkle Wolken sehen, die sich ballten. Direkt vor uns sprang ein Eichhörnchen über den Weg und dann an einer Buche senkrecht nach oben. Wie macht es das bloß? Wir blieben kurz stehen und sahen beide fasziniert zu. Wir gingen durch Mückenschwaden. Vergeblich wedelte ich vor unseren Köpfen mit dem Arm durch die Luft. Ich hatte das unangenehme Gefühl, dass unter meinen Achseln Schweiß austrat. Auf dem letzten Stück des Weges lag Kies, wie bei unserem Zusammentreffen am Okerstausee. Er knirschte unter den Füßen.

„Sie heißt Monika", sagte ich endlich, als ich allen Mut zusammengenommen hatte, „aber sie ist zu Hause in Ferien. Wir könnten morgen ins Colibri gehen. Das würde mich freuen."

Bevor sie antworten konnte, pladderte es urplötzlich los. Erst ein kräftiger Windstoß und schon stürzte in dicken

Tropfen der Regen herab, zunächst auf die Blätter der Bäume hoch oben über uns, dann strömte es durch bis nach unten. Sie zog die gelbe Kapuze über den Kopf und ich raffte oben den Jackenkragen zusammen, war aber bald durchnässt. Wir rannten. Auf dem Weg bildeten sich schon erste große Wasserlachen. Hinter dem Museum fanden wir ein Wirtshaus und stürmten atemlos hinein. Ich sah Gina an, aber sie schien die Anstrengung zu verkraften. Sie nickte.

Es gab Tee, dazu auf jeder Untertasse ein schmales, hellbraunes, verzuckertes Plätzchen. Wir fanden Ruhe. Gina strich sich den Regen aus dem Gesicht und die nassen Haare nach hinten. Sie glänzten dunkel. Ihr kleines Gesicht sah jetzt nicht mehr blass aus. Sie hatte schöne Augen. Wir atmeten beide tief. Hinten vom Tresen her kam leise Musik. Irgendetwas Klassisches.

„Sie haben mich nach Borkum geschickt, eine Insel in Ostfriesland. Du fährst zwei Stunden mit dem Schiff und dann mit der kleinen Inselbahn. An der Promenade spielen sie in einem Pavillon Kurkonzerte. Ich habe immer auf der Bank davor gesessen und der Musik zugehört. Einmal war da ein Quintett, das spielte Cool Jazz. Ich musste mich lange eingewöhnen, aber dann hat es mir gefallen. Es waren ganz komische Melodien, ich konnte mich entspannen. Und in Borkum gibt es endlose Strände und Robbenbänke. Es ist neben Helgoland die einzige deutsche Insel mit Hochseeklima. Das tat mir sehr gut. Mein Husten hat nachgelassen."

Gina machte nach ihrer langen Rede eine kleine Pause. „Aber ich habe mich doch ziemlich einsam gefühlt. In der Kur waren vor allem nur alte Leute."

Nochmals schwieg sie. Sie blickte durch das Fenster nach draußen, wo der Regen langsam nachließ. „Abends saß ich fast immer auf meinem Zimmer, ganz allein. Es gab nicht einmal ein Radio."

Sie holte aus der Tasche einen kleinen silbernen Seehund hervor und hielt ihn mir hin, legte ihn auf den Tisch.

„Das hab ich für dich mitgebracht."

Ich wusste nichts zu sagen.

Sie rührte in ihrer Teetasse. „Was hast du so erlebt?"

Gina tat mir leid. Von Monika wollte ich ihr natürlich nichts erzählen. Ich musste ablenken.

„Ich lese gerade einen Roman von Günter Grass, *Die Blechtrommel*. Ich weiß nicht, ob dich das interessiert."

„Doch, doch, ich lese auch gern. Auf Borkum habe ich *Die wundersame Reise des kleinen Nils Holgersson mit den Wildgänsen* gelesen. Der Junge hat die Tiere gequält und wird zur Strafe in einen kleinen Wichtel verwandelt. Worum geht es denn in deinem Roman?"

„Na, ganz so verschieden ist es in meinem Roman nicht. Der Ich-Erzähler ist auch ein kleiner Kerl, der an seinem dritten Geburtstag beschließt, nicht mehr wachsen zu wollen und sich der Welt der Erwachsenen zu verweigern. Aber er ist trotzdem voll dabei und scheint mit seiner Blechtrommel allen überlegen zu sein." Ich sah Gina prüfend an. „Er trommelt sich durch sein Leben. Und er kann mit seiner Stimme Glas zersingen. Er heißt Oskar."

„Was? Das hört sich ja irre an", sagte Gina sofort, „erzähl mir davon."

Sie musste mich nicht weiter auffordern. „In dem Kapitel, das ich gerade lese, trifft er im Zirkus den Musikclown Bebra, einen Liliputaner, klein wie er selbst. Das war 1934 und Bebra warnt den Oskar vor den Nazis, die bald kommen werden, mit Fackelzügen, Trommelschlag und Aufmärschen vor Tribünen. Und sie werden unseren Untergang predigen, sagt er, wenn wir nicht Acht geben."

Gina hörte aufmerksam zu. Und ich erzählte, wie Oskar im Jahr darauf mit seiner Trommel zur Maiwiese geht, wo es eine große Kundgebung gibt. Die Prophezeiungen von Bebra werden nur zu schnell Wirklichkeit. Das haben die meisten Leute gar nicht mitbekommen, leichtgläubig und kurzsichtig, wie sie gewesen sind. Mit braunen Uniformen und Stiefeln treten die Nazis jetzt auf. Hakenkreuzbanner wehen von der Tribüne. Davor sieht man die schwarze SS mit Sturmriemen unter dem Kinn und dahinter im Block die SA, die Hände am Koppelschloss. Alles ordentlich, aber auch bedrohlich in Reih und Glied. Dann gibt es Jungvolk, Hitlerjugend und Spielmannszug, Fanfaren und Trommeln und jede Menge gutgläubiges Fußvolk.

Wir bestellten uns noch einen Tee. Außer uns war das Lokal fast leer. Es stand nur eine junge Kellnerin hinter der Theke, aber die schien sich nicht für unser Gespräch zu interessieren. Sie blätterte in einer Illustrierten.

Oskar, der Knirps, kriecht mit seiner Blechtrommel von hinten unter die Tribüne, immer weiter voran, und landet schließlich ganz vorn unter dem Rednerpult. Als die Landsknechtstrommeln einsetzen, Blechbläser, Fanfaren und Querpfeifen zu spielen beginnen, tritt er in Aktion. Das unerträgliche *Gebumse und die Trompeterei*, wie er es nennt, beantwortet er mit Zärtlichkeit in den Handgelenken auf seiner kleinen Trommel durch einen leichten Walzertakt.

Ich war von meiner eigenen Schilderung begeistert. „Der Marschmusik setzt er einen heiteren Dreivierteltakt entgegen. Und, stell dir vor, er bringt diesen Nazi-Aufmarsch gründlich durcheinander. Die Musik kommt aus dem Takt, das Volk beginnt zu tanzen, bewegt sich wahrhaftig im Walzerrhythmus. Die Sturmbannführer und Kapellmeister schäumen vor Wut, können brüllen, wie sie wollen, aber sie sind machtlos, alles entgleitet ihnen und die Versammlung gerät völlig aus den Fugen. Wie brüchig ist doch ihr System!

Durch dieses kleine Störmanöver hat Oskar den Aufmarsch der Nazis absolut lächerlich gemacht."

„Das ist ja eine grandiose Geschichte." Gina hatte gespannt zugehört. Ich freute mich natürlich über ihr Interesse.

„Aber wieso konnte Oskar denn mit nur einer Trommel alles durcheinanderbringen und seinen Walzertakt durchsetzen?", fragte sie.

„Er saß ja unter dem Rednerpult und das Mikrophon über ihm war noch voll aufgedreht. Einem dreijährigen Knirps gelingt es, diese aufgeblasene Naziwelt in Konfusion zu stürzen. Er selbst schlich sich schließlich unbemerkt davon. Man bekam ihn nicht zu fassen."

Gina schüttelte den Kopf. „Ich würde gern noch mehr über deinen rebellischen Oskar erfahren", sagte sie, „vielleicht kannst du mir demnächst noch etwas mehr erzählen."

Nichts lieber als das, dachte ich.

Es kam nicht dazu.

Zur Verabredung am Wochenende im Colibri war Gina nicht erschienen. Ich wartete den ganzen Abend auf sie, bis ich einsehen musste, dass es vergebens war. Mit keiner anderen mochte ich tanzen. Um 22 Uhr verließ ich das Lokal, machte mich auf den Weg in die Kaserne und lag dort allein in der Stube auf meinem Bett. Als die anderen Stunden später lärmend eintrudelten, stellte ich mich schlafend.

Am Sonntag tat ich nichts anderes, als auf den Montag zu warten.

Am Montag im Andenkenladen wurde mir gesagt, dass Gina wohl krank sei. Nein, wo sie wohne, könne man mir nicht sagen.

Am Dienstag begann mein Urlaub und ich machte mich in meinem Fiat allein auf den Weg ins Sauerland.

20 BLICKE INS TAL

Monikas Vater besaß ein ansehnliches Ferienhaus hoch oben über dem See. Es hatte eine breite Veranda an der Vorderseite, von der man hinunter ins Tal blicken konnte. Vorne an der Brüstung hingen, schön der Sonnenseite zugewandt, bunt bepflanzte Blumenkästen mit Fleißigen Lieschen, Petunien, Löwenmäulchen oder Geranien. Als erstes nahm Monika eine Gießkanne zur Hand und gab den Pflanzen Wasser. Sie wässerte so stark, dass es unten aus den Kästen tropfte.

„Meine Mutter kommt manchmal nur her, um die Blumen zu gießen. Sie setzt sich dann hier in den Korbsessel, raucht eine Zigarette und fährt anschließend wieder den ganzen Weg nach Hause."

Monika holte im Wohnraum aus einem kleinen Schränkchen eine frische Decke, legte sie auf den Tisch, pflückte ein paar Blumen ab und stellte sie in einer kleinen Vase darauf. Sie ließ für Frischwasser den Hahn eine Zeit lang laufen, putzte mit einem Lappen über die Spüle, obwohl alles sauber war. Sie bezog die Betten neu und schüttelte aus dem hinteren Fenster den Bettvorleger aus. Summte sie dabei sogar eine Melodie vor sich hin? Sie tat so, als ob sie nicht wüsste, dass dieser Aufenthalt alles andere war als ein vergnügter Ferienausflug.

Ich hatte in einer Tasche nur das Nötigste dabei, ein paar Toilettenartikel, kurze Schlafhose und ein T-Shirt zum Wechseln. Ich hatte nicht vor, hier länger zu bleiben. Heute werden wir übernachten müssen, dachte ich, aber morgen würde ich abreisen. Ich hatte mich entschieden und ihr meinen Entschluss mitgeteilt, dass unsere gemeinsame Zeit zu Ende war. Sie hatte mich flehentlich gebeten, noch einmal alles zu besprechen und zu durchdenken, und mich in das Ferienhaus gelockt.

Während sie im Haus herumwirtschaftete, stützte ich mich mit beiden Armen auf der Balkonbrüstung ab und sah hinunter ins Tal. Es war ein zauberhafter Blick. Ich werde ihn zum letzten Mal genießen, dachte ich. Meine Zeit mit Monika war vorbei.

Das Abendlicht war warm. Von oben senkte sich ein hellblauer Himmel. Direkt vor uns ein schmales Wiesenstück, dann ein Mischwald mit wahrscheinlich erst vor nicht langer Zeit gepflanzten Laubbäumen und am steiler werdenden Abhang hohe, schwarzgrüne Fichten, die bis ins Tal hinunter zu reichen schienen. Irgendwo in der Ferne, tief unten, spiegelte das Wasser des Sees die letzten warmen Strahlen der Sonne.

Bis dahin reichte meine Wehmut, aber beruhigen konnte mich diese Idylle nicht. Beklemmung schnürte meine Brust zusammen. Ich würde mich nicht einlassen auf Monikas Versuche, zu beschwichtigen. Nicht mit dem frisch bezogenen Bett und nicht mit der blitzenden Edelstahlspüle, wo sie ein Abendbrot bereitete.

Wir saßen schweigend am Tisch. Monika hatte in einer Schüssel etwas französischen Kartoffelsalat mitgebracht. Selbst Kartoffelsalat musste etwas Besonderes sein, mit roten Zwiebeln, Knoblauch und einem Löffel Honig. Dazu gab es statt Sauerländer Bockwurst mild geräucherte Wiener-Würstchen, die wir kalt aßen. War das jetzt modern? Sogar an Senf hatte sie gedacht, Dijon Senf aus Frankreich. Sie war perfekt wie immer.

Etwas mühsam lächelte sie mich an. Sie gab sich wirklich Mühe, aber es gelang mir nicht, auf ihre Extravaganzen und die Versuche, mich ein wenig aufzutauen, einzugehen. Dabei wollte ich ihr doch nicht wehtun, ich handelte nicht gegen sie, ich suchte nur einen Weg für mich.

„Bedeutet es dir denn gar nichts mehr, was wir ..."

Ich hob beide Hände und unterbrach sie. „Es geht nicht um das, was war, das war alles schön, wir hatten eine wunderbare Zeit, ich war wirklich glücklich mit dir. Du weißt, wie sehr ich dich geliebt habe."

Monika begann zu weinen. Das konnte ich gar nicht vertragen. Ich hätte sie in den Arm nehmen mögen, um sie zu beruhigen, aber das hätte uns nicht weitergeholfen. Ich saß stockssteif, fühlte einen bleiernen Schmerz und wusste nicht zu reagieren.

Leere Floskeln zur Beschwichtigung gingen mir durch den Kopf: Manche Wege trennen sich eben. Es geht auch wieder eine neue Tür auf. Die schönen Erinnerungen kann uns keiner nehmen ... Alles Humbug! Den schlimmsten von allen Sprüchen aber wagte ich nicht einmal zu denken: Wir können doch gute Freunde bleiben.

Sie stand plötzlich auf, stellte sich vor mich hin und sagte voll Wut: „Bitte, dann geh doch. Jetzt sofort. Ich möchte, dass du augenblicklich das Haus verlässt. Das war es dann mit uns. Glaub nicht, dass ich dir nachweine!"

Als ich aufstand, kam sie sofort auf mich zu und hämmerte die Fäuste gegen meine Brust. Ihr Gesicht war rot vor Zorn. Ich musste mich wehren und hatte keine andere Möglichkeit, als sie an mich zu ziehen und mit meinen Armen fest zu umschließen. So standen wir, bis sie sich beruhigte, zurücksank und leise sagte: „Bleib bitte bei mir."

Draußen war es langsam dunkel geworden. Der Fahrer hatte uns hierhergebracht und jetzt hätte ich nur zu Fuß die lange Wegstrecke durch den dunklen Wald wandern können. Und ich konnte sie natürlich nicht allein in der Nacht in diesem Ferienhaus und in diesem Zustand zurücklassen.

Monika zündete auf dem Tisch eine Kerze an und noch eine andere auf dem Schränkchen. Ich saß in der Falle.

„Ist es wegen dieser Gina?", fragte sie. „Was ist das Besondere an ihr, das ich nicht habe? Liebst du sie mehr als mich?"

Ich schüttelte den Kopf. Ich mochte darauf nicht antworten. Gina war frei von aller Schuld, von allem Grund, von allen Spekulationen. Sie entzog sich jeden Vergleichs, hatte mit unserer Beziehung nichts zu tun. Wie sollte ich Monika das erklären. Sie hatte nach dem Zusammentreffen am See noch mehrmals nach ihr gefragt und ich hatte alles erzählt, was ich wusste. Meinem Eindruck nach war sie sogar irgendwie beruhigt, als sie hörte, dass sie Verkäuferin war. Mir kam das überheblich vor und in Gedanken musste ich mich auf die Seite von Gina schlagen.

„Du sprichst nicht mit mir. Ich weiß gar nichts über dich. Warum warst du denn mit mir zusammen? Warum hast du mich denn geliebt? Du kannst einfach keine Gefühle zeigen."

Ich fand keine Worte. Wenn sie nicht gespürt hat, wie ich sie geliebt habe, konnten Worte auch nicht helfen. Und ich war völlig hilflos, sie stempelte mich ab als einen Stockfisch. Aber der war ich doch nicht. Ich empfand es als so anmaßend, ein solches Urteil über mich zu fällen.

Aus einem Vorrat ihres Vaters holte Monika eine Flasche Wein hervor. „Es gibt absolut keinen Anlass zu feiern, nicht einmal dass wir jetzt schon mehr als fünf Jahre befreundet sind, aber vielleicht löst ein Wein etwas deine Zunge, dann redest du wenigstens mal", sagte sie und goss uns ein. Sie trank ihr erstes Glas in einem Zug aus. Ich blickte skeptisch.

„Sag doch einfach ein Gedicht auf, dann sprichst du wenigstens. Du bist doch der große Poesieversteher." Sie wurde richtig spitz. „Wenn man spricht, regt das das Gehirn an. Das scheint bei dir absolut notwendig zu sein."

Das empfand ich jetzt wirklich als zynisch. Meine Vorliebe für die Lyrik wandelte sie in einen hinterhältigen Angriff um. Und doch fiel mir die erste Strophe von Goethes Gedicht *Der Abschied* ein.

Lass mein Aug den Abschied sagen,
den mein Mund nicht nehmen kann!
Schwer, wie schwer ist er zu tragen,
und ich bin doch sonst ein Mann.

In diesem Moment kam mir das so absurd vor, dass ich sogar kurz auflachen musste. Als Monika das bemerkte, schüttelte sie den Kopf und goss neuen Wein ein.

„Du bist einfach zu unreif", sagte sie, „du verstehst einfach gar nichts. Wie konnte ich es mit dir so lange aushalten? Warum habe ich mit dir meine Zeit vergeudet? Was habe ich nur an dir gefunden?"

Ich trank auch von dem Wein. Er war ziemlich trocken und eigentlich schmeckte er mir gar nicht. Ich trank nur aus Verlegenheit. Ich konnte mit der Situation nicht umgehen. Dass unsere Trennung bevorstand, war herzzerreißend genug, aber dass sie auch unsere gemeinsamen Jahre so niedermachte, empfand ich als doppelt schlimm. Nur, was wollte ich denn? Wollte ich als der vernünftige Liebhaber dastehen, der jetzt einen Schlussstrich ziehen musste? Wir haben uns auseinandergelebt, unsere Wege laufen in unterschiedliche Richtungen und wir beenden das jetzt? War sie da nicht viel ehrlicher, wenn sie wütend und anklagend reagierte?

Monika zog die Beine an und umschlang sie mit ihren Armen. Sie legte ihren Kopf auf ihre Knie und begann wieder zu weinen. Ich war nicht in der Lage, mich ihr zu nähern.

Dann blickte sie auf, wischte die Tränen weg und sagte: „Ich weiß, warum du mich verlassen willst." Sie machte eine lange Pause. „Wir haben nicht miteinander geschlafen. Wir haben es nicht geschafft. Das ist es, was dich von mir trennt. O, wie traurig, dass dieser Grund so bedeutend für dich ist. Ich hätte es wissen müssen, dass du nur darauf aus bist. Ja, das ist alles meine Schuld."

Ich wollte sofort widersprechen, aber sie machte ein entschiedenes Zeichen mit der Hand. „Sag nichts!" Irgendwie war ich dankbar, dass sie mir jetzt das Wort abschnitt.

Die erste der angezündeten Kerzen war schon ausgebrannt. Als wir den Wein ausgetrunken hatten, wollte sie eine neue Flasche aufmachen. Ich winkte sofort ab. „Komm, wir gehen noch mal raus auf die Veranda, die frische Luft wird uns gut tun."

Im schon dunklen Dämmerlicht sah man ganz in der Ferne ein paar Lichter scheinen. Das musste irgendeine entlegene Ortschaft sein; ich konnte das nicht zuordnen. Ein leichter Hauch wehte vom Tal her zu uns den Berg herauf. Der angekündigte Regen war ausgeblieben, aber hohe Wolken waren aufgezogen. Monika schmiegte sich von der Seite an mich und senkte den Kopf. Ihr braunes Haar legte sich auf meine Schulter. „Ist es wirklich aus mit uns?", fragte sie leise. Als ich nicht antwortete, flüsterte sie: „Sag nichts, bitte, sag jetzt nichts."

Ein großer Vogel flog wie aus dem Nichts direkt auf uns zu. Ich zog unwillkürlich meinen Kopf ein. Er steuerte bedrohlich genau in unsere Richtung, berührte uns fast mit dem schwarzen Flügel, erhob sich erst im letzten Moment und verschwand links über den Bäumen. Vor Schreck hielt ich den Atem an. Monika, die offenbar nichts von diesem Angriff bemerkt hatte, sagte: „Du musst mich sonntags nicht mehr ins Café begleiten, wenn dir das nicht gefällt."

Ich blickte noch einmal in Richtung der Bäume, die hinter dem Haus standen. Dort in dieser dunklen Wand war der Vogel verschwunden. Bei seinem Angriff hatte mich ein Schauder ergriffen.

Plötzlich erschien ganz hinten über den Bergen ein helles Licht. Es war wie ein Flackern in den Wolken, die kurz mal hier und mal da aufleuchteten. Es schienen Blitze zu sein, die in den Wolkenmassen zuckten, aber man sah keinen klaren Strahl und wir hörten, auch als wir lange genug warteten, keinen Donner.

Schon wieder so ein Wetterleuchten, dachte ich, und der Abend im Dumicketal stand mir vor Augen. Sollte das eine Warnung sein? Nahm ich die Warnung nicht wahr?

Monika umklammerte meinen Arm. „Das macht mir Angst", sagte sie, „der Blitz ist da, aber er zeigt sich nur als Menetekel an der Wand." Es waren diffuse Spinnenfinger im schwarzen Himmel, ohne den strafenden Donner, der immerhin befreiend wirken würde. Vorzeichen eines drohenden Unheils?

Noch einmal flammte das kalte Licht in den Wolken auf, zeigte sich auch in giftgelben Tönen, fiel wieder in sich zusammen und strahlte erneut mit grauem Schein in den wolkigen Ungetümen am Himmel. Man wartete auf den Donnerschlag, der wieder nicht kam. Mit einiger Verzögerung meinten wir, ein unterschwelliges Grollen zu hören.

„Wetterleuchten", versuchte ich zu beruhigen, „das kenne ich, das Gewitter ist so weit weg, dass wir den Donner nicht mehr hören, sicher zwanzig Kilometer. Uns kann das Gewitter nicht gefährlich werden."

Aber ich spürte selbst ein Unbehagen. Lieber wäre mir der krachende Donner gewesen, der alles beendet hätte, der einen Schlusspunkt gesetzt hätte. Dieses unwirkliche Leuchten verbreitete ein Gefühl von Unsicherheit.

Als wir wieder hineingegangen waren, öffnete sie doch noch einen neuen Rotwein und wurde immer redseliger. „Erinnerst du dich an meinen ersten Besuch bei dir im Dorf? Ich kam mit dem Bus. Kühe auf der Straße und der Misthaufen, das hat richtig gestunken. So hatte ich mir das nicht vorgestellt. Aber ich hab mir nur meinen Teil gedacht. Es hat mir alles nichts ausgemacht, weil ich ja bei dir war. Und es war so süß, wie deine kleine Schwester uns behandelt hat."

Ich wollte davon nichts wissen.

Ich merkte bald, dass sie schon ein wenig zu viel vom guten Wein getrunken hatte. Sie wurde immer sentimentaler, das konnte ich gar nicht gebrauchen. Dann spürte sie es wohl selbst.

„Ich will einfach nur schlafen."

Als ich sie ins Bett brachte, weinte sie wieder, zog mich an sich und umarmte mich. Dagegen konnte ich mich kaum wehren. Sie tat mir so leid, dass ich fast schwach geworden wäre. Aber dann sank sie schon zu Seite. Ich zog ihr die Schuhe und die Hose aus, legte die Bettdecke über sie, ging zurück in die Stube.

Ein Zahnschmerz, der mich schon seit längerer Zeit belästigt hatte, kam wieder hervor. Ich trank den Rest aus der zweiten Rotweinflasche, legte ein paar Kissen auf die Bank, deckte mich mit einer Wolldecke zu. Die Kerzen waren ausgebrannt. Alles dunkel. Ich starrte hoch an die Zimmerdecke.

21 STOPPELFELD

Nach und nach tauchten aus dem Schwarz die Umrisse der Deckenbalken über mir auf. Es schien, als ob sie immer tiefer und immer schwerer zu mir herniederdrückten. Der Zwischenraum von der Decke zu meinem Lager auf der Bank wurde immer geringer, der Druck immer größer. Wie Blei lag es auf meiner Brust. Ich konnte mich kaum bewegen. Ich hatte das Gefühl, dass auch das Atmen nur schwerlich möglich war. Ich streckte meine Arme nach oben und sie berührten schon die herabsinkenden Deckenbalken. Aufhalten konnte ich sie nicht. Sollte ich um Hilfe rufen? Das war doch zwecklos. Ich rollte mich zur Seite und von der Bank hinunter, gerade noch rechtzeitig. Die Deckenlast setzte auf meiner Liegestatt auf. Mir blieb der halbe Meter Zwischenraum bis zum Fußboden. Ich rollte mich in Richtung Eingangstür. „Raus aus der Hütte", meinte ich die Stimme von Ottomar zu hören, „weg, nur weg."

Draußen fand ich mich in tiefschwarzer Nacht. Die Luft war frisch. Wie sollte ich den Alptraum hinter mir lassen? Ich war barfuß und spürte an den Füßen das feuchte Gras. Das beruhigte mich erst einmal. Ich wusste, das war die Stunde der Nacktschnecken, die jetzt auf Beute gingen. Sie haben eine Schwäche für frisches Grün und Jungpflanzen. Sie ziehen eine

Schleimspur hinter sich her, zerfressen Blätter und Gras. Sie haben ihr Häuschen abgelegt und sich so eine größere Beweglichkeit geschaffen. Nur können sie sich bei Gefahr und Bedrohung nicht mehr ins Gehäuse zurückziehen.

Oben zogen vor einem halben, unbeständigen Mond schmale Wolken daher. Mal schien das Licht milchweiß hernieder, mal wurde es finsterblau und violett. Die Wiese lag dunkel und feucht vor mir. Darin waren unsichtbar die Nacktschnecken unterwegs. Die Angst lag mir im Nacken. Aber wohin sollte ich denn?

Lauf einfach los, versuchte ich mir selbst Mut zu machen.

Ich stürzte mich auf dem direkten Weg nach unten ins Tal. Nach der Wiese ging es halsbrecherisch über Abhänge mit Ginsterbüschen und Farnkrautbewuchs. Ich achtete nicht auf den Schmerz, wenn meine nackten Füße auf Äste oder Steine trafen. Ein Stück lief ich über einen halbwegs befestigten Waldweg, dann hinter der Wolfskuhle wieder atemlos den Berg hinab durchs Gelände. Zweige schlugen mir ins Gesicht. Dornsträucher und Brennnesseln im Weg. Meine Füße brannten. Erschreckt flogen ein paar schwarze Vögel auf. Und es wurde noch schlimmer. Ich überquerte ein Stoppelfeld, einen abgeernteten Getreide-Acker. Die unteren, tief eingewurzelten Stängelteile waren noch so fest, dass sie in die Fußsohlen stachen und blutende Wunden hinterließen. Ich hatte das Gefühl, ich lief über das Nagelbrett eines Fakirs. Dann hielt mich die Drahteinfassung einer Kuhweide auf, ich kam zu Fall und sprang wieder hoch. So erreichte ich schließlich im schnellen Lauf atemlos das Dorf in einer halben Stunde. Und was jetzt?

Ich blieb schwer atmend an der kleinen Brücke stehen. Mein linker Fuß blutete besonders stark. Der Mond hatte sich fast vollständig verzogen. Auf der Weide neben der Listerstraße stand in der Dunkelheit eine Herde von Kühen. Sie hatten sich vorn am Gatter versammelt und einige wurden jetzt unruhig.

Sie standen aus ihrer Schlummerposition auf und begannen plötzlich laut zu muhen. Das tun sie nachts nur, wenn sie irgendein Unbill wittern, eine Warnung geben wollen vor einem Raubtier oder einer anderen Gefahr. Hier gab es kein Raubtier, sagte ich mir, und, es war offensichtlich: Die Gefahr war ich.

Wohin? Ich dachte nicht einmal daran, meine Mutter zu wecken. Wenn ich jetzt mitten in der Nacht so nach Hause käme, barfuß und mit kurzer Schlafhose, mit von Dornen aufgerissener und geröteter Haut, mir blutenden Fußsohlen, bekäme sie sicher einen großen Schreck. Ich musste zu Ottomar.

Ich ging um das Haus herum, klopfte leise an sein Fenster, das hinten heraus zum Bach im Erdgeschoss lag. Hier war alles still. Eine Katze schlich um die Ecke. Unten an der Dorfstraße muhten immer noch die Kühe. Irgendein kleines Getier lief mir zwischen die nackten Füße, sodass ich ein Stück zur Seite sprang. Ottomar hatte tief geschlafen, aber als er mich durch die Fensterscheibe erblickte, war er gleich hellwach.

„Heiner, komm rein." Ich stieg durchs Fenster in seinen Schlafraum. Einen Krug mit Wasser hatte er im Zimmer stehen. Ich trank gierig und schlug dann die Hände vors Gesicht.

Meinem verwirrenden Bericht hörte er schweigend zu: Monikas Absturz, den Angriff der Zimmerdecke, die Nacktschnecken, die Dornbuschsträucher, das Stoppelfeld und die aufgescheuchten Kühe. Er hörte sich alles an, sah mich lange an und schwieg zunächst.

Dann sagte er: „Hast du dir das wirklich überlegt? Ich kann es nicht akzeptieren, dass du dich von Monika trennen willst. So einfach kannst du sie nach all den Jahren nicht verlassen. Du hast Verantwortung."

Ottomar legte mir eine Decke zurecht, ich verkroch mich dankbar aufs Sofa und schlief sofort ein.

Als ich am Morgen von einem heftigen Zahnschmerz wach wurde, war sein Platz im Bett leer. Ich blickte mich im Zimmer um und fand schließlich einen Zettel, den mir mein Freund auf den Tisch gelegt hatte: „Ich kümmere mich um Monika."

22 DIE KÖLNER TANTE

Die Mutter hatte einen Brief bekommen. So etwas kam nicht oft vor. Der Briefträger übergab ihn mit einem fragenden Blick. Der Umschlag zeigte eine schwarze Umrandung. Es war ein Trauerbrief.

„Der kommt aus Köln. Den mach ich erst mal nicht auf", sagte sie zu dem Postboten. Sie war blass im Gesicht. „Wer tot ist, ist tot, ob ich das jetzt weiß oder nicht." Sie zog sich ihre Gummistiefel an und machte sich vehement im Garten hinter den Haus zu schaffen.

Ich war nach dieser Nacht als Nacktschnecke erst am Nachmittag nach Hause zu meiner Mutter gekommen. Da hatte der Brief ungeöffnet immer noch auf dem Mittelteil vom Küchenschrank gelegen.

„Wo warst du letzte Nacht?", fragte sie.

Ich antwortete nicht. Als ich den Brief entdeckte, war ich froh, ablenken zu können, und sah ich sie fragend an.

„Na, dann mach du doch auf", sagte die Mutter, „dann ist es wenigstens nicht meine Schuld."

Meine drei Großtanten Paula, Tuta und Ees stammten aus Köln-Lindenthal. Als kleines Kind hatte sie einmal mit meiner Oma besucht. Nach dem Mittagessen gingen wir am Clarenbachkanal spazieren, rechts hinunter in Richtung Kirche Christi Auferstehung und dann auf der anderen Seite zurück. Die Kirche wurde nach einem Bombenangriff gegen Ende des Krieges trotz großer Schäden zu dieser Zeit noch genutzt.

Die Tanten gingen mit schnellem Schritt, wie es unverheiratete, selbstbewusste Damen zu tun pflegten, am stillen Wasser entlang. Alle drei trugen Hüte. Paula einen Glockenhut aus Wollfilz mit schmalem Rand, den sie Cloche-Hut nannte, obwohl die französische Bezeichnung jetzt nach dem verlorenen Krieg nicht überall gut ankam. Ees hatte eine schräg getragene Untertasse mit eleganter Schleife und Feder auf dem Kopf und Tuta eine Art Wollmütze in Olivgrün, getragen wie ein Turban. Das hielt sie für burschikos.

Was sie über den Gartenbaudirektor Fritz Encke und den Oberbürgermeister Konrad Adenauer erläuterten, die diese Kanalanlage erschaffen hatten, blieb mir damals nicht in Erinnerung. Lediglich die Frage bewegte mich, ob wirklich nur zwei Männer den gesamten Kanal gebaut hatten.

Dennoch prägte sich dieser Spaziergang in meinem Gedächtnis ein. Da meine Beine noch nicht lang genug waren, um mit den ihren Schritt zu halten, fassten sie mich rechts und links an den Händen und zogen oder schleiften mich in ihrer jungfräulichen Eile mit sich. Auch an der schmalen Brücke vorbei, die nach einem Drittel des Weges den Kanal überquerte und auf die ich gern gestiegen wäre, um hinunter ins dunkle Wasser zu blicken, vielleicht auch um ein paar Fische zu entdecken, Goldfische, muffige Karpfen oder was weiß ich.

Meine Großmutter Frieda, die vierte der Schwestern, folgte ein paar Schritte hinter uns. Falls ich im schnellen Lauf stürzen würde, könnte sie mich auffangen, dachte ich. Das gab mir etwas Sicherheit. Sie war die einzige, die sich verheiratet hatte, und ich habe sie als die gütigste und freundlichste dieses Quartetts in Erinnerung behalten.

Tante Ees war die jüngste der Schwestern. Sie hatte die anderen alle überlebt und die Todesanzeige sagte jetzt, dass sie im Alter von 83 Jahren gestorben war. Als meine Mutter das nun erfuhr, setzte sie sich auf den Küchenstuhl und atmete tief. Ich weiß nicht, was sie erwartet hatte.

Während des Hungerwinters 1946/47 war Ees zu unserer Familie nach Hunswinkel gekommen. Wahrhaftig war es ihre Intention gewesen, hier zu überleben. Die beiden anderen ledigen Schwestern, die auch gern im Sauerland hätten überleben wollen, blieben notgedrungen in Köln, weil es meinen Eltern nicht möglich war, mehr als eine Person aufzunehmen. „Es gibt doch nur die Couch im Wohnzimmer zum Schlafen", sagte mein Vater.

So blieb es aber auch Paula und Tuta erspart, nach der Kartoffelernte mit knöchelhohen, schwarzen Lederstiefelchen in der Morgendämmerung über den Acker zu staksen, um heimlich ein paar restliche Knollen aufzusammeln, wie es ihre Schwester Ees tun musste, um sich hier in ihrem Asyl irgendwie nützlich zu zeigen.

Ich war gerade erst geboren worden und habe damals von der Tante Ees bewusst noch nichts mitbekommen. Aber sie hat meine Mutter tatkräftig unterstützt, mich im Kinderwagen in den Schlaf geschuckelt und mir Lieder vorgesungen. Wenn ich nicht einschlafen wollte, musste sie mich bis hinunter zur Talsperre schieben und sang: *Ich möch ze Foß no Kölle jon*. Sie liebte Willi Ostermann und schwärmte im regennassen und dunkelschweren Sauerland seufzend von ihrer leichtlebigen rheinischen Heimat. Dicke Wolken lagen über der Listertalsperre. Sie schob den Kinderwagen gegen die Regenwand an. *Och wat wor dat fröher schön doch en Colonia*. Wenn ihr einer der Bauern beim Heimholen der Kühe von der Weide einen bösen Blick zuwarf oder sogar eine bissige Bemerkung machte, weil man diese plötzlich auftauchenden Städter gar nicht mochte, hob sie nur stolz den Kopf, auf dem ihr zartes, schwarzes Hütchen prangte, und beschleunigte ihren Schritt, sodass ich im Kinderwagen endlich einschlief.

„Soll sie doch in ihr geliebtes Köln zurückfahren, wenn es ihr hier nicht gefällt", sagte einer der Bauern zu meinem Vater, „es kommen ja immer mehr aus der Stadt. Was wollen die alle hier?"

Der winkte nur ab. Er wusste, wie es in seiner Heimatstadt aussah.

Später, als ich schon ein Schulkind war, zeigte er mir Fotos, die die zerstörte Innenstadt von Köln 1945 zeigten. Der aufrechte Dom stand trutzig allein innerhalb einer Trümmerwüste. Nur wie bizarre Relikte ragten einzelne Fassadenteile von zerstörten Häusern aus den Schuttbergen auf, zwischen denen ehemalige Straßen kaum wie Muldengänge erkennbar waren. Trümmerfrauen bargen noch verwertbare Ziegelsteine und transportierten sie mit Schubkarren zu irgendwelchen Sammelplätzen. Ich sah isoliert aufragende Schornsteine oder halbe Häuserwände, an denen oben in unerreichbarer Höhe noch ein Waschbecken hing oder ein Teil einer zerbrochenen Bücherwand. Verbogene Eisengeripppe, die aus dem Rhein auftauchten, müssen ehemals zu einer Brücke gehört haben. Nichts sonst gab es, was an menschliches Leben und Wirken erinnerte.

Als in meinem durch diese Bilder konfusen Kopf halbwegs wieder Klarheit auftauchte, entschloss ich mich zur Tat. Das erste Buch vergrub ich, als ich etwa acht Jahre alt war. Es war eine Ausgabe von Erich Kästners *Emil und die Detektive*. Ich packte das Buch zunächst in Backpapier ein, um es vor möglichen Fetteinflüssen zu schützen, legte dann ein paar Lagen Zeitungspapier darum, um es etwas zu polstern, und wickelte es schließlich in ein Stück robustes Leinentuch, was

Regenwürmer und anderes unterirdisches Getier abhalten könnte. Das Problem war, einen hinreichenden Schutz vor Feuchtigkeit zu gewährleisten, da es Folien oder Plastiktüten damals natürlich noch nicht gab. Ich kam schließlich auf die Idee, ein Stück von dem unter dem Bettlaken meiner Schwester liegenden Gummituch gegen das Bettnässen zu opfern, um es als äußerste Schicht um das Paket zu legen.

Ich stand im Hof hinter unserem Haus und dachte, dass es doch nicht auszuschließen sei, dass ein solch zerstörerischer Krieg sich wiederholte. Ich hob hinten vor den letzten Stachelbeersträuchern mit dem Spaten ein Stück Rasen aus, legte das präparierte Buch hinein und stampfte den Rasenfrasen wieder fest. Ich gedachte so bei einer totalen Zerstörung und Inschuttlegung des Hauses oder des ganzen Dorfes ein Relikt des menschlichen Geistes vor der grauen Vernichtung zu bewahren.

Mit der kindlichen Vision von einer Rettung des kulturellen Erbes vergrub ich in der Woche darauf neben dem Feldweg, der zur Fichtenschonung am Ortsausgang führte, mein Lesebuch der dritten Klasse, alle Skrupel schnell von mir schiebend, was der Verlust des Buches in der Schule für Folgen haben könnte. Bei allen anschließenden Befragungen der Eltern und Verhören des Lehrers blieb ich standhaft und zeigte mich unwissend, was den Verbleib des Lesebuches betraf, bis man die Angelegenheit als unaufklärbar betrachtete, meine Eltern allerdings widerstrebend ein neues Lesebuch aus ihrer Tasche bezahlen mussten. Ich fand, dass ein solches Opfer angesichts des potentiellen absoluten Verlustes nicht unangemessen war.

Ich muss einräumen, dass die Buchverluste in unserer Familie mehr und mehr als Problem angesehen wurden. Neben Kinderbüchern verschwanden auch einzelne Bände klassischer Dichter, ja sogar der dicke erste Band des Bertelsmann Lexikons in der Ausgabe des Leserings von 1954. Die Lagepläne, die ich für die Stätten meiner postbellarischen Buchrettung angelegt hatte, wurden immer umfangreicher und mussten immer sorgfältiger verwahrt werden.

Erst langsam hielt mich zunehmende Einsicht davon ab, das gesamte Territorium unserer Gemeinde mit untergrasgelegten Büchern auszustatten. Einige Bände tauchten dann auch, etwas stockfleckig zwar, in der Bibliothek meines Vaters wieder auf.

Dass es die beste Methode sei, die Bücher zu bewahren, indem man möglichst viele davon liest, davon versuchte mich später die Kölner Tante zu überzeugen. Noch heute liegen aber sicher etliche Bücher in Backpapier, Leinen und Gummituch eingewickelt in der Sauerländer Erde. Zur Schande gereicht es ihr nicht!

Neben den skeptischen oder gar ablehnenden Dorfbewohnern zeigte sich bald auch ein Verehrer von Tante Ees. Sein Name war Richard Säckler. Er hatte zwar schon das Rentenalter erreicht, aber kurz nach dem Krieg und der Nazi-Zeit fehlte es an verantwortungsvollen und integren Männern und er wurde gebraucht. Er fand Anstellung im Listerhof in Krummenerl. Dieses ehemalige Rittergut war nach dem Krieg zu einem Kindererholungsheim geworden und Richard, der zuvor in der städtischen Verwaltung tätig gewesen und in organisatorischen Dingen bewandert war, erhielt die Stelle des Hausvorstehers.

Man betrat das Gelände des Listerhofs durch das Torhaus, auf dem sich ein sogenannter Dachreiter befand, ein aus Holz gezimmertes und verschiefertes Türmchen mit dem Familienwappen des ehemaligen Bauherrn und der Inschrift „Treue um Treue". Das Hauptgebäude selbst war aus weiß verfugtem Bruchstein gemauert, beeinflusst vom Historismus und späterem Jugendstil. Es gab Nebengebäude mit rotweißem Fachwerkaufsatz und Bruchsteinpfeilern.

Den Kindern gegenüber meist jovial und verständnisvoll, zeigte aber Richards Äußeres, dass er Wert auf gesellschaftliche Konvention und tadelloses Betragen legte, das er auch seinen

Schützlingen beibringen wollte. Stets trat er mit weißem Hemd und Krawatte und einem tadellos rasierten Kinn und Kurzhaarschnitt auf. Ich glaube, dass dieser erste Eindruck auch meiner Tante Ees gefallen hat.

Sie trafen sich an einem Sonntagvormittag hinter dem Kriegerdenkmal, als Ees mich im Kinderwagen über die Dorfstraße schob, während meine Mutter zu Hause das Mittagessen bereitete.

Niemand sonst war auf der Straße zu sehen. Richard Säckler zog seine Jackettärmel nach unten, schloss den Knopf und neigte den Kopf zum Gruß. Er zeigte auf mich: „Guten Morgen, gnädige Frau. Sie fahren hier mit Ihrem hübschen Enkelkind spazieren?"

„Gnädige Frau trifft es nur bedingt, denn ich bin ledig, und mein Enkelkind ist das Bürschchen deshalb auch nicht, sondern mein Großneffe."

Richard nickte. „Dann sind Sie die Dame aus dem zerbombten Köln, die hier zu uns ins schöne Sauerland gefunden hat. Ich hörte von Ihnen. Habe die Ehre. Seien Sie willkommen. Säckler mein Name."

Er begleitete Tante Ees und mich im Kinderwagen bis zurück nach Hause. Da hatten sie schon so weit alles geklärt: Er war seit mehr als fünf Jahren Witwer und Ees ein Fräulein aus Überzeugung.

„Hier im Dorf muss es doch recht eintönig sein, besonders für eine Dame aus der Großstadt." Obwohl Tante Ees ein Fräulein war, gefiel ihr doch die Dame. Richard Säckler lud die Großtante nach Meinerzhagen ein, ins Café Kippel in der Lindenstraße. Mehr als alles genoss sie die Fahrt dorthin mit seinem blitzblanken DKW Meisterklasse.

Sie erzählte pausenlos von Köln, entführte ihn in ihrem Palaver an den Aachener Weiher, wo die Nazis ihre Aufmärsche veranstaltet hatten („Aber das ist nun, Gott sei Dank, vorbei!"), zum Kölnisch Wasser in der Glockengasse, wo man nach der Zerstörung im Krieg nun wieder an den Neuaufbau ging, und zu St. Martin, der romanischen Kirche, die noch viel älter ist als der Dom. Dass der Winter 1946/47 einer der kältesten der letzten Jahrzehnte gewesen und sogar der Rhein zugefroren war, davon sprach sie lieber nicht. Wie viele Menschen an akuter Unterernährung litten, davon machte man sich hier im Sauerland absolut kein Bild.

Richard hörte geduldig zu und bot ihr schließlich das Du an, aber Tante Ees war der Meinung, dass es dafür noch zu früh sei.

Dennoch, erzählte mir meine Mutter, haben die zwei sich in schnellem Schritt und mit angeregten Unterhaltungen auf ausgedehnte Wanderungen begeben. Die Listertalsperre haben sie angeblich in weniger als drei Stunden umrundet.

Richard Säckler wäre gern mit ihr zu einem Besuch nach Köln gefahren. Mehrfach machte er einen solchen Vorschlag. „Aber das lehnte sie ab", berichtete mir jetzt die Mutter, „ich glaube, sie schämte sich, ihm ihre geliebte Heimatstadt in diesem desolaten Zustand zu zeigen."

Schließlich ist Ees nach drei Jahren Aufenthalt im Sauerland nach Köln an den Rhein zurückgekehrt. Bis zum Du hat sie es trotz zahlreicher Treffen mit Richard Säckler nicht geschafft.

23 SCHMERZEN

Der latente Zahnschmerz, der mich schon seit Tagen plagte, rückte nun unausweichlich in den Vordergrund und drängte alle anderen Unternehmungen und Gedanken zurück. Es half kein Eisbeutel mehr und auch keine Aspirin-Tablette. Ein Miesepeter wurde ich, ein Grantler, unausstehlich für andere und vor allem für mich selbst.

Als der Trauerbrief am nächsten Tag immer noch auf dem Küchenschrank lag, sagte ich zu meiner Mutter: „Keinesfalls werde ich mit dir zur Beerdigung von Tante Ees fahren können." Aber auch sie schien nicht besonders stark an einem solchen Besuch in Köln interessiert zu sein.

„Wir werden unser Beileid per Post schicken", sagte die Mutter, „eine Reise nach Köln kommt also nicht in Frage. Außerdem ist das die Seite von deinem Vater. So viel Aufwand können wir da nicht machen."

Offensichtlich wollte sie einem Zusammentreffen mit Vater und Arnold, die sicherlich bei der Bestattung anwendend sein würden, aus dem Weg gehen und konnte nun mit diesem triftigen Grund die Teilnahme absagen. Seitdem sich meine Eltern getrennt hatten, gab es nur wenige, unausweichliche Treffen. Ohne mich konnte sie nun nicht reisen. „Morgen gehst du jedenfalls zum Zahnarzt."

Für meinen Zahn war professionelle Hilfe dringend erforderlich. Bauer Toni empfahl mir einen Arzt in Drolshagen. Das war auf der anderen Seite der Talsperre, wo auch Dumicke lag und das Haus von Gunda und Linde. Dahin wollte ich eigentlich nicht mehr, aber was blieb mir übrig.

Dr. Knapp hatte seine Praxis in der Nähe der St. Clemens-Kirche. Die Sprechstundenhilfe an der Eingangstheke empfing mich sachlich und zeigte auf den Wartebereich, wo schon sechs oder sieben andere Patienten saßen. Ob die Stühle unbequem waren oder die Fotos vom Schützenfest an der Wand nervten, das spielte für mich keine Rolle, nur musste ich weitere eineinhalb Stunden meine Schmerzen aushalten, immer bewusst nur daran denkend, und warten, bis ich ins Behandlungszimmer gerufen wurde.

Dr. Knapp machte seinen Namen zunächst alle Ehre. „Setzen, Mund auf, wo fehlt's?"

Während er in meinem Mund alle Zähne von links nach rechts und oben nach unten mit einem spitzen Haken und einem kleinen Spiegel am silbernen Griff begutachtete, bis er sich schließlich auf den Bösewicht im unteren Backenbereich rechts konzentrierte, sprach er über die „heutige Jugend". Ich wollte und konnte meine Meinung dazu nicht äußern, hatte nicht mehr als die Möglichkeit, von Zeit zu Zeit einen unbestimmten Knurrton beizusteuern.

„Schon immer hat die junge Generation gemeint, sie müsse sich absetzen, etwas Besonderes sein, es den Alten einmal zeigen. Aber so übertrieben und aggressiv wie jetzt ist es noch nie gewesen. Was heutzutage beispielsweise mit den neuen Frisuren passiert, ist doch die Höhe. Da war die Elvis-Tolle der Rocker und Halbstarken noch eher zu tolerieren als jetzt diese grauenvollen Pilzköpfe. Der Mann ist doch mit Ohren geboren worden. Warum soll man die nicht sehen?"

Beim Stochern mit seinem spitzen Haken in meinem Backenzahnfragment schüttelte er vehement den Kopf. Ich zuckte mehrmals vor Schmerzen und konnte nichts sagen.

„Aber ich sehe ja, dass du von diesem Bazillus nicht infiziert bist."

Obwohl ich gern einen Haarschopf wie John Lennon oder George Harrison gehabt hätte, trug ich natürlich eine sauber geschnittene, kurze Frisur mit ausrasiertem Nacken, wie es für einen Grenzjäger beim BGS vorgeschrieben war. Er nickte jetzt anerkennend. „So wie du sah ich damals bei der Wehrmacht auch aus", sagte er.

Er kramte in seinem Zahnarztbesteck. „Wir werden den Zahn erhalten", fügte er dann lapidar hinzu, „bohren, füllen, fertig." Vor die Entscheidung, eine Betäubungsspritze zu setzen oder nicht, stellte er mich gar nicht. „Die Schmerzen wirst du aushalten", er dutzte mich, „warum sollen wir es kompliziert machen?"

Er nahm sein elektrisches Gerät mit dem gefährlichen Surrton zur Hand. Jetzt wurde es schlimm. Der erste Bohraufsatz hatte wohl eine flachere Spitze und sollte erst einmal das Gelände für die zu erwartenden tiefergehenden Eingriffe in das Innere des Zahns vorbereiten. Die Assistentin, die hinter mir stand, drückte meine Schultern nach hinten, hielt sie fest. Mit angstvollen Augen und aufgerissenem Mund sah ich den Bohrer nahen, der dann auf dem Zahn aufsetzte, vibrierte, von der Hand des Dr. Knapp gedrückt in mich eindrang und den Schmerz, der mich seit Tagen quälte, um das Hundertfache erhöhte. Als ich mich versteifte, den Rücken langsam anhob und aus dem Stuhl aufbäumte, legte mir die Sprechstundenhilfe beide Hände seitlich an den Kopf, der heftig zucken wollte, aus dem unterdrückte Schmerzgeräusche fuhren, der sich reflexartig wegdrehen wollte. Sie wandte alle Kraft auf, ihn an der Lehne des Zahnarztsessels zu fixieren. Dr. Knapp bohrte unerbittlich, und es musste richtige Arbeit für ihn sein, denn sein Redefluss hatte kurzzeitig ausgesetzt, bis es nach einer Erschöpfungspause für mich wieder losging.

„Wenn ich diese Pilzköpfe sehe, den Pony vorn in der Stirn, von den Ohren nichts zu sehen, dann graut es mir. Wenn hier so einer reinkommt, dem die Haupthaare bis über die Augenbrauen reichen, dann weigere ich mich, ihn zu behandeln." Er drang mit einem offensichtlich feineren Bohrer immer tiefer in meinen Backenzahn ein. „Und damit hab ich doch wohl recht. Da stimmst du mir sicher zu."

Plötzlich war noch eine zweite Helferin da, die nun das Halten der Schulter übernahm, da die erste Assistentin ansonsten meinen Kopf nicht mehr fassen konnte.

Dann hielt er inne. „Siehst du, gleich sind wir durch."

Ich sackte aus meiner Krampfhaltung zurück in den Stuhl, die beiden Frauen lockerten ihren Griff.

„Und was die sogenannte Musik dieser Beatlesköpfe angeht, darüber müssen wir doch gar nicht reden. Das sind doch nur Geräusche, Krach, Staccato, abscheuliches Spektakel. Gut, dass man wenigstens nicht versteht, was sie da von sich geben."

Ich stöhnte. Sollte er recht haben. Mir war es egal. Ich schaute ihn mit großen Schreckensaugen an. Immer noch mit weit aufgerissenem Mund bewegte ich meinen Kopf nach vorn und wieder zurück, da ich jetzt vom Zangengriff der Komplizinnen des Doktors befreit war.

„Schön, dass wir da einer Meinung sind, junger Mann", sagte Dr. Knapp, der diese Geste als Kopfnicken und als Zustimmung auffasste, „ich freue mich, dass es auch noch solche Jungs wie dich gibt."

Als die Amalgamfüllung eingebracht war, wurde ich entlassen. Ich taumelte auf die Straße. Ich suchte eine Bank oder eine kleine Mauer, wo ich mich setzen konnte. Ich sackte regelrecht in mich zusammen.

Von der Ecke zum Marktplatz kam ausgerechnet Gunda auf mich zu. Das fehlte jetzt noch.

„Hallo, Heiner, was machst du denn hier? Sieh mal, was ich mir grad gekauft habe, die neue LP von den Beatles: Revolver. Willst du mitkommen, dann hören wir sie zusammen an. Linde wird sicher auch gleich zu Hause sein. Die wird sich bestimmt freuen, dich wieder zu sehen."

Ich winkte nur ab, antwortete nicht und ließ sie stehen. Das war sicher sehr unhöflich, aber es ging nicht anders. Einen Revolver hätte ich nur gebrauchen können, um Dr. Knapp zu erschießen. Und dieses Mädchen bekam nichts mit, nicht wie ich aussah und nicht wie es mir ging, welche Schmerzen ich hatte, und nicht, was es mit Linde auf sich hatte.

Damit war der Schrecken dieses Tages aber noch nicht vorbei, noch lange nicht!

Im Dorf parkte ich meinen Fiat neben dem Spritzenhaus und kaum näherte ich mich von da aus dem Vorplatz bei Kösters, da hatte ich sofort eine Ahnung, dass etwas Außergewöhnliches passiert sein musste. Hatte ich gerade noch beabsichtigt, mich wegen meiner Zahnwehbacke bemitleiden zu lassen, sah ich nun in entsetzte Gesichter und stieß auf kalt und stumm dasitzende Personen, die entweder heftig atmeten und den Blick gen Himmel richteten oder fassungslos den Kopf schüttelten.

Ich setzte mich ans Ende der langen Bank, spürte plötzlich meinen Zahn nicht mehr. Es herrschte eine solch eisige Atmosphäre, dass ich mich nicht getraute, eine Frage zu stellen oder um eine Erklärung zu bitten.

Martha kam aus dem Haus und stellte sich neben die Tür. Ich blickte sie an, dann in die Runde und wieder auf Martha. Sie schlug ein Kreuz vor der Brust.

„Nun sagt's ihm schon, es ist eh passiert."

„Wir fassen es nicht", sprach Toni, „die dicke Berti aus Schürholz …" Weiter kam er nicht.

Die beiden Kinder aus dem grünen Haus kamen über den Vorplatz gelaufen. Sie hatten einen kleinen Korb dabei und sollten drei Flaschen Bier für ihren Vati holen. Toni war sofort still und Martha ging mit den beiden ins Haus. Als sie wieder herauskamen, hatten sie jeder einen Kirschlolli im Mund. Zufrieden liefen sie mit ihrem Korb nach Hause.

Ich blickte Toni herausfordernd an. Er räusperte sich. „Scheiße, ja, die Berti ist tot."

Ich kannte die Magd vom Schürholz natürlich auch. Nach und nach erfuhr ich die Einzelheiten. Es muss ein furchtbarer Todeskampf gewesen sein. „Sie hat wohl so mit den Beinen gestrampelt, dass die Gummistiefel drei Meter weit vom Fass geflogen sind. Du glaubst es nicht!"

„Wer hat sie eigentlich gefunden?", fragte der alte Köster.

„Na, die Frau. Die kam aber erst eine Stunde später vom Bäcker in Berlinghausen, sie hat einen Stuten geholt und ein Pfund Schwarzbrot und da natürlich lange gequatscht. Davor war keiner am Hof, auch wenn die Berti geschrien hätte. Aber schreien hätte die wahrscheinlich gar nicht gekonnt. Der Kopf war doch unter Wasser."

Pierre sprach es endgültig aus: „Sie ist kopfüber ins enge Wasserfass gestürzt und darin ertrunken. Die Beine", er machte eine Pause, „die Beine ragten oben noch 'eraus."

Langsam stieg vor mir ein grausames Bild auf. Berti wollte die Blumen vorm Haus gießen, ging mit der Kanne zur Wassertonne, die nur noch zu einem Drittel gefüllt war, stieg auf eine kleine Fußbank, beugte sich hinunter, um zu schöpfen, verlor das Gleichgewicht und rutschte kopfüber hinein. Ihre eigene Leibesfülle drückte so stark nach, dass sie in der Enge des Fasses nach unten fiel, mit dem Kopf unter Wasser, sich nicht drehen und wenden konnte, panisch mit den Beinen strampelte, aber aus dieser Falle nicht mehr entweichen konnte. Als die Bäuerin nach Hause kam, hing sie leblos im Fass.

„Sogar die Kripo aus Meinerz'agen war da", sagte Pierre.

Der alte Köster kam mit der Flasche Korn. Ich trank kaum mal einen Schnaps, aber in dem Moment musste ich auch zugreifen, zumal sich auch mein Zahn meldete.

24 KARTOFFELKÄFER

Aus der Welt schaffen konnte ich es nicht, wie sehr ich auch versuchte, jeden Gedanken daran zu verdrängen. Dieser Abend und diese Nacht waren einfach eine Katastrophe gewesen. Ich hätte nicht mit Monika in das Ferienhaus fahren, nicht ihren Bitten nachgeben dürfen. Mein naives Vorhaben, alles gütlich und gesittet zu Ende zu bringen, war nur eine Illusion gewesen. Wir waren beide nicht genügend darauf vorbereitet. Mir selbst war es kaum klar, warum ich mit Monika nicht mehr zusammen sein wollte. Tat mir jetzt schon wieder alles leid? Liebte ich sie wirklich gar nicht mehr? Waren es im Grunde nicht nur Nebensächlichkeiten, die mich störten?

Ich konnte es nicht umgehen, auf Ottomar zu treffen.

„Ihr Vater hat sie gestern schon wieder in ihre Schule gebracht. Bleib mal ruhig. Du wirst ja nach deinem Urlaub auch in den Harz zurückkehren. Ich hoffe, du wirst dann alles klären."

Er redete sehr streng mit mir, aber da er schließlich nichts weiter dazu sagte, musste ich über dieses heikle Thema auch nicht sprechen. Von Gina wollte ich schon gar nichts erzählen. Wozu auch? Wäre ich keine Nacktschnecke, hätte ich mich geduckt noch mehr in mein Häuschen zurückziehen können. Jetzt musste ich Ottomar aushalten. Ich befürchtete ständig, dass er wieder auf mein Verhältnis zu Monika zu sprechen kam.

Schon seit der vergangenen Nacht hatte es pausenlos geregnet. Ohne Sonne wurde es kaum richtig hell. Es waren nicht einmal einzelne Wolken zu sehen, sondern das gesamte Tal war in eine einheitliche, bleierne Suppe gehüllt. Das Wasser der Sperre, Wiesen, die hingeduckten Häuser und die Berghänge verschwammen in einem tristen Grau. Aber ich musste raus aus der Wohnung. Als ich ein paar Schritte den Berg hinauf zur Vogelwiese ging, war der Weg matschig, und ich musste aufpassen, dass ich nicht in frische Kuhfladen trat. Da, wo die hohen Fichten rechts und links vom Weg sehr nah über mir zusammenrückten, tropfte es schwer von den Ästen. Das dunkle Grün der Nadeln wirkte fast schwarz. Die Nässe kroch von oben in den Nacken, war nicht aufzuhalten.

Ich musste ein Gatter öffnen, um hindurchzugehen. So weit nach oben trieb der Bauer nur sehr selten die Kühe. Meist mähte er die dortige Wiese und fügte das Heu dem Futtervorrat für den Winter bei. Jetzt standen hier ein paar Tiere und glotzten mich an, als ich auf ihre Weide trat. Ihr kurzes Fell glänzte in der Nässe. Wahrscheinlich fühlten sie sich genauso unbehaglich wie ich. Sie standen zunächst unbeweglich, setzten sich dann in Bewegung und warteten offensichtlich nur darauf, zurück in den Stall geholt zu werden.

Als Jungen hatten wir diese Aufgabe früher oft übernehmen müssen. Viel war da nicht zu tun gewesen, Gatter öffnen, der Ruf *Heime heime ho!* Schon gingen sie von allein los. Einen Stock hatten wir in der Hand, aber der wurde nicht benötigt. Meist bedurfte es nicht einmal einer Drohgebärde.

Nun musste ich die Tiere enttäuschen. Ich ging quer über die Weide, hinten unter dem Zaun hindurch und setzte mich dort auf einen Stapel von frisch geschnittenem Birkenholz. Es war einerlei, dass es völlig durchnässt war.

Ich blickte hinüber zum steilen Anstieg der Wiese auf der anderen Seite. Als wir noch kleine Kinder waren, hatte dort der Bauer seinen neuen Traktor ausprobiert. Bei der Probefahrt fuhr er die große Wiese hinauf. Nur Ottomar durfte mitfahren, wir anderen Kinder blieben unten stehen und staunten. Die Hupe funktionierte und das Licht ebenfalls. Als er wenden wollte und quer zum Hang fuhr, kippte der Trecker wegen der steilen Hanglage zur Seite um. Mit großem Schreck in den Augen sahen wir, wie der Bauer absprang oder vielmehr abgeworfen wurde. Der Trecker überschlug sich, kam wieder auf die Räder, fuhr schräg nach unten weiter und kam drüben am Zaun schließlich krachend zum Stehen.

Wo war Ottomar? Wir Kinder hielten den Atem an, sahen, wie der Bauer, der unverletzt geblieben war, loslief, die Arme erhob und den Namen seines Sohnes rief. Nach einem weiteren Schreckensmoment, als der Bauer den Traktor fast erreicht hatte, tauchte neben dem Fahrersitz der Kopf von Ottomar auf. Zwischen Radkasten und Lenker, wohin er hinabgesunken war, hatte er den Todessalto weitgehend heil überstanden. Lediglich eine kleine Platzwunde an der Stirn trug er davon.

Der Bauer nahm ihn auf den Arm, schüttelte pausenlos den Kopf und ging die Wiese entlang. Warum? Wohin? Er wusste es nicht. Aber er trug den Sohn auf den Armen, der diese Katastrophe überlebt hatte, ging noch weitere zehn oder fünfzehn Schritte und setzte das Kind schließlich ab und hockte sich ins Gras. Wir Kinder waren immer noch so erschrocken, dass wir stocksteif und wie angewurzelt nebeneinander stehen blieben.

Ottomar lachte, obwohl ihm seitlich neben der Augenbraue etwas Blut an der Wange herunterlief. Er winkte mit der schwarzen Stulpe, die er statt der Hand trug. Sein schrecklicher Unfall beim Griff nach der Herzkartoffel war noch gar nicht so lange vorbei. Jetzt war es ein Trecker, grell rot lackiert und nicht weniger ein technisches Monstrum! Er stand im Zaun und tuckerte immer noch vor sich hin. Man roch die Abgase, die aus dem Auspuff strömten.

Ich hatte diese Bilder plötzlich wieder vor Augen. Ich saß auf den nassen Birkenstämmen und spürte, dies war kein guter Ort. Was hatte mich hierhin gezogen?

Mein Parka war völlig durchnässt.

„Du kannst ruhig zurück in den Harz kommen", hörte ich die Stimme von Monika, „den Regen kennst du doch, den gibt es hier wie da." Sie zog mich in das ungeliebte Café und wir hängten die triefnasse Kleidung an die Garderobe. Ich trug darunter einen hellgrünen Feinstrickpullover. Das wurde zu meiner Genugtuung akzeptiert. Wir fanden einen Tisch vorn am Fenster. „Es gibt heute Tarte aux Fruits, klassischen, französischen Ostkuchen, Mürbeteig mit Gebäckcreme, Früchte mit leuchtenden Farben und süßer Glasur überzogen."

Ich drehte mich weg, zeigte die kalte Schulter und steckte die Hände in die Jackentaschen. Auf der rechten Seite fühlte ich darin ein Taschentuch, das auch schon klamm war, und dann noch einen harten Gegenstand. Es war der kleine, silberne Seehund, den Gina für mich von Borkum mitgebracht hatte. Ich nahm ihn in die Hand und strich mit den Fingern über das blanke Metall. Aber auch als ich kurz innehielt, konnte mich das kleine Mitbringsel nicht auf bessere Gedanken bringen. Ich wusste doch, auf der Insel hatte sich Gina unwohl gefühlt. Sie hatte allein im Wind gestanden und war einsam über die langen Strände gelaufen. Abends im Zimmer hatte sie an den Wänden, die sie anstarrte, nichts als weiße Tapeten gesehen. Vom Abendessen hatte sie noch eine halbe Schnitte Brot mit Schnittkäse mitgenommen, aber jetzt hatte sie keinen Appetit mehr darauf. Wie den langen Abend herumkriegen?

Ohne mich um sie zu kümmern, hatte ich sie fahren lassen und konnte ihr in keiner Weise eine Unterstützung geben.

Schließlich kam der Bauer wieder zu sich, ließ den neuen Traktor einfach auf der Schützenwiese stehen, nahm seinen Sohn an die Hand und wir gingen gemeinsam zurück hinunter ins Dorf. Als er seiner Frau Bericht erstattete, starrte sie ihn entsetzt an und warf sich ihrem Mann dann heulend an die Brust, den kleinen Sohn an ihrer Seite.

Gegen Abend verzogen sich die Wolken wahrhaftig ein wenig und ich setzte mich mit Ottomar bei Kösters Gaststätte draußen an einen Tisch. Mit einem Lappen wischte Martha die Bank trocken. Meine Jacke war immer noch nass und ich zog den Reißverschluss bis ganz nach oben. Der Sommer war schon weit fortgeschritten, und auch wenn es jetzt nicht regnete, wurde es abends doch schon ziemlich kühl. Vom Bach her wehte ein Luftzug herauf. Wir rückten etwas weg vom Tisch, um noch in der letzten Sonne zu sitzen, die vom Westen her über den Bäumen hinter der Sperre auftauchte.

„Ich hoffe, das Problem mit den Kartoffelkäfern wird nicht noch größer", sagte Ottomar vor sich hin. Er machte eine Pause. „Die Viecher stammen aus Mexiko oder aus den USA. Was wollen die hier? Wie kommen die her? Unglaublich. Aber heutzutage stellt ein Ozean ja keine Trennung mehr dar. Die Welt wächst zusammen und damit zwangsläufig die Probleme." Er schüttelte den Kopf. „Der heißt zwar Kartoffelkäfer, doch hast du gewusst, dass der auch auf Tomaten gehen kann?"

Mich interessierten diese Käfer nicht, aber ich war froh, dass Ottomar von dem Thema jetzt so gefesselt war, dass wir über andere Dinge nicht sprechen mussten. Monika war wieder im Harz und ich hatte noch einige Tage hier im Sauerland.

„Was willst du denn nun tun gegen die Käfer?", fragte ich scheinbar teilnahmsvoll.

„Ich habe ‘ein Feld mit späten Kartoffeln. Da habe ich noch nicht sehr viele gesehen. Ich hoffe nur, es wird nicht so schlimm. Innerhalb kürzester Zeit können sie sonst ganze Felder abfressen. Ich habe mal gehört, dass man im Krieg sogar Kartoffelkäfer als biologische Waffe über dem Gebiet des Feindes abgeworfen hat. Stell dir das vor! Aber sie jetzt mit Chemie zu vertreiben, ist nicht so schön und es kostet natürlich auch. Mal hören, was Toni dazu sagt. Ich habe ja nur einen Kartoffelacker. Früher hat man Schulkinder und Arbeitslose zum Einsammeln verdonnert. Ich werde mal den Lehrer fragen, ob er mir für einen Vormittag die Kinder überlässt." Er lachte. Ich hörte nur halb zu.

„Nein, im Ernst, ich denke, ich werde ein Holzfeuer im Acker machen. Das kann helfen." Er tat so, als ob er aufspringen wollte. „Komm, Heiner, los, los, auf geht's zum Brennholzsammeln."

Ich sah ihn groß an. Da zeigte sich Pierre in der Wirtshaustür und Ottomar gab ihm ein Zeichen, noch einmal Getränke zu bringen.

„Heiner", begann er dann, „ich dachte ja, dass du und Monika, ihr zwei, als Erste an der Reihe seid. Und ich versteh es nicht, dass du dir solch eine gute Partie aus den Händen gleiten lässt. Du brauchst doch bloß Betriebswirtschaft zu studieren und dann übernimmst du später die Fabrik ihres Vaters. Was kann dir Besseres passieren?"

Jetzt sprach er doch wieder das Problem mit Monika an. Zudem erwähnte er einen Aspekt, über den ich noch nicht im Geringsten nachgedacht hatte. Aber er wollte auf etwas ganz anderes hinaus.

„Bei meiner Ausbildung in Menden habe ich ja die Hannelore kennengelernt. Warte, ich zeige dir ein Foto."

Er kramte aus seiner Geldbörse eine Schwarz-Weiss-Fotografie, die ein kräftiges Mädchen zeigte, das auf einer Bank vor einem Ladenlokal saß. Neben ihr schmiegte sich auf der Sitzfläche eine Katze an sie. Das Mädchen hatte offenbar blondes, halblanges Haar. Das Foto war ein wenig undeutlich, weil sich in der Schaufensterscheibe die Sonne spiegelte und die Kontur des Mädchens davor ziemlich dunkel war. „Sie hat ein schönes Gesicht", sagte ich.

Ottomar nickte. „Was meinst du?", er sprang plötzlich auf und stellte sich gebückt vor mich hin, sah mir von ganz nah ins Gesicht, „wenn ich die Hannelore heirate?"

„Ist das dein Ernst?", fragte ich überrascht.

„Und ob! Wir haben uns schon heimlich verlobt und du bist der erste, mit dem ich darüber spreche. Ich hab schon Ringe gekauft. Versprich mir, dass du kein Wort davon erwähnst."

So kannte ich meinen Freund Ottomar. Mit den Mädchen hatte er nie lange gezappelt.

„Ihr Vater hat eine Metzgerei. Sie ist ausgebildete Köchin. Gelernt hat sie in Menden im Haus Oberkampf am Kirchplatz. Das ist ein Traditions-Restaurant seit 120 Jahren. Sie passt perfekt auf einen Bauernhof. Sie ist jung und schön. Sie ist ein Traum und ich liebe sie."

Ich spürte, dass es ihm ernst war. „Na, klar", sagte ich, „du heiratest sie."

Ottomar umarmte mich. „Du wirst unser Trauzeuge."

Er winkte Pierre und der brachte neues Bier. Es war nicht das letzte, das wir tranken. Und er schwärmte immer stärker von Hannelore. Sie kann kochen, backen, tanzen, liebt Tiere, hat eine knackige Figur, kann küssen und lachen. Was willst du mehr?

Ich freute mich für Ottomar. Der macht es richtig, dachte ich. Je länger wir hier saßen, desto mehr beneidete ich ihn und wurde immer schwermütiger.

„Nächste Woche bringe ich sie mit hierher nach Hunswinkel und stelle sie meinen Eltern vor."

„Das ist eine gute Entscheidung", sagte ich.

Als sich Jutta zu uns gesellte, legte Ottomar den Zeigefinger an die Lippen. „Davon noch kein Wort", flüsterte er mir zu.

Sie kam von der Arbeit, stieg aus dem Bus, freute sich, als sie uns vor der Wirtschaft sitzen sah und kam zu uns herüber. Da es jetzt gegen Abend schon ziemlich kühl wurde, gingen wir hinein in die Gaststube.

Jutta wohnte noch in ihrem Elternhaus. Die Ausbildung zur Apothekerassistentin würde sie in einem halben Jahr abschließen. „Und dann gehe ich zum Medizinstudium an die Freie Universität", erzählte sie begeistert. „Ich habe eine Oma in Berlin und war vor kurzem eine Woche dort. Du glaubst es nicht, es ist, als wenn du in eine andere Welt kommst. Wir haben den Zoologischen Garten besucht, der ist so groß wie unser gesamtes Dorf. Und wir waren bummeln auf dem Kudamm. Von der feinen Dame im Pelzmantel bis zum Hippie im Schlabberparka ist dort alles vertreten. Und neben der Gedächtniskirche gibt es das Europa-Center, das ist mit über 100 Metern Höhe das höchste Hochhaus in Berlin. Darin gibt es ein Kino, ein Hotel und eine Kunsteisbahn. Über 70 Geschäfte und Restaurants in nur einem Haus! Jeden Tag gibt es dort mehr Besucher als Einwohner in ganz Meinerzhagen."

Ich war beeindruckt. Was sie da von Berlin erzählte, interessierte mich brennend. Ottomar träumte wohl mehr und mehr von Hannelore und hörte bei unserem Gespräch kaum noch zu.

„Und wir haben in einem ganz kleinen Theater Insterburg & Co. erlebt. So was an Blödsinn hast du noch nicht gesehen. Bei der Band geht die Post ab. Weißt du, ich muss hier raus. Unsere Talsperre, die blökenden Kühe und die dunklen

Wälder, das ist zu eingefahren für mich." Sie bestellte für sich einen Apfelsaft.

„Hast du auch von Benno Ohnesorg gehört?", fragte ich Jutta. Im Sommer war der Student in Berlin erschossen worden. Mit großem Interesse und Empörung hatte ich in der Zeitung darüber gelesen. Davon hatte Jutta aber wohl nicht sehr viel mitbekommen.

Der Schah von Persien sollte im Juni 1967 zu einem pompösen Staatsbesuch in Berlin empfangen werden, aber zahlreiche Studenten demonstrierten gegen diesen Diktator, dem Folterungen und Morde nachgewiesen worden waren. Ich konnte die Proteste gut verstehen. Warum empfing man einen solchen Machthaber mit allen Ehren? Seine Anhänger schlugen brutal auf die friedlichen Demonstranten ein. Auch die anwesende Polizei soll schließlich heftig mitgeprügelt haben. Als der Schah am nächsten Tag die Deutsche Oper besuchte, war auch Benno Ohnesorg bei den empörten Demonstranten. Er war Student der Germanistik, wie ich einer werden wollte, und zum ersten Mal auf einer Demonstration.

Nachdem der iranische Regent und seine schöne Gattin Farah Diba das Opernhaus betreten hatten, gingen 4.000 Polizisten ohne Vorwarnung und mit großer Gewalt gegen die Demonstranten vor. Knüppel, Wasserwerfer, Reizgas. Es gab Misshandlungen und gezielte Verfolgung von Demonstranten. Ohnesorg geriet mit anderen in einen Innenhof, wurde dort verprügelt und letztendlich durch einen Schuss in den Hinterkopf aus der Dienstwaffe des Polizisten Karl-Heinz Kurras tödlich getroffen. All das war offiziell belegt.

Als ich Jutta von diesen schlimmen Ereignissen erzählen wollte, hörte sie kaum zu. „Lass das", sagte sie, „das passt jetzt nicht. Was du da erzählst! Was haben wir damit zu tun? Ich habe Berlin ganz anders erlebt. Glaub mir, die Berliner Luft ist spritzig und leicht."

Jetzt meldete sich Ottomar wieder zu Wort. Er konnte seine Pläne doch nicht für sich behalten und zeigte Jutta das Foto von seiner Hannelore. „Das ist sie", sagte er, „und ihr seid die einzigen, die es nun schon erfahren. Wir werden heiraten und ihr beiden, Jutta und Heiner, sollt unsere Trauzeugen sein."

25 AUF DER KRIECHSPUR

Als ich zurück in den Harz fuhr, war es Ende September. Der Herbst begann. Die Blätter waren zwar noch an den Bäumen, aber einige begannen, sich bunt zu färben. Das Getreide war eingebracht, lediglich der Körnermais war noch nicht abgeerntet. Die meisten der Äpfel waren schon durch die Obstpressen gelaufen, wenn man sie nicht im Keller auf den Regalen kühl gelagert hatte. Die Tage wurden merklich kürzer und an manchen wehte ein kühlerer Wind. Der Sommer war eindeutig vorbei.

Mich überfielen wehmütige Gedanken, als ich in meinem Fiat die lange Fahrt nach Goslar antrat. Auf dem Rücksitz befand sich die von der Mutter gewaschene Wäsche in einer Reisetasche und ein Stoffbeutel mit Lebensmitteln: ein paar Mettwürstchen, Einmachgläser mit Beerenmarmelade und Äpfel, die ich im Obsthof von Ottomar gepflückt hatte.

Mit der Mutter hatte ich viel zu wenig gesprochen. Wie selbstverständlich nahm ich an, dass sie für mich da war und alles für mich tat. Aber was konnte ich ihr geben? Ich wusste, dass sie immer noch unter der Trennung von Vater litt. Da es jedoch auch für mich nach wie vor ein Problem war, schob ich dieses Thema beiseite. War das auch ein Grund, warum ich Angst davor hatte, mich mit Monika zu binden?

Auf dem Rücksitz lag natürlich auch mein Roman, meine Blechtrommel. Wenngleich ich mich wirklich gut eingelesen hatte und die Geschichte mit immer größerem Interesse verfolgte, konnte mich die Lektüre wenig aufheitern. Die Nazis waren inzwischen an die Macht gekommen und Oskars Mama ums Leben. Da seine geliebte Trommel repariert werden musste, lotste er seinen Onkel Jan Bronski in die Polnische Post in Danzig, wo der Hausmeister sich um die Trommel kümmern sollte. Genau zu diesem Zeitpunkt belagerte die SS-Heimwehr in Danzig das polnische Postamt und begann durch einen Angriff mit Granaten und Maschinengewehren am 1. September 1939 den Zweiten Weltkrieg. Oskar, mit dessen Augen ich mehr und mehr die Geschehnisse zu betrachten begann, erlebte alles hautnah mit. Und alles, was uns im Geschichtsunterricht vorenthalten worden war, wurde mir jetzt nachgereicht. Inzwischen musste ich wirklich anerkennen, dass dieser Roman von Günter Grass ein Meisterwerk war.

Ich dachte wieder an Gina. Wann würde ich sie treffen? Sie hatte sich so interessiert gezeigt an Oskar, dem Sonderling mit der Blechtrommel. Ich müsste ihr nun von sehr dramatischen Geschehnissen erzählen. Gern hätte ich ihr etwas leichtere Kost geboten, nicht Berichte von Feldhaubitzen und verzweifeltem Abwehrfeuer, von Männern, die in der Poczta Polska hinter Panzerplatten und Sandsäcken lagen, vom Sturmangriff der SS-Leute, Flammenwerfern und Verwundeten und Blut. Und Oskar hatte Jan Bronski, der vermutlich sein Vater war und der zu einem Kämpfer und Helden nun so gar nicht taugte, in diese ausweglose Lage gebracht. Jan Bronski gehörte zu den einunddreißig Männern, die später von den Nazis wegen Freischärlerei erschossen wurden, während Oskar sich bei der Festnahme in seinen Kleinkindstatus flüchtete und so davonkam.

Gina schien mir so zerbrechlich. Sie hatte ein blasses Gesicht. Sie hatte häufig Probleme mit dem Atmen. Sie liebte Paul McCartney und sein melancholisches *Yesterday*. Irgendwie wollte ich sie nicht mit all dem belasten. Aber wenn sie wissen wollte, wie es weiterging, was alles geschah, würde sie es sich anhören müssen. Vor diesen Tatsachen konnte man sich nicht verstecken. Mir selbst machte diese furchtbare Vergangenheit auch zu schaffen. Der unsagbare Krieg begann und die Nazis mischten sich in alle Bereiche des Lebens ein, kontrollierten, wüteten, verfolgten und mordeten.

Ich hatte von Gina geträumt. Sie saß am Rande einer großen, trockenen Ebene, blickte über eine endlose Fläche mit vertrockneten Gräsern und Sträuchern und hatte offensichtlich auf mich gewartet. „Da bist du ja endlich", sagte sie, „ohne dich wollte ich nicht weitergehen, aber ich war mir sicher, dass du kommst. Hast du denn Wasser und Proviant dabei?" In einem kleinen Rucksack hatte ich lediglich zwei Stangen Rhabarber und eine Flasche Malzbier.

Gina schien erleichtert und atmete auf: „Woher weißt du, dass ich so gerne Rhabarber mag?" Ich war verblüfft. „Ich kenne dich doch gar nicht", antwortete ich, „aber natürlich ist der Rhabarber für dich. Ich werde für dich sorgen." Sie zog ein kleines Küchenmesser aus dem Ärmel, schälte die Stangen, zog die langen Fäden ab und biss ab, ohne dass sie die Stängel in Zucker tauchen konnte. „Heiner, das tut mir gut, vielen Dank. Das war Rettung in höchster Not. Jetzt komm ich wieder allein zurecht." Als ich aufwachte, lag etwas schwer auf meiner Brust.

Zunächst kam ich mit dem kleinen Auto gut voran, aber bei dem langen Berg auf der Autobahn vor der Porta Westfalica begann es zu stottern und verlor an Geschwindigkeit. Ich musste auf die Kriechspur ausweichen und war zwischen dicke Lkws eingeklemmt. Zudem setzte ein Regen ein, den der Scheibenwischer nur mit Mühe bewältigen konnte. Es blieben breite Schlieren auf der Frontscheibe.

Ottomar hatte mich beschworen, Kontakt zu Monika aufzunehmen. Deshalb hatte ich zweimal versucht, sie in ihrer Schule anzurufen, aber sie war nicht zu erreichen. Irgendwie plagten mich ein schlechtes Gewissen und Schuldgefühle. Warum nur, es war ja nichts mehr zu ändern, dachte ich trotzig. Ich blieb bei meinem Entschluss, aber ich wollte ihr nicht wehtun. Nicht mehr als nötig. Dabei war ich wohl der Ungeeignetste, der ihr irgendwie beistehen könnte. Wahrscheinlich ließ sie mich deshalb abblitzen.

Als der Fiat noch langsamer wurde und zu stottern begann, fuhr der Lkw hinter mir bis auf wenige Meter auf und hupte wütend. Ich spürte die grellen Scheinwerfer schon über mir und musste in eine Nothaltebucht ausweichen und das Fahrzeug anhalten. Die dicken Brummer schnaubten mit sturer Kraft links an mir vorbei den Berg hinauf. Ich stellte den Motor ab, stieg aus im Regen und öffnete die rückseitige kleine Heckklappe und ließ ihn ein wenig abkühlen, ließ dann den Motor wieder laufen, betätigte mit den Fingern hinten ein paarmal den kurzen Gaszug, drehte etwas an der Stellschraube für das Standgas, sprach dem Kleinen gut zu. Mehr wusste ich nicht zu tun. Bevor ich verzweifelte, hatte er ein Einsehen. Nach einer halben Stunde wartete ich auf eine Lücke zwischen den Lastautos und schob mich wieder auf die Kriechspur. Als ich die Höhe erreicht hatte, fühlte ich mich etwas besser und hatte Hoffnung, ohne weitere Störung anzukommen, auch deshalb weil an der Raststätte Hannover-Garbsen noch ein Kamerad zustieg. Er hatte schon eine lange Zeit ungeduldig auf mich gewartet. Durch diese Mitnahme versuchten wir, die

Benzinkosten ein wenig zu teilen. Aber noch hatten wir viel mehr als eine Stunde zu fahren.

Wir kamen in unserer Kaserne an, als es schon weit nach Mitternacht war. In meiner Stube war niemand mehr wach, ich tappte durch den dunklen Raum und legte mich möglichst leise in mein Bett. Das Quietschen des Gestells nahm keiner wahr. Aus zwei Ecken kam prustendes Schnarchgeräusch herüber. Aber mich begleitete noch eine geraume Zeit lang das Rauschen der Autobahn, das Brummen der Motoren, das Flackern der Scheinwerfer. Viel Schlaf bekam ich nicht mit, denn mit dem frühen morgendlichen Appell begann auch für mich wieder der Dienst.

Es waren noch zwei Tage bis zum Wochenende. Das Wetter war schlecht, es regnete auch hier fast pausenlos. Wir machten uns oben in der Halle an unseren Fahrzeugen zu schaffen, kleine Inspektionen, turnusmäßige Geräteüberprüfungen, Reinigungsarbeiten. Die meiste Zeit hockten wir hinten in der Ecke an unserer Holztischgarnitur und spielten Karten. Beim Doppelkopf konnte ich gut mithalten. Es wurde auch mal ein Pornoheft herumgereicht. Alle schauten es durch. Wirklich anregend war das nicht. Wie die anderen spielte auch ich das Interesse herunter. Die Jungens merkten schnell, dass ich etwas mürrisch und einsilbig war.

„Dir hat am Wochenende unsere Sause im Colibri gefehlt", sagte Luggi, „warte, bald geht es wieder los, das wird dich auf andere Gedanken bringen."

Ja, er hatte recht. Ich wartete auf den Abend des Tanzvergnügens. Aber meine Enttäuschung war groß. Gina ließ sich nicht sehen. Karlemann, der Zapfer, zuckte mit den Schultern. „Tut mir leid, länger nicht hier gewesen", sagte er. Um 22 Uhr, als es langsam richtig losging, verabschiedete ich mich und die anderen zeigten mir einen Vogel.

Am Montagabend nach dem Dienst strich ich um den kleinen Andenkenladen herum. Natürlich ohne Erfolg. Nach ihr zu fragen, getraute ich mich nicht. Was soll das hier werden, fragte ich mich selbst. Sie ist bestimmt wieder in einer Kur auf Borkum. Aber am Dienstag fand ich mich schon wieder vor dem Laden an der Ecke vom Marktkirchhof. Die ältere Verkäuferin würde mich sicher bald für einen Ladendieb halten, der um ihr Geschäft schleicht, kam es mir in den Sinn. Notgedrungen kaufte ich einen billigen Steinkrug mit einem Abziehbild von Goslar. Ein furchtbares Ding. Zwei Ecken weiter steckte ich es in einen Mülleimer.

Am Samstagmittag machte ich mit Pössel eine kleine Wanderung hinauf Richtung Rammelsberg. Das Gespräch mit ihm gab mir noch lange zu denken.

Was für mich die Literatur war, war für ihn die Musik. Ich erfuhr, dass er neben Gitarre auch Klavier spielte. Er kam aus einem musikalischen Elternhaus, der Vater leitete verschiedene Chöre und war Kirchenorganist. Die Mutter war früher sogar Opernsängerin gewesen. Dazu sagte ich besser nichts, denn mit einer Oper konnte ich so gar nichts anfangen.

Dann kamen wir auf die *Blechtrommel* zu sprechen. Ich war in meinem Element. „Ich glaube, den Roman muss ich auch lesen", sagte Pössel am Ende.

„Wenn du Literatur studieren willst, was wirst du denn später damit machen?", fragte er mich anschließend.

„Am liebsten würde ich Lyriker, na ja, Schriftsteller", war meine Antwort und ich wusste, dass das wohl ein wenig naiv und hochtrabend klang.

Pössel war wirklich Realist. „Lyriker ist kein Beruf. Schriftsteller zu sein, ist nur eine Beschäftigung. Schreib was für dich, Tagebuch, Kurzgeschichten oder kleine Gedankennotizen, meinetwegen auch Gedichte. Vielleicht bringt dich das weiter. Aber professionell, einen Verlag finden und etwas veröffentlichen – mach dir nichts vor."

Wir hatten schon eine schöne Höhe erreicht und blickten hinunter auf die Stadt und hinüber auf das Gelände der Gruben, die immer noch in Betrieb waren. Schon seit 3.000 Jahren wurden hier Kupfererze abgebaut und man hatte im frühen Mittelalter auch Silber für die Münzprägung gefunden. Daher stammte der Reichtum dieser Stadt, die auch Mitglied der Hanse wurde.

„Ich würde auch lieber ein erfolgreicher Musiker werden", sagte Pössel, „mit einer Band auftreten, volle Hallen und kreischende Fans, Plattenaufnahmen. Aber vergiss es."

Er blieb stehen. „Ich habe dich ein bisschen kennengelernt. Lass die Luftschlösser! Weißt du, wo man uns braucht? In den Schulen. Da können wir wirklich wertvolle Arbeit leisten. Vielleicht hatten wir auch ein paar wenige gute Lehrer, aber die meisten waren doch alte Nazis oder zumindest autoritäre Pauker. Leute, die so denken, wie du und ich, müssen diese Typen endlich ablösen. So können wir etwas für eine demokratische Gesellschaft tun. Ich werde jedenfalls auf Lehramt studieren und versuchen, die Schüler in einer anderen Denkweise zu unterstützen."

Auf dem Rückweg gingen wir am Waldrand entlang Richtung Osterfelder Tongruben, nach links stets mit einem weiten Blick auf die ehemalige Kaiserstadt. Der Regen hatte sich endgültig verzogen und die Luft war wohltuend klar. Die Vögel trauten sich heraus und flogen tschirpend über uns hinweg. Man sah breite Streifen blauen Himmels. Lange Stücke des Weges legten wir schweigend zurück. Ich spürte die angenehme Verbindung zu Pössel und es war keineswegs peinlich, wenn wir nicht andauernd redeten. Wir hatten kaum mal andere Spaziergänger getroffen, aber jetzt kamen uns auf dem langen, geraden Weg von weit unten zwei Personen entgegen.

Ich stutzte. Was war das? Schon von ferne erkannte ich sofort die gelbe Regenjacke. Anders als bei unserem spontanen Treffen am Okerstausee hatte ich jetzt genügend Zeit, bis wir auf unserem Weg zusammentrafen. Es war unausweichlich, dass wir gleich voreinander stehen würden. Aber ihr Vater war es diesmal sicher nicht, der Gina begleitete. Es war ein junger Mann.

Ich war erregt. Ich hatte sie wochenlang nicht gesehen. Ich hatte pausenlos an sie gedacht. Ich hatte mir gewünscht, sie zu treffen. Und jetzt? Wie würde sie reagieren? Was sollte ich sagen? Wer war der Junge, der neben ihr ging? Wie wirr schossen mir die Gedanken durch den Kopf.

Es waren noch fast hundert Meter. Pössel erzählte gerade, dass er mit seinen Eltern von Hameln aus immer bis nach Hannover fahren müsse, wenn sie gelegentlich in der Radiophilharmonie klassische Konzerte besuchen wollten. Darauf reagierte ich nicht. Er redete weiter, ohne die Brisanz der Situation zu spüren. Wie sollte er? Noch zwanzig Meter.

Gina hatte mich längst erkannt. Sie blieb stehen. Wir waren noch zehn Meter auseinander. Ein Déjà-vu, als wir auf diesem Weg direkt voreinander standen. Nur die Konstellation der begleitenden Personen war eine andere.

Wieder ergriff sie als erste das Wort. „Bist du es, Heiner? Dich hätte ich hier nicht vermutet." Sie wurde rot. Ich stand stocksteif vor ihr mit aschfahlem Gesicht. Wir sahen uns in die Augen.

Dann blickte ich auf ihren Begleiter. Er war mehr als einen Kopf größer als sie und trug einen gestrickten Wollpullover mit aufgesetzten Lederstücken an den Ellenbogen. Er hatte lange Haare. Er wollte wohl so aussehen wie einer von den Beatles, dachte ich. Das gefiel Gina sicher. War ich eifersüchtig?

„Das ist Paul", sagte sie.

Hatte ich es mir doch gleich gedacht. Als McCartney wollte er bei ihr Eindruck schinden. Mich stellte sie gar nicht vor.

„Wie geht es dir?"

Ich nickte mit dem Kopf, wusste nichts zu sagen. Von ganz unten aus dem Tal klang ein schwacher Glockenschlag herauf zu uns.

„Paul ist, weißt du, er ist mein neuer Freund."

Sie umfasste seinen Arm und lächelte etwas verlegen. Sie hatte mehr Charakter als ich.

Ich blickte nach unten und scharrte etwas mit den Füßen.

Noch einmal stand unsere gesamte Gruppe wortlos da. Ihre Worte hallten nach. Es wäre an mir gewesen, irgendetwas zu sagen und es dröhnte in meinem Kopf. Pössel räusperte sich.

„Kennt ihr euch", stotterte ich, „kennt ihr euch aus der Kur?"

Gina lachte kurz auf. „Nein, nein, Paul ist hier aus Goslar, eigentlich kennen wir uns schon lange."

Jetzt merkte man, dass es diesem Paul langsam peinlich wurde, dass man so über ihn redete.

„Heute sind wir offensichtlich in entgegengesetzten Richtungen unterwegs, aber wir können uns ja ein anderes Mal treffen", sagte er nicht unfreundlich, aber bestimmt, „komm, Gina, sollen wir weiter?"

Das Mädchen folgte ihm. Sie gingen den leicht ansteigenden Weg hinauf, Pössel und ich hinunter.

Nach einer geraumen Weile sagte er: „Wenn du nichts dazu sagen willst, ist es in Ordnung. Das war wohl deine Freundin Monika, von der du erzählt hast, und sie hat jetzt einen Neuen. Ist es so? Das tut sicher weh. Ich glaube ich verstehe schon."

Diesmal verstand Pössel nichts.

26 UNTERM SCHNEE

Der Winter setzte früh ein und war äußerst reich an Schnee. Fast täglich hatten wir den riesigen Platz vor den Fahrzeughallen mühsam mit hölzernen Schiebern vom Schnee zu befreien. Der Oberwachtmeister trieb uns an: „Wir müssen immer einsatzbereit sein." Wegen der Anstrengung kniff die Kälte in der Nase. Gefrorenes Wasser rund um die Zapfsäulen musste mit der Hacke aufgeschlagen werden. Bei der Wartung der Fahrzeuge froren uns fast die Finger ab. Immer wieder setzte neuer Schneefall ein. Unter dem Overall trugen wir dicke, olivgrüne Wollpullover mit Rollkragen. Gina hatte ihren Friesennerz hoffentlich schon längst gegen eine warme Jacke eingetauscht. Ob sie auch eine warme Mütze hatte? Und Handschuhe?

Ich fuhr nicht mehr zu Monika nach Bad Harzburg, ich fuhr nicht mehr nach Hause ins Sauerland. Ottomar verstand nicht, warum ich mich von Monika getrennt hatte. Auch meiner Mutter konnte ich es nicht erklären. Da ich es selbst nicht so genau wusste, versuchte ich alles, was damit zusammenhing, zu verdrängen.

Mit Oskars Geschichte kam ich gut voran. Immer wenn ich ein Stück gelesen hatte, kam mir der Gedanke, ob das für Gina wohl interessant sei. So gern hätte ich ihr erzählt. Aber war das neue Kapitel nicht zu abschweifend, nicht zu schockierend? Wie würde sie es auffassen? Mit welchen Worten könnte ich das zusammenfassen?

Diese Überlegungen waren leider völlig sinnlos.

Mein kleiner Fiat wurde kaum noch bewegt. Als wir für eine Geburtstagsfeier ein paar Kästen Bier in die Kaserne schmuggeln wollten, wurde der Wagen jedoch eingesetzt. Ich war mit Luggi auf glatten Straßen zum Getränkeladen unterwegs und hinten auf dem Rücksitz stapelten sich vier oder fünf Kästen Rammelsberger Pils so hoch, dass ich im Innenspiegel keine Sicht mehr nach hinten hatte. Bevor wir aber unseren Standort an der Wallstraße erreichten, gab der kleine 500er seinen Geist auf. Stottern, tuckern, ruckeln, Ende. Luggi und ich nahmen einen der Kästen zwischen uns und schleppten ihn über die schneeglatte Straße die 300 Meter bis zur Kaserne. Dann brauchten wir Verstärkung und brachten das feuchte Trinkgut schließlich vollständig in unsere Stube.

Der Fiat blieb am Straßenrand stehen. Als erneut heftiger Schneefall einsetzte, dachte ich zunächst nicht mehr an mein einst so geliebtes Auto. Wie oft hatte es mich in die Nachbarstadt zu Monika gebracht. Auf allen abgelegenen Parkplätzen hatten wir im Dunkeln gestanden und geschmust. Aus den Augen, aus dem Sinn. Ich war undankbar, ein wahrlich schlechter Kamerad.

Erst nachdem es mehr als eine Woche lang ununterbrochen geschneit hatte, dachte ich wieder an den Wagen. Ich ging hinunter in die Bozener Straße, konnte aber das Auto nicht mehr wiederfinden. Der hohe Schnee hatte alles mit einer dicken Schicht überdeckt und noch dazu hatten die Schneepflüge die weißen Massen an die Seiten der Straßen transportiert und zu Bergen aufgetürmt. Ich konnte die ungefähre Stelle ausfindig machen, stach mit einem Stock durch den weißlichen Hügel, und als ich auf einen Widerstand stieß, grub ich mich mit den

Händen voran, bis ich ein Stückchen silbergraues Metall in dem Schneeberg erblicken konnte. Ja, da war der kleine Kerl, auf den ich einst so stolz gewesen war.

Aber doch war ich maßlos ernüchtert, glaubte nicht mehr an die Freundschaft zwischen diesem kleinen Flitzer und mir, der da fahruntüchtig und erbarmungslos in die Schneeberge eingezwängt stand, die obenauf langsam schon hart und gelblich wurden. All meine Treue hatte ich verloren und verkaufte ihn tatsächlich bei der nächsten intensiven Sause im Colibri für 50 DM notgedrungen an einen Kameraden aus der Nachbarstube. Er legte den Schein bar auf den Tisch und alle johlten. Das Geschäft im Rausch war nicht mehr rückgängig zu machen. Ich musste ihm noch den Schneehügel zeigen. Die Papiere sollten nach der Schneeschmelze übergeben werden.

Ich brauchte Abstand und Ablenkung. Ich meldete mich freiwillig für einen Wachdienst im Hauptquartier des BGS in Hannover. Dort erwarteten mich zwei Wochen Dienst ohne Pause, Wachdienst und Bereitschaft am Stück, aber eine Reihe von freien Tagen wurde als Ausgleich geboten.

In der Landeshauptstadt richteten wir uns in der neuen Stube ein. Mein Bett hatte eine furchtbare Matratze. Es stand in einer düsteren Ecke des Raumes, wo man sogar am Tag künstliches Licht brauchte, wenn man auf der Liegestatt lesen wollte. Direkt vor den zwei Fenstern stand eine hohe Buche, deren Äste alles in ein dämmriges Dunkel tauchten. Der Stube hatte man offensichtlich einen neuen Fußboden verpasst, aber wohl nicht genügend gelüftet, sodass irgendein Chemiegeruch vorherrschte. Aber es ist ja nur für zwei Wochen, sagte ich mir. Ich kannte keinen von den anderen Kameraden. Sollte man sich für so kurze Zeit auf die anderen einlassen? Ich verkroch mich in mich selbst. Schon wusste ich nicht mehr, aus welcher Selbstkasteiung heraus ich mich für diesen Dienst gemeldet hatte. Was sollte ich mit den anschließend zu erwartenden freien Tagen denn anfangen?

Besonders die nächtlichen Kontrollgänge waren sehr schwierig, wenn man auf einsamer Streife gegen die Müdigkeit ankämpfen musste. Nichts passierte. Die Stille der Nacht senkte sich dunkel herab. Um 4 Uhr nachts gingen die Schritte schwer und mechanisch. Die vier größte Anstrengung war es aber, die Augen offen zu halten. Auf dem Gelände standen hier und da ein paar Laternen mit gelblichem Licht. Eine Lili Marleen stand nicht darunter. *Unsere beiden Schatten sah'n wie einer aus, dass wir so lieb uns hatten, das sah man gleich daraus.* Ich ging allein durch die Nacht. Zum Glück gab es hier nicht so viel Schnee wie im Harz. Es ging an den Außenzäunen entlang, an den Wohnblöcken der Mannschaftsunterkünfte, hinten um die Garagen herum. Hier trennte sich die Doppelstreife auf zwei unterschiedliche Routen. Grenztruppjäger Jörg, der aus Walsrode kam, ging nach links zu den Gebäuden des Stabes. Mein Weg führte zum Sportplatz.

Alles still in der Nacht, kein Mensch, kein Vogel, keine kleine Maus. Eintönig nur die eigenen Schritte. War es möglich, im Gehen einzuschlafen?

Hinter dem Trainingsgelände am äußersten Rand setzte ich mich an einem kleinen Abhang. Es sollte nur für einen kurzen Moment sein. Über mir hingen Äste von irgendwelchen jungen Bäumen herab. Das Gewehr stellte ich vor mich. Ich hatte mich an die Waffe gewöhnt. Dass man hier damit auch schießen könnte, war irgendwie außerhalb der Vorstellungskraft.

Ich war wahrhaftig eingenickt. Als ich wieder aufzuckte, überfiel mich zuerst ein Gedankenblitz: die Befürchtung, ich würde wegen Dienstverletzung festgenommen, wegen Feigheit vor dem Feind erschossen. Ich umfasste das kalte Metall des Gewehrs. Aber ich sah niemanden hier in dieser blauschwarzen

Nacht, die windstill war und menschenleer und ohne jegliches Zeichen von Bedrohung.

Hatte sich irgendwo ein Feind versteckt? Wer war denn mein Feind? Diebe, Saboteure, die hier in unser Terrain einbrechen wollten? Oder viel größer gedacht: Spione, Soldaten der Volksarmee der DDR. Die Russen? Bedrohten sie unsere Kaserne? Oder unser Land?

Man sprach immer davon, dass wir uns im Kalten Krieg befänden. Hier in Deutschland, an der Grenze zur DDR, die wir bewachten, stießen die Großmächte direkt aufeinander. Beim Bau der Berliner Mauer vor sechs Jahren hatten sich die sowjetischen Panzer und die der US-Armee direkt gegenüber gestanden. Die Bilder gingen um die Welt. Aber die Westmächte hatten nicht eingegriffen, als die Mauer gebaut wurde. War das klug gewesen? Was wäre sonst passiert?

In der Kubakrise 1962 war die Befürchtung eines neuen Weltkriegs sogar in den Köpfen von uns Jugendlichen angekommen. Man sagte, die Welt halte den Atem an. Die Sowjets wollten auf der karibischen Insel Raketen stationieren, die in ihrer Reichweite auf das amerikanische Festland gerichtet waren. Die Amis fühlten sich bedroht und konnten das nicht dulden. Das nukleare Wettrüsten erreichte seinen Höhepunkt. Stand ein Atomkrieg bevor? Wir hatten sogar auf dem Schulhof darüber gesprochen. Plötzliche Angst und ein nie gekanntes Unbehagen hatte es in unseren Herzen jedenfalls gegeben, auch wenn schnell wieder andere Dinge in den Vordergrund rückten.

Jetzt war davon zu hören, dass die Großmächte einen Vertrag abschließen wollten, der die Verbreitung von Atomwaffen und den Verzicht auf deren Einsatz zum Inhalt haben sollte. Aber bedeutete das auch wirklich Abrüstung? Wie bedroht waren wir denn wirklich? Oftmals hatte ich das Gefühl, nicht genügend informiert zu sein. Wenn ich über solche Probleme nachdachte, erfasste mich eine große Unsicherheit. Aber eine reale Angst wurde durch die jugendliche Unbekümmertheit bald wieder vertrieben.

Nun saß ich hier mit meinem Gewehr. Konfuse Beziehungsprobleme beschäftigten mich. Monika und Gina gegen Weltpolitik. Ich war ein lächerliches Exemplar eines Soldaten, ohne Mut und Perspektive. Solche Jungen wie mich hatte man früher in den Krieg geschickt, nachdem man ihnen Flausen vom Endsieg in den Kopf gesetzt hatte.

Bis ich wieder halbwegs klar denken konnte, klopfte mir das Herz bis zum Hals. Ich fühlte mich schuldig und verfolgt. Ich musste mich zusammenreißen. Dort hinten in der Baumgruppe schien sich sogar ein Schatten zu bewegen. Spuren im Schnee waren nicht zu sehen. Ich fasste das Gewehr fester und erhob mich. Aber was würde ich denn im Ernstfall damit tun?

Bei den Übungen auf dem Schießplatz hatte ich mir plötzlich vorgestellt, dass weit vorn die Pappwand mit der Zielscheibe tatsächlich einen Menschen darstellte. Einen Russen? Einen was weiß ich? Wirklich schießen? Mein Zögern war doch verständlich. Als mich der Gruppenführer erneut zum Schuss aufforderte, war ich gezwungen zu reagieren, hob also den Gewehrlauf etwas an und schoss fast oben in die Brüstung. Er schüttelte verzweifelt den Kopf: „Ein hoffnungsloser Fall!" Ich war einfach ungeeignet und unfähig.

Ich war so wie Oskars Vater Jan Bronski aus der *Blechtrommel*, der sich beim Sturm auf die polnische Post aus Selbstschutz und Feigheit völlig von der Realität abgekoppelt und zu einem irrwitzigen Skatspiel mit zwei verwundeten Kämpfern in einen hinteren Raum verkrochen hatte. Hauptsache das Spiel ging weiter. Komm hoch, leg eine Karte, bevor du verblutest, forderte er den Mitspieler auf. Ja, das ist mein Stich! Er triumphierte.

Na schön, der war auch nicht besser als ich. Und war es nicht so, dass ich mit Monika sogar Mau-Mau gespielt hatte, als wir in dieser wichtigen Nacht in der Braunschweiger Kaschemme ganz was anderes geplant hatten. Versager!

Ich war übermüdet, ich sah tanzende Schemen zwischen den Bäumen. Wesen mit mehreren Köpfen. Die riesigen Vögel selbst sah ich nicht, sondern nur die Schatten ihres Flügelschlags. Ich zitterte plötzlich. Vor Kälte, vor Angst? Als ich in die Knie ging und auf dem Boden hockte, stand der Jörg aus Walsrode vor mir. „Wo bleibst du denn? Was ist mit dir?" Ich stand auf und trottete hinter ihm her. Was sollte ich ihm erklären?

Endlich im Bett, fand ich keine Ruhe mehr. Ich wälzte mich die ganze Nacht auf meiner schlechten Matratze und fand nicht eine Minute Schlaf.

Zurück in Goslar schlitterte ich am zweiten Tag nach Dienstschluss über mit Salz bestreute Gehwege hinunter zur Altstadt, um mir Schuhcreme zu kaufen. An der Ecke zum Marktkirchhof stießen wir fast zusammen. Die gleiche Situation hatte es doch schon einmal gegeben, kam es mir augenblicklich in den Sinn. War das jetzt meine letzte Chance?

Gina hatte eine Schachtel mit kleinen Brockenhexen aus Holz in der Hand und ließ sie vor Schreck fallen. Verdutzt breitete sie die Hände aus, ich nutzte die Situation, machte den letzten halben Schritt auf sie zu und nahm sie entschlossen in den Arm. Auch sie schlang fest die Arme um mich. Sie legte ihren Kopf an meine Schulter. Wir drückten uns länger und stärker, als wir es bei einem der Tänze im Colibri je getan hatten. Eine Umarmung für die Ewigkeit!

Hoch oben vom Turm der Marktkirche begann die Glocke zu läuten. Läutete sie für uns? Sie schlug die Stunde, sechsmal in einem dumpfen Ton. Ich schloss die Augen. Wir standen so umschlungen, regungslos, bis der letzte der Glockenschläge verklungen war. Auch sie ließ mich einfach nicht los. Das Schicksal hatte sich uns offensichtlich zugewandt.

„Jetzt hab ich Feierabend", Gina glitt aus meinem Arm. Sie bückte sich und sammelte die Brockenhexen auf und legte sie wieder in die Schachtel. Ich sah sie auffordernd an.

„Ich habe keine Zeit", sagte sie, „heute muss ich schnell weg." Sie lächelte.

„Ich verstehe", antwortete ich, aber was verstand ich denn?

Von drinnen rief die ältere Verkäuferin. Gina zuckte mit den Schultern.

„Tut mir leid." Sie verschwand im Laden, winkte mit der freien Hand, sah aber nicht mehr zurück.

Lange konnte ich mich nicht rühren und stand stocksteif da. Ich blickte wie gelähmt auf die Wand der Kirche auf der anderen Seite der Straße. In den gelblich-grauen Quadern aus weichem Sandstein meinte ich ein Muster zu erkennen, das ich aber nicht deuten konnte. Die Verkäuferin trat aus dem Laden.

„Bitte machen Sie Platz, ich muss zusammenräumen. Wir schließen gleich."

Entschlossen ging ich in das Geschäft hinein. Es war nur ein ganz kleiner Laden, eine Theke, Regale und Ständer mit Postkarten und kleinen Andenken. Hinten sah ich eine Tür.

Die Verkäuferin schob einen Tisch mit kleinen Souvenirs vom Bürgersteig herein. „Möchten Sie noch etwas?" Ich winkte ab.

Gina musste durch die Hintertür hinausgegangen sein. Als ich wieder auf der Straße stand, schlug nochmals eine Glocke oben vom Turm der Marktkirche, jetzt aber nur einmal mit einem Klang, der sich viel höher und eher blechern anhörte. Ein Ton wie ein Hohn. Ich blickte die leere Straße entlang.

Wie benommen kam ich in der Unterkunft an und mir fiel ein, dass ich nicht mehr daran gedacht hatte, die Schuhcreme zu kaufen.

Hannemann, der Zapfer aus dem Colibri, gab mir am Samstag den Umschlag. Er enthielt ein Blatt, wahrscheinlich herausgerissen aus einem Schulheft. Auf dem Papier war der Text geschrieben vom Beatles-Song „You've got to hide your love away", einem melancholisches Lied vom Album *Help*. Er war mit einer eher kindlichen Handschrift geschrieben. Und Gina hatte ihn dankenswerterweise gleich für mich ins Deutsche übersetzt:

Hier stehe ich, den Kopf in der Hand,
drehe mein Gesicht zur Wand.
Wenn du weg bist, kann ich nicht mehr weiter,
ich fühl' mich ganz klein.

Überall starren die Leute
jeden einzelnen Tag.
Ich kann sehen, wie sie über mich lachen.
Ich kann sie sagen hören:

You've got to hide your love away
Hey du musst deine Liebe verbergen.

Wie kann ich es nur überhaupt versuchen,
ich kann doch niemals gewinnen,
wenn ich sie höre, sie sehe,
in dem Zustand, in dem ich gerade bin.

Wie konnte man sagen,
dass Liebe einen Weg finden wird.
Versammelt euch nur, ihr Clowns,
lasst es mich euch sagen hören:
You've got to hide your love away

Hey du musst deine Liebe verbergen.

Darunter hatte sie geschrieben: *Das ist unser Beatles-Lied. Danach haben wir getanzt. John Lennon for ever. Vergiss die Gina nicht.*

Wen meinte sie? Wessen Lied war das? War es ihr Lied oder sollte es meins sein? Wer sollte seine Liebe verbergen? Ich war völlig konfus.

27 DURCH DIE ZONE

Die geplante Hochzeitsfeier von Ottomar und Hannelore zu Weihnachten fiel zunächst aus. Zu sehr wurde befürchtet, dass man die Frucht der Liebe des jungen Paares schon zu sehr sehen könnte. Besonders Ottomars Mutter war strikt gegen eine öffentliche Feier, obwohl doch im Dorf schon geredet wurde und manch einer Bescheid wusste.

Ich hatte mich bereit erklärt, über die Feiertage in der Kaserne zu bleiben. Irgendjemand musste ja für den Dienst zur Verfügung stehen. Warum sollte ich nicht einer davon sein? Meine Kameraden jubelten, denn aus jeder Stube sollte einer für den nötigen Wachdienst bestimmt werden. Bevor das Los entscheiden musste, gab ich dem Gruppenführer ein Zeichen, dass ich bleiben wolle. So richtig zog mich ja auch nichts nach Hause.

Die Kameraden zeigten sich erkenntlich und hatten für mich als den zurückgebliebenen Märtyrer einen kleinen Geschenkkorb zusammengestellt. Die Packung Printen war aus dem Adventspäckchen von Klaus Evers übriggeblieben, der aus Aachen stammte. Das hatte ich mitbekommen. Dann gab es noch eine Flasche Nordhäuser Korn, einen kleinen Rollschinken, eine Packung süßer, getrockneter Feigen und andere Früchte. Besonders originell war ein Harzer Roller, so ein stinkender Sauermilchkäse mit Kümmel. Das hatte sich sicher Luggi ausgedacht. Mit diesem Präsent saß ich dann am Weihnachtsabend in der Wache an der Wallstraße und teilte mit den anderen Weihnachtsmännern. Nur vom Korn durften wir im Dienst lediglich heimlich mal probieren.

Da wir rund um die Uhr Dienst hatten, konnte ich nicht einmal den Gottesdienst in der Marktkirche besuchen. Warum war mir das plötzlich so wichtig? Wollte mich jetzt doch ein Weihnachtszauber erfassen? Irgendwie war ich melancholisch. Oder gab es einen anderen Grund, warum ich unbedingt hinunter in die Stadt wollte? Nein, nein, ich hoffte nicht, dort irgendjemanden zu treffen. Das war für mich vorbei.

Nach diesem Weihnachtsfest schleppte sich das dunkle Frühjahr in gleicher Weise hin. Schwarze Wolken bliesen über die Hänge hinunter ins Tal, über den grauen Kasernenhof und durch die Schluchten der engen Straßen in der Altstadt. Mit nichts war mir zu helfen, bis ich Ostern 1968 meine Dienstzeit beim Grenzschutz beendete.

Mit den anderen, die auch ersatzweise beim BGS ihre Wehrpflicht abgeleistet hatten, stand ich wieder mit Rucksack auf dem Hof der Kaserne. Irgendwie erschien es lächerlich, dass wir in Zivil und eigentlich schon entlassen noch einmal in lockerer Formation antreten sollten. Manche standen mit den Füßen in den Pfützen des Appellplatzes. Aber wir gehorchten den Anweisungen. So sehr war das in Fleisch und Blut übergegangen. Der Leutnant kam aus dem Offizierscasino, das direkt neben unserem Speisesaal lag, auf unser kleines Häuflein zu und verabschiedete uns. Er war eigentlich immer in Ordnung gewesen. Aber bei seinen wohlmeinenden Worten hörten wir kaum noch zu. Er wusste, dass er uns nicht mehr überreden konnte, uns für ein weiteres Leben in Uniform zu entscheiden. Jedoch aufrechte Menschen sollten wir bleiben. Er sprach sehr wohlwollend, aber eindringlich, über die Erfüllung unserer Pflichten als Staatsbürger, über unsere Verantwortung in diesen Zeiten des Kalten Krieges, wünschte viel Glück für unsere persönliche Zukunft.

Pössel und mir überreichte er einen kleinen Bildband mit Rundgängen durch die alte Kaiserstadt Goslar, als Dank für unseren Auftritt bei seiner Hochzeit.

Unsere Gedanken gingen schon ganz woanders hin, wenngleich in sehr unterschiedliche Richtungen.

Auf Luggi warteten vor dem Kasernentor hupend und johlend seine Kollegen aus Braunschweig. Sie fieberten der Deutschen Fußballmeisterschaft entgegen. Die Eintracht hatte am vergangenen Wochenende den HSV, der als eigentlicher Favorit galt, mit 2:0 geschlagen. Ab jetzt war Luggi sicher bei jedem der noch ausstehenden Spiele dabei.

Pössel wollte schon zum Sommersemester sein Studium an der Pädagogischen Hochschule in Hannover beginnen. Einen Studienplatz und ein Zimmer im Studentenheim hatten seine Eltern für ihn gesichert. Für ihn war klar, dass er später in den Schuldienst überwechseln wollte. Ich war überzeugt, er würde ein guter Lehrer.

Manfred mit dem roten Simca aus der Nebenstube hatte sich für eine Ausbildung beim Warenhauskonzern Karstadt in Essen beworben. Da konnte er zunächst zu Hause bei seinen Eltern wohnen bleiben. Das war praktisch und sparte natürlich Geld.

Er nahm mich mit auf dieser letzten Fahrt in Richtung Heimat. Er stammte aus Hattingen an der Ruhr und hatte einen roten Simca 1000 L, von dem er die halbe Strecke der Fahrt schwärmte. Er verwies auf das neu gestaltete Armaturenbrett und die fünffach gelagerte Kurbelwelle, was immer das bedeuten sollte. Ich nickte anerkennend und hatte nostalgische Gedanken wegen des von mir schmählich verlassenen kleinen Fiats.

Kurz nach dem Kamener Kreuz öffnete er das Seitenfenster und ließ Luft herein. „Riech mal", sagte er. Es roch ein wenig nach Qualm oder Schwefelwasserstoff, ja, nach faulen Eiern. Ich stutzte. Er dagegen war begeistert. „Jetzt merke ich, dass ich wieder ins Ruhrgebiet komme. Hier gehör ich hin! Das riecht nach Heimat."

Ich beneidete sie wegen ihrer konkreten Vorstellungen und verließ den Harz mit gemischten Gefühlen.

Bad Harzburg hatte ich seit Monaten nicht mehr besucht. Monika würde noch ein halbes Jahr lang dort ihre Ringe und Keulen schwingen, mit bunten Bändern über die Gymnastikmatten und Balken schweben und sich sonntags im Café Peters mit Annett und Claudia beim exquisitem Kuchen treffen. Ob sie schon einen neuen Kavalier hatte, einen besseren als mich, einen mit sauberen Fingernägeln? Ach, ich wollte nichts Schlechtes über sie denken.

Und dann war da noch dieses andere Thema: Gina. Jedes Mal, wenn ich an sie dachte, hatte ich ein brennendes Gefühl in der Brust. Es tat wirklich weh. Ich konnte keinen Beatles-Song mehr hören, ohne dass mich Wehmut und Bitterkeit überfielen. Ins Colibri wollte ich in der letzten Zeit nicht mehr gehen und doch war ich dann und wann am Wochenende dort aufgetaucht, hatte verzweifelt zwischen Tanzfläche und Colatischen nach ihr gesucht und war schnell wieder verschwunden.

Was sollte ich in dem Souvenirladen am Marktkirchhof suchen? Ich konnte mich nur lächerlich machen. Auch hinauf zum Rammelsberg lief ich natürlich vergeblich und tat es doch. Ich wollte noch einmal an der Stelle sein, wo sie mir auf dem Waldweg entgegengekommen war. Ich setzte mich auf die Böschung am Rand und huldigte meinem Schmerz und der vertanen Gelegenheit. Was für ein jämmerlicher Idiot war ich. Warum hatte ich mich nicht für sie eingesetzt?

Manfred sagte: „Du bist so still. Sag bloß, der Abschied von der Kaserne macht dir was aus." Er gab Gas und zog auf der Überholspur vorbei. „Der Wagen hat 100 PS. Das hättest du sicher nicht gedacht." Da hatte er recht.

Zu Hause im Dorf war es ziemlich einsam. Meine Mutter half im Café bei Ille Spratte aus, die sich einen Fuß gebrochen hatte, und war den ganzen Tag über weg. Meine Schwester verbrachte eine Woche in einem Zeltlager mit ihrer Klasse im Oberbergischen. Wolf war pausenlos auf Umzugstour und Ottomar baute hinter der Scheune einen neuen Stall mit Pferch für seine Schafe. Ihm hätte ich helfen können, aber dazu war ich nicht in der Stimmung.

Ich hätte Zeit gehabt, meine *Blechtrommel* zu beenden. Irgendwo bei Seite 400 und soundsoviel war ich stecken geblieben. Auf der Dorfstraße war es menschenleer wie immer. Einmal kam Pierre mit seinem Lieferwagen vorbei und winkte. Auf der Ladefläche klingelten die Flaschen in den Kästen. Manchmal stand ich hinten im Stall bei Toni und sah zu, wie er die Kühe fütterte. Ich hatte den Eindruck, dass sie gleichzeitig kacken und fressen konnten. „Jetzt biste wieder da, woll", sagte er und lachte, „wie geht's jetzt weiter bei dir?" Er streckte einladend einen Arm aus. „Willst du bei mir als Knecht anfangen. Es gibt jeden Mittag eine kräftige, warme Suppe."

Als ich Jutta traf, war das der erste Lichtblick. Sie stieg am Abend aus dem Bus und trug eine Handtasche am langen Riemen über der Schulter. Ich wunderte mich über die schräg getragene Mütze auf ihrem Kopf. „Ende der Woche fahr ich über Ostern noch mal zu meiner Oma nach Berlin", sagte sie.

Blitzartig schien sich für mich eine Perspektive aufzutun. War Jutta meine Rettung? Bitte! Sie telefonierte mit ihrer Oma. Ja, das geht, kein Problem, ich konnte mit. „Ich freu mich so, dass du mit mir fährst", sagte sie begeistert. Aus welcher Qual sie mich befreite, konnte sie gar nicht erahnen. Die Mutter hatte alle meine Wäsche gewaschen und packte mir eine Tasche.

Für die Bahnfahrt von Dortmund aus gab es zwar einen durchgehenden Zug, aber die Fahrt dauerte weit mehr als sieben Stunden. Zunächst ging es zügig voran und in unserem intensiven Gespräch rauschte die Landschaft vorbei. Als wir uns Helmstedt näherten, wurde der Zug deutlich langsamer. Auf der westdeutschen Seite der innerdeutschen Grenze standen wir dann erst einmal fest. In unserem Abteil redete man nicht mehr viel und die Reisenden wirkten sehr angespannt. Was erwartete uns? Könnte es Zwischenfälle geben? Waren wir der Willkür der Vopos ausgeliefert? Nur ein älterer Herr vorn am Fenster las scheinbar unbekümmert in seinem Buch.

Die Passkontrolle durch unsere Westdeutschen verlief ziemlich zügig. Und trotzdem warteten wir sehr lange. Was passierte? Erst einmal nichts. Dann ging ein Ruck durch den Zug, dann stand er wieder still. Auf dem Nebengleis fuhr ganz ohne Waggons schnaubend eine Lok in der Gegenrichtung an uns vorbei. Ich guckte irritiert.

„Die Lokomotive wird gewechselt", sagte der ältere Herr in unserem Abteil. „Det war die von der Bundesbahn, die geht zurück, und nu kriegen wir in der Zone ne neue Lok von der ostdeutschen Reichsbahn. Aber erwähnen Se bloß det Wort Zone nicht."

Ein erneutes Rucken kurz darauf bestätigte seine Aussage.

„Und auch det Personal wird dann von der Reichsbahn gestellt. Die Übergabe dauert also schon ne Weile. Warten Se ab, gleich hinter der Grenze in Marienborn gibt's den nächsten Halt. Passkontrolle."

Er hatte recht. Nach ganz kurzer Fahrt standen wir wieder. Von draußen hörten wir Stimmen und im dämmrigen

Abendlicht sahen wir auch Uniformierte mit Schäferhunden, die über die Bahnsteige patroullierten.

„Die passen uff, det hier kena einsteigt. Na, wenn wir dann aber erst mal losfahren, jibt's keen Halten mehr." Er lachte. „In unserem sozialistischen Bruderstaat darf der Zug ja nicht mehr stoppen. Kein Ein- und Aussteigen bis Berlin erlaubt. Nur Transit. Und dafür müssen wir bezahlen."

Er hielt sich den Zeigefinger vor den Mund. „Am besten sagen Se gar nichts. Ik fahr hier öfters. Ik bin aus Berlin, aber ik hab en westdeutschen Pass, sonst dürft ik hier nich drinne sitzen."

Bis wir losfuhren, dauerte es aber erst einmal. Die uniformierten Mitglieder der ostdeutschen Polizei hatten alle Zeit der Welt. Wir bemerkten, dass sie auch bewaffnet waren. Sie blickten in alle Ecken, kontrollierten mit skeptischem Blick das Gepäck, sahen auch mal in Taschen und Koffer. Schließlich drückten sie einen Stempel für das Transitvisum in die Reisepässe und kassierten die Transitgebühr. Im wohlklingendem Sächsisch erkundigten sie sich nach unserer Reiseabsicht. „Heerzlich willkamm in dar DDR un gudde Ritsch!"

Das also waren die Kollegen von der anderen Seite. Noch vor kurzem hatte ich sie an der grünen Grenze bei Patrouillengängen irgendwo in der Ferne rauchend und mit Ferngläsern als Feinde gesehen. Nun standen sie mir gegenüber und inspizierten Pass und Gepäck. Das erschien mir irgendwie unwirklich. Sie waren nicht viel älter als ich, waren aus Fleisch und Blut und kamen mir nun bedrohlicher und mächtiger vor als bei den Streifen durch den Wald im Oberharz, als auch ich noch ein Gewehr mit scharfer Munition über der Schulter trug. Irgendetwas stimmte nicht. Wer hatte sich das hier ausgedacht? Ich begriff diese zwei Welten einfach nicht, obwohl der Leutnant uns immer wieder darauf eingeschworen hatte, dass wir die freie Welt verteidigen mussten und die anderen die Unterdrücker und Gefängniswärter waren. An der Mauer in Berlin und auch an der innerdeutschen Grenze hatte es eine Reihe von Toten gegeben.

Die Transitstrecke durch die DDR war 180 Kilometer lang. Jutta hatte es sich bequem gemacht und sank neben mir in einen Schlaf. Der ältere Herr hatte wieder zu seinem Buch gegriffen. Die Landschaft draußen rauschte eintönig vorbei, meist flaches Gelände mit weiten, welligen Ackerflächen, Kiefernwäldern, Wiesen und in der Ferne kleinen Ortschaften. Ab und zu als kleines weißes Häuschen eine Blockstelle oder ein Signalmast, der vorbeihuschte. Flache Wolkenschwaden verloren sich in der aufkommenden Dämmerung. Eine Landschaft aus Gerhart Hauptmanns Novelle *Bahnwärter Thiel*. Davon hatte ich bald genug. Ich sehnte die Stadt herbei.

Als wir endlich die Kontrollstelle Griebnitzsee hinter uns gelassen hatten, war es schon dunkel geworden. „Keine besonderen Vorkommnisse", sagte gekonnt der ältere Herr als erfahrener Transitreisender zu den Berliner Beamten, die in den Zug gestiegen waren. Von den Hinterhöfen der Häuser an der Bahnstrecke aus sahen wir immer mehr Lichter der Stadt auftauchen. Am Bahnhof Zoo waren wir am Ziel. Der Zug war so lang, dass wir ganz am Ende nur noch sehr knapp auf den Bahnsteig gelangen konnten. Dieser Bahnhof war eigentlich für diesen Verkehr gar nicht vorgesehen und wirkte alles andere als einladend. Wir gingen die Treppe hinunter, und an der großen Bahnhofsuhr blinkten uns die Lichter der Großstadt entgegen.

28 IM TIERGARTEN

Juttas Oma wohnte in der Innsbrucker Straße, ganz in der Nähe vom Schöneberger Rathaus. Hier war der Sitz des Berliner Abgeordnetenhauses und John F. Kennedy hatte vor ein paar Jahren vom Balkon aus seine berühmte Rede gehalten: „Ich bin ein Berliner." Und auch die Demonstration gegen den Schah, bei der Benno Ohnesorg erschossen worden war, hatte hier begonnen. Ich hatte das Gefühl, am Puls der Welt zu sein.

Die Oma von Jutta war eine alte Dame, die auch mich wie einen geliebten Enkel aufnahm. Sie wohnte im vierten Stock und das Haus hatte keinen Aufzug. „Es braucht seine Zeit, bis ich oben bin, aber ich bin noch halbwegs gut auf den Beinen. Ich schaff das schon, wenn ich ab und zu mal rausgeh. Im Zweiten gibt's auf dem Podest einen Stuhl", sagte sie, „da mach ich kurz Pause. Manchmal kommt Frau Waaske raus und wir quatschen ein wenig. Nur der arme Briefträger tut mir leid. Der muss in jedem Haus die Post bis ganz nach oben bringen, denn hier hat man unten im Flur keine Hausbriefkästen."

Besonders gut gefiel mir in ihrer Wohnung der hohe Altberliner Kachelofen im Wohnzimmer, für den aber auch die Briketts heraufgeschleppt werden mussten. Er war moosgrün, im Jugendstil gestaltet und mit feiner Glasur, hergestellt in Meißen, wie die alte Dame betonte. Die Türen in der Wohnung standen offen und er heizte alle Räume. Juttas Oma war begeistert, als ich den Vorrat an Briketts für die nächsten zehn Tage nach oben schleppte und auf dem schmalen Balkon lagerte. Sie lud uns in den Wienerwald ein. Dort gab es für jeden ein halbes gebratenes Hähnchen. Das war sensationell!

In die City konnte man in ein paar Minuten mit der U-Bahn fahren. Aus dem Lautsprecher ertönte die Stimme: „Zurückbleiben!" Und dann rauschten die gelben Wagen im Untergrund durch die schwarze Röhre. Über den Wittenbergplatz liefen wir am KaDeWe vorbei, wo ein livrierter Portier im Eingangsportal stand. Ich stutzte. Er sah aus, wie ich mir den Türhüter aus Kafkas Parabel *Vor dem Gesetz* vorgestellt hatte. Jutta zog mich weiter zum Café Kranzler hinüber. Da haben in den 30er Jahren bekannte Künstler und Intellektuelle verkehrt. Was am Kudamm los war, hatte ich nicht einmal von Köln in Erinnerung. Doppeldeckerbusse, schicke Limousinen und riesig breite Bürgersteige, auf denen in Glasvitrinen vor den Geschäften die Luxusartikel ausgestellt waren. Die Menschen flanierten in Massen an uns vorbei. Ich war wie geblendet, zwar beeindruckt und doch auch ziemlich verunsichert. Gefiel mir das alles wirklich?

Ich hatte mich ein bisschen erkundigt und lief mit Jutta hinüber zur Mensa der Uni in der Hardenbergstraße. Das war wieder eine andere Welt. Im Vorraum gab es an allen Wänden und Säulen politische Plakate. *Chancengleichheit in der Bildung* stand auf einem Poster. Und *Ami go home* konnte man lesen, was sich sicher auf den Vietnamkrieg bezog. Und mehrere studentische Gruppen hatten auf Tischen Broschüren, Flugblätter, Bücher und Skripte ausgelegt. Es gab marxistische Klassiker und die kleine rote Mao-Bibel. Vier oder fünf Leute in gelblichen oder auch bunten Gewändern und mit rasierten Köpfen sangen *Hare Krishna*, bewegten sich im Rhythmus des eigenen Gesangs und verteilten kleine Zettel mit Spendenaufruf. Ein

Junge, gleich vorn neben der Eingangstür, jonglierte mit fünf Stoffbällen. Hinten in der Ecke wurden auch Raubdrucke von aktueller Literatur zu niedrigen Preisen angeboten: Heinrich Böll, *Ansichten eines Clowns*, oder Schriften von Jean-Paul Sartre oder Albert Camus. „Das sind Bücher, die wir für unser Studium brauchen", sagte der bärtige Typ hinter dem Tisch, „aber die Verlage wollen uns nur das Geld aus der Tasche ziehen. Deshalb kopieren wir sie selbst. Kommt, nehmt was mit. Wir bieten hier alles für weniger als den halben Preis." Eine im Gesicht rot-weiß geschminkte Studentin sprach uns an und fragte, ob wir bei einem Pantomime-Theater mitspielen wollten. Das quirlige Leben und das Gewirr der Leute faszinierten mich. Wer von uns im Dorf hatte je so etwas gesehen?

Jutta war weniger interessiert. Das konnte ich kaum verstehen. Sie zog mich bald wieder auf die Straße. Wir gingen zurück, am Zoo vorbei, durch den Tiergarten und zur Siegessäule. Da leuchtete von oben die goldene Viktoria und schwang ihre Flügel. Jutta hatte nur im Sinn, alle wichtigen Sehenswürdigkeiten zu sehen. Jetzt konnte sie wieder einen Haken machen.

Abseits von der Straße gingen wir durch den Großen Tiergarten. Die Baumbestände wurden immer wieder durch freie Wiesenflächen unterbrochen. In der warmen Mittagssonne waren überall Menschen unterwegs, Mütter mit Kinderwagen, Radfahrer und Paare im intensiven Gespräch, Schwarze und Japaner, Touristen, die offensichtlich aus aller Herren Länder angereist waren. Ich glaube, die meisten Leute aus unserem Dorf würden einen Schreck bekommen, wenn sie das gesehen hätten.

Mehrmals kamen wir an Denkmälern oder kleineren Statuen vorbei. Mir gefiel vor allem eine Fontane-Skulptur auf einem Marmor-Sockel. Der Dichter hatte seinen Schal locker über die Schulter geworfen. In der angewinkelten linken Hand hielt er halb hinter dem Rücken seinen Hut. Theodor

Fontane hatte ja in Berlin gelebt und ich kannte ihn aus dem Deutschunterricht. Wir hatten *Effi Briest* gelesen. Jutta wollte unbedingt nur zum Brandenburger Tor. „Na, dann geh schon vor, wir treffen uns da", sagte ich.

Auf einer Wiese standen hier und da verteilt hölzerne Liegestühle. Ich setzte mich, lehnte mich zurück, ließ all die Eindrücke auf mich wirken. Mit ein paar tiefen Atemzügen waren die tristen Gedanken der letzten Zeit schnell verdrängt. Die Stoppelfelder, über die ich gelaufen war, wollte ich vergessen. Ich blickte hoch in die Baumkronen. Es gab viele Kastanienbäume und weiter auf der rechten Seite sah ich hinauf in eine riesige Kiefer, sicher mehr als 30 Meter hoch, mit einer ausladenden Krone. So etwas hatte ich bei uns zu Hause noch nicht gesehen. Das war wohl kein einheimischer Baum. Wie war der hierhergekommen?

Natürlich konnte ich unser Dorf nicht mit Berlin vergleichen, auch nicht mit dem kleinstädtischen Leben in Goslar, im Harz. Aber hier spürte ich einen neuen Impuls, der mich herausriss aus meinem bisherigen Leben, das gezeichnet war von Gewohnheit und immer gleicher Beständigkeit.

Ottomar hatte seinen Platz gefunden, als Landwirt und Hüter der Wälder, als Kümmerer um die Belange seines Heimatdorfes, bald als Ehemann und treusorgender Vater und sicher auch demnächst als Schützenkönig. Ja, ich wünschte ihm das. Und er hatte mir ja schon lange prophezeit, dass ich mich auf und davon machen würde. Wieder wurde mir klar, dass ich etwas zurücklassen musste. Dazu gehörten das Dorf, meine alten Freunde und dazu gehörte vor allem auch immer noch Monika. Und Gina? Wäre sie eine neue Chance gewesen? Trotz meiner Lust zum Aufbruch wurde ich ein wenig wehmütig.

Ich ging jetzt auf einem relativ breiten Weg in östlicher Richtung. Die Sonne schien warm. Ich zog die Jacke aus und hängte sie mir über die Schulter. Ein Schwarm von schwarzen Vögeln flog kreischend und krächzend um eine Baumgruppe vor mir. Ein Radfahrer fuhr mit großer Geschwindigkeit von hinten heran, überholte mich sehr knapp und lenkte dann direkt wieder zur Seite herüber, da mir drei junge Mädchen in meinem Alter entgegenkamen, denen er ausweichen musste.

Ich blieb erschrocken stehen. Die Mädchen waren jetzt auf gleicher Höhe wie ich, lachten und waren intensiv in ein Gespräch vertieft. Ein Blitz traf mich. Ich stoppte, sie gingen weiter. Ich war wie elektrisiert, war nicht in der Lage, den Kopf zu wenden. Ganz rechts, das war doch Gina!

Eine solche überraschende Begegnung war mir ja nicht neu. Gina am Okerstausee, Gina am Rammelsberg in Goslar, jetzt also: Gina im Tiergarten. Nein, das war nicht möglich. Nun litt ich eindeutig an Wahnvorstellungen. In meinem Gehirn fand eine Verknüpfung von Synapsen statt, die mir eine falsche Wahrnehmung vorgaukelte. Ich beugte mich nach vorn und atmete tief aus.

Wie ich es von Menschen mit einer Nahtoderfahrung gelesen hatte, lief vor mir in Sekundenschnelle ein Film ab: die Discokugel im Colibri, Ginas dunkelblaues Kleid mit dem weißen Kragen, die Brockenhexen im Andenkenladen, ihr Vater mit Lodenhut und Wanderstock, Paul McCartney singt *Penny Lane*, der Spaziergang am Kahnteich und Ginas Atemnot, ihr nasses Haar und die Einsamkeit in der Kur, das schmerzhafte Treffen auf dem Waldweg, ihr neuer Freund.

Aber war es überhaupt Gina gewesen? Sie hatte mich nicht wahrgenommen. Ich hatte ihr blasses Gesicht nur von der Seite gesehen. Die Haare waren wohl etwas länger als bei unserer letzten Begegnung. Sie schien unbeschwert und leicht. Passte das zu ihr? Natürlich, dachte ich, warum sollte es ihr nicht gut gehen? Aber was machte sie hier in Berlin?

Jetzt drehte ich mich um. Die drei jungen Mädchen waren vielleicht 15 Schritte weitergegangen. Ich sah sie von hinten.

Wenn diejenige, die rechts ging, Gina war, war sie wohl kleiner, als ich es in Erinnerung hatte. Aber vielleicht waren auch ihre Freundinnen besonders groß gewachsen. Sie blieben stehen, lachten, schlugen sich mit den Händen auf die Schultern.

Ich war immer noch unfähig zu reagieren, obwohl bei diesen wenigen Schritten noch alles möglich war. Auch bei den beiden anderen Begegnungen dieser ähnlichen Art hatte ich jegliche Initiative vermissen lassen. Immer hatte Gina das Wort ergriffen. Aber jetzt war sie schon vorbei, sah in die andere Richtung. Sollte ich rufen, schreien, verzweifelt die vielleicht letzte Chance ergreifen?

Die schwarzen Rabenvögel kamen mit lautem Gekreische zurück über die Wiese, flogen herunter und schwangen sich in ausladenden Bögen bis tief über den Weg. In ihrem eigenen Spiel oder Kampf gefangen, hoben sie erst ganz kurz vor den Mädchen vor mir wieder ab und stießen hinauf in die Höhe. Erschrocken wurden diese aus ihrer geselligen Unterhaltung gerissen.

Ich hätte hinüberlaufen können, sie beruhigen können, sie beschützen können. Ich hätte Gina an die Hand nehmen können. „Die Vögel haben es sicher nicht auf dich abgesehen. Es ist ihr wildes Spiel. Sie kümmern sich nur um sich selbst. Hab keine Angst."

Kurz sah ich nicht nur ihr Profil, sondern ihr ganzes Gesicht. War sie das nun wirklich? Ich meinte zu sehen, dass auf ihren Lippen sogar etwas Lippenstift aufgetragen war. Das erschien mir ungewöhnlich.

Die Vögel hatten sich in einer Baumkrone niedergelassen und nur noch ab und zu war ein kurzer, krächzender Laut zu hören. Die Mädchen blickten hinüber. Es war jetzt meine letzte Möglichkeit, bevor sie weitergehen würden.

Zeit nachzudenken blieb mir nicht. Wollte ich überhaupt wissen, ob es Gina war? Was könnte ich sagen? Was wollte ich von ihr? Was könnte ich ihr bieten? Wäre nicht alles für mich eine neue Enttäuschung? Immer noch war ich wie gelähmt. Warum konnte ich es nicht schaffen, meine eigenen Belange in die Hand zu nehmen?

Ich sah sie davongehen.

Ich blieb im Ungewissen.

Es tat so weh.

Nein, ich wollte nicht wissen, ob sie es war. Nein, nein, sie war es nicht, sagte ich zu mir. Oder vielleicht doch? Nein, sie kann es doch nicht gewesen sein. Aus, vorbei.

Neben dem Weg kniete ich nieder, ließ mich ins Gras fallen.

Als ich Jutta wiedertraf, hatte sie das Brandenburger Tor anscheinend schon lange genug angesehen. „Wirklich nah kommt man gar nicht heran. Aber die Quadriga kann man sehen. Da vorne ist die Mauer." Sie zog mich weiter.

„Komm, ich will noch zur Philharmonie, wenigstens mal von außen sehen. Morgen müssen wir doch zurück ins Sauerland. Meine Apotheke ruft, meine Urlaubstage sind vorbei."

29 LEYDICKE

Ich hatte mich anders entschlossen: Ich fuhr nicht mit zurück, obwohl Jutta protestierte und schmollte. Ihre Oma dagegen gestattete mir gütig, dass ich noch ein paar Tage länger in Berlin bei ihr wohnen dürfe. „Ich muss wegen meines geplanten Studiums noch ein paar Dinge an der Uni erledigen", hatte ich ihr gesagt, „das geht erst nach den Osterfeiertagen." Sie zeigte großes Verständnis. Jutta war darüber so sauer, dass sie es ablehnte, als ich sie zum Bahnhof begleiten wollte. Trotzdem fuhren wir dann mit der U-Bahn gemeinsam zum Bahnhof Zoo. Sie stieg in den Zug, öffnete im Gang ein Fenster, schüttelte den Kopf und lachte schließlich doch. So schnell ging eine Freundschaft nicht entzwei.

Ich lief noch einmal hinüber zur Mensa der TU in der Hardenbergstraße. Neben der Treppe zum Speisesaal hinauf setzte ich mich auf eine Bank und beobachtete das Treiben in der Eingangshalle. Auch wenn ich meine *Blechtrommel* immer noch nicht ganz geschafft hatte, fühlte ich mich schon halbwegs dazugehörig. Bald würde ich mein Literaturstudium beginnen. Ich war froh, dass Jutta mich nicht mehr zu den nächsten Sehenswürdigkeiten ziehen konnte. „Ich hab den Wannsee noch nicht gesehen und das Charlottenburger Schloss hätte ich gern noch besucht." Mir ging es richtig gut hier in der Unimensa.

Ein Junge etwa in meinem Alter setzte sich neben mich. Er trug ein kariertes Hemd und darüber eine braune Weste. In seinem Gesicht prangte eine relativ große Hornbrille. Er sprach mich an. „Hey, ich bin Buck. Bist du auch neu an der Uni? Ich seh das an deinem Blick."

Ich war ein wenig überrascht, da ich mich nicht getraut hätte, hier einen Kontakt zu suchen. Er hatte offensichtlich keine Berührungsängste und plapperte gleich los. Er sei von der Ostküste der USA, aus Baltimore bei Washington. *But Berlin is absolute focus.* Er sprach gut Deutsch, aber mit einem starken Akzent. Ein Amerikaner. Drüben an der Säule hing das Plakat: *Amis raus aus Vietnam.* Ich blickte etwas skeptisch. Sein Aussehen hätte mir verdächtig vorkommen müssen.

Er schien das gewohnt zu sein. „Bitte, keine Vorurteile, mit dem Vietnamkrieg hab ich wenig zu tun, auch wenn ich Amerikaner bin, o.k.?" Er hob den Arm. „Ich sage auch nicht, du bist Deutscher, also bist du ein Nazi." Ich nickte. Er hatte ja recht, ein Ami eben. So vielschichtig war hier die Welt, so anders als zu Haus zwischen Fichtenwäldern und Kuhweide.

Obwohl er auch noch ein ziemlicher Neuling in Berlin war, kannte er sich wesentlich besser aus als ich. Er drückte mir eine Essensmarke in die Hand und wir stellten uns am Ausgabeband an. Es gab kurze Makkaroni mit einer rotbraunen Hackfleischsoße, dazu ein kleines Schälchen mit Tomaten und Blattsalat. Mit unserem Tablett in der Hand suchten wir einen Platz vorn mit Blick auf die Straße. Diese großen Doppeldeckerbusse waren einfach phänomenal. Sie schwammen dahin in dem strömenden Verkehr, hielten an, Leute sprangen hinten auf, der Schaffner winkte, weiter ging's. Buck schien alles zu kennen. Er studierte Architektur. „Das Institut ist gleich hier drüben am

Ernst-Reuter-Platz. Ich habe ein Stipendium für ein Jahr." Das Nudelgericht schmeckte hervorragend.

Für den Abend verabredeten wir uns und er führte mich nach Kreuzberg ins Leydicke.

„Wir sind noch früh dran", sagte er, als er mich um neun Uhr in das Lokal zog. Ich war überrascht, denn ich hatte hier in Kreuzberg eine Bierkneipe erwartet und draußen an der gelben Leuchtreklame, die aus dem Anfang unseres Jahrhunderts zu stammen schien, hatte ich *Weinhandlung* und *Brennerei*. Drinnen sah es so aus, als wenn wir mindestens 50 Jahre zu spät gekommen wären. Auf der Theke stand ein monumentales Kassenmonstrum, bei dem beim Bezahlen mit einem Klingelton unten die Geldschublade aufsprang. Dahinter in dem hölzernen Regal Unmengen von Likör-, Schnaps- und Weinflaschen. Es sah fast aus wie ein breiter Altar, in der Mitte ein Schrein mit einer gläsernen Flügeltür und oben eine runde Uhr, umrahmt von Schnitzereien und noch darüber abgeschlossen von einem kunstvollen hölzernen Baldachin.

Ein Opa in Filzpantoffeln verließ gerade das Lokal, einen großen Bierhumpen mit Deckel in der Hand, in dem er sich offensichtlich den gezapften Nachschub für den Verzehr im eigenen Wohnzimmer geholt hatte. Es gab also auch Bier. War das hier so anders als zu Hause in der Kneipe bei Vollmerhaus? In was für eine altmodische Kaschemme hatte mich Buck geführt?

Wir setzten uns an einen der kleinen, runden Tische gegenüber der Theke. Buck ging zum Tresen und kam mit einer halben Flasche Likör und zwei Gläschen zurück. „Es gibt auch Stachelbeer- oder Kirschwein. Aber das ist hier eine Spezialität: Pomeranze!"

Dieser Likör hatte in erster Linie einen intensiven Zitrusgeschmack, aber man spürte auch Zimt und Nelke. „Irgendwie erinnert mich das an Weihnachten", sagte ich. Aber ich war bereit, die neue Atmosphäre aufzunehmen.

Hinten an einem großen Tisch saß eine Gruppe urältlicher Damen, alle fein gemacht, Seidenblusen, auch mal eine üppige Kette, und mit wohlmodellierter Haarpracht.

Dann aber ging es los. An der Theke wurde es schnell immer voller. Bald schienen in diesem Gasthaus mehr Menschen zu sein, als es Einwohner in unserem Dorf gab. Jetzt war vor allem der Bierzapfer gefragt. Nun standen sie in Dreierreihen, langhaarige Freaks, Mädchen in Batikhemden, lautstark palavernde Nickelbrillen. Das Bier wurde von vorn nach hinten durchgereicht, ebenso die Münzen und DM-Scheine in Richtung Theke. Alles wurde von der Wirtin Lucie Leydicke überwacht, die sicher schon die Siebzig erreicht hatte. Wer sich nicht benehmen konnte, erhielt von ihr einen kräftigen Rüffel.

Buck blickte absolut begeistert in die Runde. „Das hier ist Tradition und Weltstadt in einem. Davon werde ich zu Hause erzählen. Das gibt es nur hier in Kreuzberg. Ich wünsche mir, meine Freundin wäre dabei und könnte das alles mit mir erleben." Er war kurz still.

„Hast du eine Freundin?", fragte er mich dann.

Ich holte tief Luft, blickte hinüber zur Theke. Jetzt kam auch eine kleine Gruppe von Bucks Landsleuten in das Lokal. Sofort gab es Getränke für alle.

„Da fragst du mich was", antwortete ich. Nach einer Zeit fuhr ich fort und musste wegen des Geräuschpegels richtig laut sprechen: „Seit gestern bin ich solo. Ich glaub es selbst nicht, aber gestern habe ich meiner Freundin hier im Tiergarten den Laufpass gegeben. *I let her slip away.*"

„Really, yesterday?" Er blickte ungläubig.

Ja, es war gestern.

Es gab ein bisschen Gegröle an der Theke. Lucie sorgte schnell für Ruhe. Dem vermeintlichen Störenfried hielt sie eine Zigarre hin, gab ihm Feuer und alles war wieder gut.

Dann sah Buck mich an. Er verstand wohl, was ich meinte, nur das Wort *Laufpass* kannte er nicht.

„Du kennst natürlich den Song von Kris Kristofferson, *Me and Bobby McGee.*"

„Okay, das ist ein sehr sentimentaler Song. Der Sänger weiß, was er an seiner Freundin hat, aber er muss sie gehen lassen. Life is hard. Sie ist auf einem anderen Weg als er selbst. Er ist allein."

Freedom is just another word for nothin' left to lose.

So geht der Liedtext. Ja, es ist schmerzhaft, aber die Freiheit liegt vor ihm.

„That's right, so ist es."

Auch ich hatte Gina einfach gehen lassen. Ich hatte nichts getan, um sie zu halten. Sie ist mir entglitten. Ich hätte noch einmal alles versuchen können. Nichts habe ich unternommen. Und ich wusste plötzlich, dass es nicht anders hätte sein können. Sie war das letzte, was mich noch gehalten hatte. Jetzt hatte ich endlich die Freiheit, die ich brauchte.

Unser Pomeranzenlikör war ausgetrunken. Buck und ich hatten aber noch nicht genug von dieser Kreuzberger Kneipenszene. Er kämpfte sich durch bis ganz nach vorne, lachte mit den anderen Amis und kam zurück mit einer kleinen Flasche Schlehen-Fruchtwein. Der kam auf Ideen! Darin gab es offensichtlich auch ein wenig Honig. Er schmeckte dadurch leicht süß und wir stießen an. Jetzt war es so laut im Lokal, dass man kaum noch sein eigenes Wort verstehen konnte und wir standen bald Arm in Arm vorn mit den anderen in der dritten Reihe vor der Theke. Eine Sperrstunde, ab wann die Gaststätten nichts mehr ausschenken dürfen, gab es nicht in Berlin. Grenzenlos ging es weiter.

Natürlich hatten der Schlehenwein und noch andere nachfolgende Getränke auch ein verschärftes Kopfschmerzpotential.

Das spürte ich am nächsten Morgen. Kaum wusste ich noch, wie ich zurück nach Schöneberg gekommen war.

Als mich Juttas Oma schließlich geweckt und an den Küchentisch beordert hatte, war es schon fast Mittag. Sie machte ein besorgtes Gesicht. „Die Großstadt bekommt euch Kindern vom Land wohl nicht." Doch, doch, dachte ich, lass erst mal die Kopfschmerzen wieder verschwunden sein.

Sie setzte mir ein paar Scheiben Toast mit Rührei vor und ein großes Glas mit Wasser, in dem sie eine Spalt-Tablette aufgelöst hatte. Von der Seite schien die Sonne in die Küche. Ich musste mich zusammenreißen.

Dann kam die Oma zur Sache: Jutta hatte angerufen. Ottomar und Hannelore erwarteten in Kürze ihr Baby und die Hochzeit sollte in jedem Fall noch vor der Niederkunft stattfinden. Der kommende Samstag war vorgesehen.

Die Oma gab mir aus der Pfanne noch den Rest vom Rührei nach. „Du sollst einer der Trauzeugen sein."

Plötzlich bekam ich wieder eine Hitzewallung, obwohl die Kopfschmerzen langsam nachließen. Mir war klar, morgen musste ich gleich nach Hause fahren. Das stand fest.

30 DIE FEIER

Die lange Fahrt mit dem Zug wollte ich mir nicht noch einmal antun. Auch war es billiger, es per Anhalter zu versuchen. Vor dem West-Berliner Kontrollpunkt Dreilinden standen etliche junge Tramper, die alle durch die DDR nach Westdeutschland wollten. Obwohl es die Mädchen oder Jungen, die mit einer Gitarre winkten, viel einfacher hatten, fand auch ich relativ schnell eine Mitfahrgelegenheit bis nach Hagen.

Von da musste ich noch etwas weiter und fuhr mit der Bahn bis Meinerzhagen. Das dauerte noch einmal mehr als eine Stunde. Der Zug war überfüllt, alle wollten vor dem Wochenende nach Hause. Ich musste im Gang stehen. Am Bahnhof holte mich Wolf ab. Er hatte mittlerweile einen Käfer. Er machte mich sofort wieder munter.

„Siehst du, bei Ottomar geht es schnell. Jetzt gibt es Hochzeit und Kindstaufe in einem. Das muss ihm erst einmal einer nachmachen", konnte er einen Kommentar nicht bei sich behalten. Das Auto klapperte an allen Ecken, aber er ging rasant in die Kurven. „Dass die gute Hannelore schwanger ist, hab ich ja schon lange geahnt."

Ich musste lachen. Ja, hier ging das Leben weiter. Es war erfrischend, mit Wolf zu sprechen. Die alte Vertrautheit war nicht verloren gegangen.

Mit den Mädchen aus Dumicke hatte er nichts mehr am Hut. „Die Gunda war schon töfte. Aber sie hat zu sehr geklammert. Das ist nichts für mich. Und Linde hat einen reichen Kerl aus Schmallenberg geheiratet. Die wohnt gar nicht mehr zu Hause." Ich war beruhigt, dass ich sie hier nicht mehr treffen würde.

Aber die Frau vom alten Köster war gestorben. Das ging mir sehr nahe. Ebenso wie Oma Johnke war sie meine gesamte Kindheit über eine Person gewesen, die mir Zuneigung und Ratschlag und Vertrautheit gegeben hatte. Bei ihr hatte ich zum ersten Mal Himbeersaft getrunken. Sie hatte mir gezeigt, wie die Hühner nachts auf der Stange schlafen. „Ohne ihren Laden wollte sie wohl letztendlich nicht mehr", sagte Wolf.

„Und du", fragte ich ihn, „was machst du?"

Wolf überholte vor einer Kurve ziemlich riskant einen Trecker mit Anhänger, auf dem lange Fichtenstämme gepackt waren.

„Unkraut vergeht nicht. Ich mach immer noch meine Umzüge. Du hast ja als Grenztruppjäger den Dienst schon wieder quittiert, meinen Glückwunsch. Und hör zu: Ich bin jetzt Oberumzugspacker. Ich kann bestimmen, wann Pause gemacht wird. Ist das nichts? Aber im Sommer steig ich beim Yachtclub Lister am Biggesee als Segellehrer ein, na ja, erst mal als Jugendtrainer, aber ich freu mich total darauf."

Ein Schneegriesel setzte ein. Der Wischer war ziemlich abgenutzt und die Durchsicht durch die Frontscheibe war nur bei beachtlichen Streifen möglich. Auch die Heizung funktionierte nicht sonderlich.

„Dem Doktor geht's nicht gut", sagte Wolf dann. Nein, auch das noch, dachte ich. „Er hat große Probleme mit der Hüfte, kann kaum noch laufen. Kann man nichts machen, wenn die Hüfte hin ist, ist das so. In der Praxis sitzen und ein

Rezept verschreiben, das geht, aber der kommt kaum noch aus dem Haus. Und er hat Schmerzen, die ihn ziemlich lahm legen, das hat er mir selbst gesagt."

Ich war nach meinem Trip in die Großstadt wieder zu Hause angekommen. Nur gut, dass Wolf nicht nach Monika fragte.

Er lieferte mich bei meiner Mutter in der Listerstraße ab. Sie hatte mich freudig erwartet. Schon stundenlang hielt sie die fertigen Reibekuchen im Backofen warm. „Nun iss erst mal, Junge", sagte sie und stellte das Rübenkraut auf den Tisch. „Sowas hast du doch in deiner Kantine nicht gekriegt." Sie strich mir mit der Hand über den Kopf. Das musste ich ertragen.

Es war schön, endlich wieder hier zu sein. Die Mutter sah es gern, dass ich sechs oder sieben Reibekuchen aß, schön dick und fettig. Dann verkroch ich mich satt und müde in mein Zimmer. Als ich auf das Filmplakat von *Hi-Hi-Hilfe* blickte, das seit drei Jahren über meinem Bett hing, musste ich an Gina denken.

Ottomar fiel mir am nächsten Morgen um den Hals. Er holte mich zu Hause ab und wir gingen ein Stück an der Talsperre entlang.

Es war knackig kalt geworden. Ich schlang mir die Arme um die Brust. Es gab zwar keinen Schnee, aber alles war mit einer weißen, gefrorenen Schicht überdeckt, Wege, Pflanzen, Straßenschilder, Stromleitungen und Hausdächer. Nur der Misthaufen dampfte. Auch auf dem Wasser hatte sich im Uferbereich noch einmal eine Eisschicht gebildet. Sie war so fest, dass sogar Enten darauf stehen konnten.

„Die Enten können das im Gegensatz zum Menschen", sagte Ottomar, „da sie in ihren Beinen eingebaute Wärmetauscher haben."

Bei solchen Sachen war er in seinem Element. Ich hörte ihm immer gern zu und fand ihn nicht belehrend. „Sie sind zwar barfuß unterwegs, ihre Füße bringen das Eis aber nicht zum Schmelzen, wie das ein Menschenfuß tun würde. Und sie können auch nicht auf dem Eis festfrieren." Ich staunte immer wieder über die Wunder der Natur und das, was Ottomar mir darüber erzählen konnte.

„Die große Feier holen wir später nach, im Sommer, wenn es schön warm ist und die Lerchen singen. Jetzt gibt es erst einmal ein kleines Fest, nur enge Familie und die besten Freunde." Er nahm mich wieder in den Arm.

Die Trauung am Tag darauf schien zunächst unter keinem guten Stern zu stehen. Wir fuhren nach Meinerzhagen zum Standesamt. Die Eltern der beiden Verlobten, Jutta und ich als Trauzeugen und ein Onkel Herbert von Hannelore waren dabei.

Als wir vor dem Standesamt warteten, war diesem Onkel plötzlich nicht wohl. Ich hatte ihn noch gar nicht richtig wahrgenommen. Er war ein stattlicher Mann, vielleicht sechzig Jahre alt, gekleidet in einen dunklen Anzug. Gesprochen hatte er mit uns bisher kaum. Von den Eltern der Braut rechts und links eingerahmt, überfiel ihn plötzlich eine Schwäche, er sackte ein wenig hinunter, spuckte aus, sprach nicht und musste gestützt werden. Hannelores Mutter, seine Schwester, ließ verzweifelte Laute hören.

Als der Standesbeamte in der Tür erschien, um uns hereinzubitten, erfasste er schnell die Misere, war darauf aber natürlich nicht vorbereitet – eine Trauung ist doch immer ein vorwärtsweisendes, hoffnungsvolles Ereignis – und er wich zurück und schlug hilflos die Hände vors Gesicht.

Ottomars Mutter ergriff die Initiative: „Geheiratet wird! Jetzt sind wir hier. Jetzt soll es sein." Sie dachte sicher an die kurz bevorstehende Niederkunft ihrer Schwiegertochter. Auch jetzt schon konnte man die sehr aufgebauschte Situation unter dem Brautkleid kaum noch überspielen, so sehr drängten sich die Zeichen der Schwangerschaft allzu offensichtlich ins allgemeine Blickfeld, aber eine Geburt ganz ohne Trauschein schien nun mal gar nicht möglich.

Ein im Rathaus anwesender Arzt wurde herbeigerufen, nahm sich des Onkels an und führte ihn in einen Sanitätsraum im Untergeschoss. Wir anderen betraten ziemlich verunsichert das Trauzimmer, wo der Standesbeamte bei der jetzt folgenden Zeremonie seine Konfusion kaum verbergen konnte. Er verwechselte die Personen und wollte Jutta zur Braut machen. Er brachte die zur Unterschrift vorbereiteten Dokumente durcheinander, redete Ottomar mit dem Familiennamen von Hannelore an und wischte sich das eine und das andere Mal über die Stirn. Eine ungeheure Last schien von ihm abzufallen, als er schließlich seinen stereotypen Schlusssatz herausbringen konnte: „Sie dürfen die Braut jetzt küssen."

Lediglich Ottomars Vater behielt die Ruhe. Er nahm Hannelore in den Arm und sagte: „Bei uns gilt nach wie vor: Die Ehe ist ein Versprechen, das ein Leben lang hält. So soll es denn sein, was auch immer geschieht. Du bist jetzt Teil unserer Familie."

Der Arzt hatte inzwischen festgestellt, dass der Onkel eine Kreislaufschwäche hatte, aber keine wirklich bedrohliche Lage eingetreten sei. Onkel Herbert hatte ihm von dauerhafter Magenschleimhautentzündung berichtet. Der Arzt empfahl dringend, die Ursache noch einmal abklären zu lassen. Bei der Heimfahrt sollte der Onkel etwas nach vorn gebeugt sitzen, um eine entspannte Position einzunehmen.

Als wir zu Hause auf dem Hof ankamen, war die Stimmung zunächst immer noch gedrückt. Aber der Friseur Fingerhut wartete schon mit seiner Kamera und das Hochzeitsfoto musste gemacht werden.

Vor der Eingangstür stellte man sich auf. Ottomar trug einen schwarzen Anzug und eine weiße Fliege. Die Hände legte er vor dem Körper übereinander, sodass die rechte Hand die Prothese der linken überdeckte. Während er ein Bein leger etwas nach vorn gestellt hatte, standen Hannelores Füße sittsam nebeneinander, wie man später auf der fotografischen Aufnahme sah. Ihr langes, weißes Kleid ließ nur gerade die weißen Schuhe hervorsehen. Sie stand leicht hinter Ottomar und hakte sich mit dem Arm bei ihm ein. Wir anderen gruppierten uns um das Brautpaar. Auffällig stach die lange Perlenkette von Hannelores Mutter hervor, die sie über einem hochgeschlossenen, schwarzen Kleid trug. Ottomars Mutter traten Tränen in die Augen, was man später auf dem Foto allerdings nicht sehen konnte. Jutta und ich verzogen uns in die hintere Reihe.

Die Oma hatte in der Wohnstube eine feierliche Tafel gedeckt und der Kasslerbraten lag fix und fertig im Schmortopf bereit. Rotkohl und Klöße waren vorbereitet. Doch zunächst musste Onkel Herbert, der sofort ins Gästezimmer gebracht wurde, versorgt werden. Sein vehementer Protest half nichts: Er wurde von der weiteren Feier zunächst ausgeschlossen. Ruhe war angesagt.

Hannelore und Ottomar saßen nebeneinander an der Mitte der Breitseite des Tisches. Trotz aller Widrigkeiten des Tages waren Hannelores Wangen freudig gerötet und ihre Augen glänzten. Aufregung und Glück spiegelten sich in ihrem Gesicht. Sie war noch keine zwanzig Jahre alt, aber absolut gewillt und sicher, dass sie als Bäuerin und Hausherrin ihren Platz auf diesem Hof finden würde. Immer wieder legte sie ihre beiden Hände übereinander auf das weiße Tischtuch vor ihr, die rechte Hand mit dem Ring über die linke. Der Ehering, auf den sie so stolz war, bestand aus Weißgold.

Ottomar war bei der Auswahl zunächst von dem kühlen, weißen Glanz dieses Materials beeindruckt gewesen und ihn überzeugte dann der Juwelier, als er diese Goldart als überdurchschnittlich langlebig und robust beschrieb. „Selbst bei einer täglich starken Beanspruchung behält er jahrelang seine klare Optik, und es sind ausgesprochen moderne Ringe, für die Sie sich da interessieren." Das war etwas für eine Frau, die auf dem Hof das Regiment führen sollte. Überdies kam Ottomar der günstigere Preis entgegen.

Der Kasslerbraten schmeckte fantastisch. Keiner konnte eine bessere Soße köcheln als die Oma. Ihr Geheimnis waren viele Zwiebeln und eine Flasche Malzbier, die sie in den Sud gab. Dieses Essen ließ bei der übrigen Gesellschaft den aschfahlen Onkel im Exil des Nebenzimmers zunächst vergessen. Bald waren auch Klöße und Rotkohl verzehrt, aber immer noch war die Stimmung sehr gedämpft.

Der Bauer stellte kleine Schnapsgläschen und eine Flasche Korn für die Männer auf den Tisch. Für die Damen gab es Apfelkorn. Nur Hannelore winkte ab. „Zur Feier des Tages!", sagte ihr Schwiegervater. „Und stellt euch vor", er sah vor allem uns junge Leute an, „die Herstellung von gebranntem Korn und der Ausschank waren ab 1936 in der Nazi-Zeit wegen der Nahrungsmittelknappheit in Deutschland verboten. Erst 1954 wurde das Verbot in der Bundesrepublik wieder aufgehoben. Ein Hoch auf unseren demokratischen Staat!"

Langsam stieg die Stimmung, die Gespräche wurden lebhafter. Die Wangen von Hannelore röteten sich auch ohne Apfelkorn. Sie sah wirklich hübsch aus. Und sie passte gut in diese Umgebung. Ottomar hatte eine gute Wahl getroffen.

Seine Mutter fächelte sich mit der Hand Luft zu.

Jetzt wäre es an der Zeit gewesen, dass jemand zu diesem feierlichen Anlass ein paar ehrende Worte sagen könnte. Der Standesbeamte war ja schon bei einem solchen Versuch kläglich gescheitert. Aber von den anwesenden Personen gab es keinen, der sich dazu berufen fühlte.

Schaute Ottomar mich auffordernd an? Ich blickte in die Runde. War ich jetzt gefragt? Aber welche Worte waren angemessen?

Ich sah mich in der bäuerlichen Wohnstube um. Die Tafel war so breit und gediegen, dass sie ein gewisses Maß an Wohlstand spiegelte. Der Bauer saß in einem Lehnstuhl vor Kopf, wo es eigentlich Platz für zwei Stühle gab. Und der breite Tisch erforderte ein spezielles Tischtuch.

In einer Truhe hatte es eine lange Zeit gewartet, wie es schon seit einigen Generationen üblich war, bis es nach einer besonderen Behandlung zu einem besonderen Zweck hervorgeholt wurde. Dazu gehörten hohe Festtage, runde Geburtstagsfeiern oder eben jetzt eine Hochzeit.

In einen Bottich werden in kaltes Wasser einige Löffel Stärkemehl aus Kartoffeln oder neuerdings sogar fertige Wäschestärke gegeben. Dann wird mit einen Liter kochendem Wasser umgerührt. Glattrühren. Mit Wasser auffüllen und die gewaschene Tischwäsche in der noch warmen Stärkelösung schwenken. Auch weiße Schürzen und Servietten kann man gleich mit in den Bottich geben und ebenso behandeln. Gut durchdrücken und auswringen oder falls vorhanden in der Waschmaschine schleudern. In halbtrockenem Zustand bügeln. So gestärkt wartete das Tafeltuch dann in einer Truhe wieder eine geraume Zeit auf den nächsten Auftritt.

„Früher wurden auch abnehmbare Kragen auf ähnliche Weise behandelt", hatte die Oma mal erzählt. Jetzt saß sie klein und unscheinbar neben der Tür auf einem Stuhl, wo es schnellen Zugang zur Küche gab. Ihr Geist war noch klar, aber ihre Statur war so in sich zusammengesunken, dass sie schon den Arm heben musste, wenn sie morgens ums Haus ging und die Fensterbänke von außen mit einem feuchten Lappen abwischte. Das ließ sie sich nicht nehmen, das hatte sie ihr Leben lang so getan. Auch lahmte sie ein wenig, obwohl sie niemals klagte und mutig sagte: „Der Herrgott meint es gut mit mir." Ihren Ehemann hatte sie schon mehr als fünfzehn Jahre überlebt. Jetzt achtete sie insbesondere darauf, dass ihr geliebter Enkel genügend von den liebevoll bereiteten Speisen auf dem Teller hatte. „Ottomar, nimm noch eine Scheibe vom Braten, es muss nichts übrig bleiben. Die schlechten Zeiten sind vorbei."

Ottomars Vater war ein wenig schwerfällig geworden. Nicht nur die zunehmende Körperfülle machte ihm manchmal zu schaffen. Er stellte zwar etwas dar im Dorf, aber auch er spürte, dass die alten Zeiten vorbei waren. Man gab nicht mehr so viel auf die Meinung der Alten. Vom Krieg und den Entbehrungen wollte man nichts mehr hören. Bei wohlmeinenden Ratschlägen winkte man dankend ab. Die jungen Leute fuhren am Wochenende in die Stadt, wo es Tanzlokale gab oder sogar Diskotheken, wie man jetzt sagte. Statt Soleiern und Korn bestellte man da jetzt Kartoffelchips. Erdnüsse standen auf der Theke. Wer modern und mutig war, trank einen Escorial Grün, einen herb-süßen Kräuterlikör. Daran konnten auch die Mädchen mal nippen. Im Kino gab es am Wochenende sogar drei Vorstellungen pro Tag. Man konnte moderne Western sehen von Sergio Leone und *Psycho* von Hitchcock. An dem Tresen im Dorfgasthaus wurde es für die Jugendlichen zu langweilig. Dort gab Ottomars Vater hin und wieder eine Lokalrunde. Aber es waren selten mal mehr als fünf Männer in der Gaststätte, alle schon vom stark gealterten Kaliber.

Seine Oma Meta kam aus der Küche mit einem großen Tablett in die gute Stube, auf dem sich der Nachtisch befand. In den Pressglasschälchen bot sie der Gesellschaft Birnenkompott an, eingemacht von ihr im Weckglas im Herbst und schon jetzt wieder aufgemacht.

Jutta saß neben mir an der Hochzeitstafel, dem Brautpaar gegenüber. Sie langte beim Apfelkorn zu und wollte mich auch dazu ermuntern. Wahrhaftig schmeckte der mir dann besser als der harte Kornbrand, auch wenn dieser für mich als Mann eher als angemessen angesehen wurde. „Lass den Mädchenschnaps, Heiner!", empfahl mir der Bauer.

Hannelores Vater meldete sich zu Wort. Als Metzgermeister lobte er ausdrücklich den Braten von Oma. „Ich liebe den Kasslernacken. Der ist etwas durchwachsen, der hat bedeutend mehr Geschmack als ein Kassler Lachsbraten. Der ist saftig und aromatisch. Heute herrscht ja der Schlankheitswahn. Alle wollen kein bisschen Fett zu viel essen."

Diese Sätze sprach er nicht direkt hintereinander, sondern jeweils mit längeren Pausen, in denen er vom guten Braten aß. Er schüttelte den Kopf, wischte sich mit der Serviette den Mund ab, steckte sich gleich nach dem Essen eine Zigarre an und blies dicke, blaue Wolken über den Tisch. „Nur schade, dass unser Hannelörchen unser Geschäft nicht übernehmen will." Er trank noch einen Schnaps. „Aber hier auf dem Hof ist sie sicher auch am richtigen Platz."

Seine Frau war für eine Metzgersgattin ausgesprochen schlank. Dafür redete sie umso mehr. Wir erfuhren bald die ganze Lebensgeschichte ihres Bruders, des armen Onkel Herbert, der nach seinem Zusammenbruch ein Beruhigungsmittel bekommen hatte und im Nebenzimmer eingeschlafen war. Er führte in Menden ein kleines Taxiunternehmen, fuhr selbst und hatte noch einen zweiten Wagen laufen. „Kein normales Leben", sagte sie, „er fährt bis in die Nacht, hat keinen geregelten Schlaf. Ohne Frühstück geht es morgens los. Er isst trockene Brötchen im Auto und ich muss ihm noch ein paar Frikadellen dazu geben, eingepackt in Fettpapier. Seine Frau ist über alle Berge. Das blieb ja nicht aus bei dem Lebenswandel. Mit dem zweiten Fahrer hat er nur Ärger.

Der macht immer wieder Fahrten in die eigene Tasche. Kein Wunder, dass der Herbert Magengeschwüre hat."

Ihr Redefluss wurde unterbrochen von der Melodie des Clock-Towers im Westminster Palast. Die Tischuhr auf dem Vertiko meldete sich und ließ auf die Töne des bekannten Schlags für die volle Stunde sechsmal den Stundenschlag folgen, der bei der Londoner Turmuhr von der großen Glocke, dem Big Ben, geschlagen wurde.

Schon als kleines Kind hatte mich diese Kaminuhr fasziniert. Mit Ottomar war ich in die gute Stube geschlichen und wir saßen unter dem großen Tisch und warteten, bis das sonore Geläut ertönte. Die Uhr war aus Walnussholz gebaut und im Art-Deco-Stil. Die runde Glasabdeckung vorn konnte man aufklappen und mit einem Schlüssel wurden Uhr und Schlagwerk aufgezogen. Dies musste unbedingt regelmäßig zur gleichen Zeit erfolgen und nur die Oma Meta war berechtigt, diesen Vorgang auszuüben.

Jetzt waren alle für einen kurzen Moment still und lauschten.

Als ich mich gerade genötigt fühlte, an das Brautpaar und die Gäste ein paar ehrende Worte zu richten, schlug Ottomar, obwohl es in der Stille gar nicht nötig war, mit dem kleinen Löffel vom Birnenkompott selbst an sein Glas und erhob sich, um zu seinen Gästen zu sprechen.

„Ihr kennt ja alle das Rebhuhn", begann er, „es wirkt aus der Ferne meist schlicht und grau. So wie ich. Aber im Frühjahr und Sommer trägt das Männchen auch ein Prachtkleid. Dann zeigt es ein deutlich oranges oder sogar rotbraunes Gefieder an der Stirn, dem Kinn und der Kehle. Der hornfarbene Schnabel kann sogar ins Grünliche übergehen. So will er dem Weibchen gefallen."

Alle blickten erstaunt. Auch ich war gespannt, was Ottomar jetzt zu Gehör bringen würde. Es war offensichtlich, dass er nicht aus dem Stegreif sprach, sondern sich eine kleine Rede bewusst vorher überlegt hatte. Ich war froh, dass ich nicht leichtfertig und banal zu reden begonnen hatte.

„Habe ich mich auch so in den Vordergrund gespielt? Hat sich vielleicht auch die Hannelore so von mir einfangen lassen?" Er blickte zu ihr.

Ottomar kam ins Stocken, war offensichtlich unsicher, ob dieser vorab ausgedachte Vergleich jetzt die beabsichtigte Wirkung erzielen würde. Er wollte eigentlich locker und lustig wirken, und jetzt klang alles so aufgesetzt und ernst. Die Stille im Raum drückte.

Nur die Oma hatte schon Tränen in den Augen, obwohl sie die einzige war, die außer Hannelore keinen Schnaps getrunken hatte. Ottomars Schwiegervater nickte bedeutend und griff nach dem kleinen Glas. Jutta guckte erstaunt und Ottomar spürte mehr und mehr, dass seine gekünstelte Rede wohl nicht so recht am Platz war.

„Was ich sagen will, ihr wisst schon, woll", er nahm Hannelores Hand und wandte sich ihr zu, „was soll ich große Worte machen, ich bin so froh, dass ich dich hab, und werd immer für dich da sein!" Gerade rechtzeitig brach er ab und war jetzt selbst gerührt.

Auch seine Mutter kramte ein Taschentuch hervor: „Junge, wir sind so froh, dass du und Hannelore, dass ihr glücklich seid."

Alle applaudierten.

War ich neidisch auf Ottomar? Er war der stolze Hahn, das Rebhuhn war an seiner Seite. Im Grunde hatte er es mit seinem symbolischen Bild wohl richtig getroffen. Ja, ich gönnte ihm seine Eroberung. Es war für ihn genau das Richtige. Das hier war sein Revier, hier gehörte er hin. Wenn es auch völlig überflüssig war, viele hochtrabende Worte zu machen.

Die Tür ging auf und Onkel Herbert stand in der Wohnstube. Er sah etwas verschlafen aus, blinzelte ins Licht. Das Oberhemd hing ihm vorn ein wenig aus der Hose.

Die Kaminuhr ließ den nächsten Halbstundenschlag hören. Grüße aus Westminster. Kurze Stille.

Dann sagte Herbert: „Die Stimmung steigt und mich lasst ihr nebenan versauern."

Seine Schwester blickte als einzige erschrocken. Die anderen hatte der Schnaps schon milde gestimmt.

„Was soll's", sagte der Bauer und reichte die Kornflasche herum und auch Herbert griff mit einem Pinnchen zu.

Hannelores Mutter schlug die Hände über dem Kopf zusammen. „Herbert, du musst dich doch schonen. Du willst doch nicht etwa auch singen?"

Der Brautvater winkte ihn herbei und bot ihm eine Zigarre an. War jetzt alles egal?

Jutta blieb beim Apfelkorn, sie kicherte schon, und ich nahm jetzt auch den richtigen Schnaps.

Hannelore sank in Ottomars Arm. Der stolze Hahn aber blieb aufrecht.

Nun zeigte sich, dass die Einladung von Onkel Herbert doch ein Gewinn war. Nach dem Kollaps am Mittag im Standesamt und seiner verordneten Auszeit während des Festessens am späten Nachmittag trat er jetzt vehement in den Vordergrund. Vielfach bei den Leerfahrten im Taxi erprobt, begann er zu singen. Eine schöne Baritonstimme. Dean Martins *Everybody loves somebody sometime* hatte es bis ins Sauerland geschafft. Der Song, der sogar die Beatles mit *A hard days night* von der Spitzenposition verdrängt hatte, erklang jetzt in der Wohnstube des Bauern zu Ottomars Hochzeit.

Man musste die Worte nicht verstehen, das Gefühl allein war überwältigend:

Your love made it well worth waiting
For someone like you
Deine Liebe war es wert zu warten
Auf jemanden wie dich

Ottomars Schwiegermutter stand auf, ging um den Tisch herum, umarmte ihren Bruder und küsste ihn: „Wenn du singst, muss man dir wirklich alles verzeihen."

Auch der Bräutigam griff wieder zu, als die Kornflasche herumging. Hannelore klimperte schon mit den Augen. Sie hatte es sich im Arm ihres geliebten Ehemanns bequem gemacht.

Jutta versuchte, mir gefährlich näher zu kommen. Ich fragte sie, ob sie auch an der Berliner Mauer gewesen sei. „Natürlich", antwortete sie, „die Oma hat mich zum Potsdamer Platz geschleppt. Ich habe von einem Podest aus über den leeren Todesstreifen gesehen. Da waren alle Gebäude abgerissen, nur ein riesiger, leerer Platz."

Naja, wie sollte sie wissen, dachte ich, dass hier in den 20er Jahren das Berliner Leben pulsiert hatte, sich in den Cafés die bedeutendsten Künstler und Schriftsteller getroffen hatten? Else Lasker-Schüler, Herwarth Walden oder Max Beckmann hätte man damals hier treffen können. Aber Jutta war an solchen Gesprächen kaum interessiert, hing sich immer mehr an meinen Arm und trank Apfelkorn. Soweit ich mich erinnere, gelang es mir dennoch halbwegs, die letzte Distanz zu wahren.

Ottomars Oma saß still und immer noch wach auf ihrem Stuhl neben dem Vertiko, auf dem die Tischuhr stand, und sie war schließlich die Einzige, die dem fortwährenden Viertelstundenschlag aus Westminster zuhörte. Sie wusste, dass zu jeder Viertelstunde eine andere Abfolge der Permutation der vier Töne gespielt wurde, auch wenn ihr nicht bewusst war, dass dies die Töne gis, fis, e und h aus Georg Friedrich Händels *Messias* waren. Als dann um Mitternacht auf den Schlag zur vollen Stunde der Schlag zur Angabe der Uhrzeit folgte, also zwölf dunkle, sonore Töne, verließ sie still wie eine Katze die gute Stube, schloss leise die Tür hinter sich und begab sich zur Nachtruhe. Im lauten Stimmengewirr und Gläserklirren, unterbrochen von lachenden Rufen und sogar erneuten Gesängen, geschah dies völlig unbeachtet von der übrigen Gesellschaft.

31 SCHÜSSE

Meine Mutter ließ mich fast bis zum Mittag schlafen. Dann aber war sie ganz versessen darauf, alles von der Feier zu erfahren. Der Kollaps von Hannelores Onkel hatte sich schon im Dorf rumgesprochen und was sollte ich ihr sonst noch besonderes erzählen? Ich versuchte zu funktionieren: Beim Festessen gab es Sauerbraten und eine Menge Korn. Nein, Hannelore hat keinen Schnaps getrunken. Ja, Hannelores Mutter hat die dicke Perlenkette getragen. Ja, ihr Bruder hat gesungen, Dean Martin. Woher wusste Mutter davon, der war doch gar nicht aus unserem Dorf. Natürlich wird Ottomar glücklich sein.

„Mutter, nun nerv mich nicht weiter." Da ich immer noch nicht richtig ausgeschlafen war, reagierte ich wohl ziemlich ungehalten. Sie gab Ruhe.

„Ich bin nur froh, dass du wieder zu Hause bist", sagte sie dann, „in Berlin wird geschossen, ich habe es im Radio gehört."

Da horchte ich auf und war gleich hellwach. Düstere Szenarien fuhren mir durch den Kopf. Hatte es bei einem Fluchtversuch wieder Schüsse an der Mauer gegeben? Oder war es gar an der innerdeutschen Grenze zu einem Zwischenfall zwischen den Amerikanern und den Russen gekommen? Ich wagte nicht, mir vorzustellen, der Kalte Krieg würde in eine konkrete Auseinandersetzung umschlagen. Würde man mich zum Grenzschutz gleich wieder einziehen?

Meine schlimmsten Befürchtungen nahm sie mir dann aber mit der nächsten Bemerkung: „Schüsse mitten in Berlin, auf dem Kudamm, da warst du doch auch."

Ich atmete kurz auf. Der Kudamm war ja kein direkter Brennpunkt.

„Auf diesen Dutschke hat es gestern ein Pistolenattentat gegeben", erläuterte meine Mutter, „sie haben es heute Morgen im Radio durchgegeben."

Ich schaltete das Radio an. Auf dem Berliner Kurfürstendamm hatte es wahrhaftig ein Attentat auf den Studentenführer Rudi Dutschke gegeben. Ich hatte von ihm gehört. Er hatte den Protest gegen den Vietnamkrieg organisiert und zur Bildung der APO, der Außerparlamentarischen Opposition, aufgerufen. Bevor ich mich genauer mit seinen Ansichten und Forderungen auseinandersetzen konnte, war jetzt auf ihn geschossen worden. Trotzdem oder gerade deshalb fühlte ich mich irgendwie auf seiner Seite. Mit seinem Fahrrad war Dutschke zu einer Apotheke unterwegs gewesen. Dabei wurde er durch einen Schuss lebensgefährlich am Kopf verletzt. Der Attentäter hatte die zur ‚Jagd' auf Dutschke hetzenden Presseschlagzeilen offensichtlich wörtlich genommen.

„Gut, dass wir hier von solchen Dingen verschont bleiben", sagte meine Mutter, „aber ich möchte auf keinen Fall, dass du ein Studium in Berlin beginnst."

Als ich zu Ottomar ging, traf ich ihn im Stall. Er war trotz der langen Feier früh aufgestanden und hatte die Kühe gefüttert. Dann hatte er sich um die Einstreu im Schweinestall gekümmert.

„Ich hoffe, du hast die Feier auch genossen", sagte er und klopfte mir jovial auf die Schulter. „Ich habe Hannelore erst mal schlafen lassen. An das Leben auf dem Hof wird sie sich früh genug gewöhnen. Und sie braucht ja Ruhe wegen des erwarteten Babys."

Mit Gummistiefeln an den Füßen fegte er mit einem Besen vor den Boxen der Kühe den Gang, den er vorher mit einem Schlauch abgespritzt hatte. Es hatten sich einzelne Wasserlachen gebildet. Ihm war keine Müdigkeit anzumerken und er bemerkte nicht, dass ich ziemlich aufgewühlt war und nicht auf ihn einging.

Der Attentäter hatte dreimal auf Dutschke geschossen, ihn schwer am Kopf und an der Brust verletzt, bis er das Bewusstsein verlor. Wie konnte man so einen Hass entwickeln? Der Radiosprecher teilte mit, dass der Studentenführer aber überlebt habe.

Ein paar Schwalben flogen hinten in den Stall herein, segelten in schnellem Flug über unsere Köpfe weg, ein Zischlauf begleitete ihr Schwirren, und vorne stürzten sie pfeilschnell wieder aus dem offenen Tor hinaus ins Freie.

Der Kommentator im Radio hatte gesagt, dass die Bild-Zeitung Rudi Dutschke als den Staatsfeind Nr. 1 bezeichnet habe, der die Demokratie untergrabe. Die Zeitung selbst gab dies zu, aber sie habe doch nie zur Gewalt aufgerufen. Der Attentäter Josef Bachmann sei eine gestörte Persönlichkeit, die sich habe aufwiegeln lassen.

„Komm, jetzt gibt es erst einmal einen schönen Kaffee." Ottomar zog mich mit in die Küche. Die Oma holte sogleich zwei Tassen aus dem Schrank und goss uns Kaffee ein.

„Nimmst du auch so viel Zucker wie Ottomar, Heiner?", fragte sie. Ich schüttelte den Kopf.

„Meine Schwiegereltern und der Onkel sind schon wieder auf dem Weg nach Menden. Der Onkel hat alles leidlich überstanden. Seine Schwester wird schon dafür sorgen, dass er noch mal den Arzt aufsucht. Der wird schon klarkommen. Fandest du seinen Gesang nicht auch absolut irre? Dean Martin hier im Sauerland! Ich liebe das."

Die Oma hatte, ohne uns zu fragen, einen Teller mit Schnitten gemacht, Schwarzbrot dick mit Butter und Holländer Käse belegt, und Ottomar griff gleich zu. Ich nahm auch ein halbes Brot.

„Ich hoffe, das Hochzeitsfoto, das der Friseur gemacht hat, ist gut geworden. So einen Tag erlebt man ja nur einmal im Leben." Oma Meta ging hinter Ottomar vorbei und strich ihm über den Kopf. „Wollt ihr noch Kaffee? Ich kann auch noch mehr Brote machen."

Es hatte keinen Sinn. Ottomar war für meine Konfusion nicht erreichbar. Ich verabschiedete mich und ging die Straße hinunter Richtung Listersee. Vor Edeka lag in einem Verkaufskasten wahrhaftig die aktuelle Ausgabe der Bild-Zeitung. Für 20 Pfennig in die Box konnte man ein Exemplar mitnehmen. *Attentat auf Studentenführer – Straßenschlachten in ganz Deutschland*, konnte ich lesen.

Als ich aufblickte, stand der Doktor hinter mir. „Tja, Heiner, eine tragische Entwicklung. Was immer er Richtiges gesagt hat, er war halt zu radikal und ein Bürgerschreck. Das hat vielen der Etablierten und den Politikern so gar nicht gepasst und es hat ihnen Angst gemacht. Keiner will doch Macht und Einfluss verlieren."

Der Doktor war also bestens informiert. „Und diese Angst haben sie auf die Leute übertragen. Ja, es stimmt schon, die Bild-Zeitung hat wohl mitgeschossen. Diese Dutschkes und die Studenten haben sie als eine Gefahr angesehen."

Ich blickte ihn an. Aus mir musste es jetzt heraus: „Überall in der Politik und in unserer Gesellschaft gibt es immer noch alte Nazi-Anhänger. Im Vietnamkrieg werden flächendeckend dioxinhaltige Chemiewaffen eingesetzt. Bei uns sollen durch die Notstandsgesetze die bürgerlichen Freiheiten eingeschränkt werden. Durch die Große Koalition gibt es praktisch keine Opposition mehr hier im Land. Das kann man doch nicht einfach so geschehen lassen. Wer ist denn hier radikal und eine Gefahr?" Mir blieb vor Erregung fast der Atem weg.

Er seufzte tief. „Ja, deine Empörung ist nicht unbegründet. Und du willst dich diesem Protest dagegen anschließen und bald in Berlin studieren?"

„Ich will alles wissen. Ich will Gerechtigkeit und meine Augen nicht verschließen. Ich will etwas tun."

Ich ging mit ihm in Richtung seines Haus an der Seepromenade. Er kam nur sehr langsam vorwärts. Er knickte stark mit der linken Seite ein, zog das Bein nach und stützte sich mühsam auf einen Stock. Offensichtlich litt er unter großen Schmerzen.

„Ich glaube, ich verstehe dich schon und vielleicht hast du sogar recht."

Die dünne Eisschicht auf der Talsperre war wieder getaut. Die Enten konnten nicht mehr auf dem Eis stolzieren. Mehrere Exemplare aber schwammen am Ende des Sees, da wo er verlandete und in ein sumpfiges Wiesenstück überging. Von hier aus war es nicht auszumachen, wo noch Sumpfgras, Entengrütze oder Schilfrohr den Übergang vom Wasser zum Land bestimmten. Aber noch nie war mir das Wasser so grün erschienen, wie es sich jetzt präsentierte. Ich wunderte mich: das gleiche Wasser der Sperre und doch immer so veränderlich. Oder hatte ich früher nie so genau hingesehen?

„Als ich so jung war wie du, das war auch keine einfache Zeit. Die Goldenen 20er Jahre waren vorbei. Ich war mitten im Studium und plötzlich gab es Massenarbeitslosigkeit und Armut. Es gab Revanchisten und Kriegstreiber. Immer mehr Menschen waren mit der Regierung unzufrieden. Sie radikalisierten sich und gingen auf die Straße. Statt Politik gab es Hass und Gewalt. Hitler und die Nazis nutzten das geschickt und erbarmungslos aus, um an die Macht zu kommen. Und dann begann der große Schrecken. Als sie die Bücher verbrannten, war es nicht mehr weit, bis auch Menschen vergast wurden und der schreckliche Krieg begann."

Der Doktor musste kurz stehenbleiben. Seine eigenen Worte und seine Erinnerung setzten ihm mindestens genauso zu wie der Schmerz in seiner Hüfte, aber er tat so, als ob er weit über die Talsperre blicke und dort etwas entdeckt habe.

Hinten an der Kalberschnacke, schon unter der Brücke hindurch, konnte man wirklich ein kleines Segelboot auf dem Wasser sehen. Es fuhr nach rechts, verschwand hinter der Landzunge einer kleinen Bucht. Er zeigte kurz mit dem Finger dorthin, bevor wir langsam weitergingen.

„Ich war als junger Mann ganz besessen von der Medizin und dem Gedanken, damit den Menschen zu helfen. Etwas Besseres im Leben konnte ich mir nicht vorstellen. Ich war begeistert von dem Arzt und Forscher Albert Schweitzer, der in Lambarene in Afrika ein Urwaldhospital gegründet hatte. Den Nazis, die ihn für sich vereinnahmen wollten, hat er eine Absage erteilt. Einer Einladung von Joseph Goebbels, mit ‚deutschem Gruß' unterzeichnet, hat er durch eine Absage mit ‚zentralafrikanischem Gruß' geantwortet. Wegen des drohenden Krieges kehrte er 1939 wieder nach Afrika zurück."

Er blieb noch einmal stehen. Das kleine Segelboot tauchte hinter dem Vorsprung wieder auf und kreuzte Richtung Sperrmauer. Der Doktor fuhr mit seiner Hand über seine Hüfte.

„Ich selbst habe mich nur in mein Studium gestürzt und mich wahrscheinlich zu wenig mit dem aufkommenden Unheil beschäftigt. Ich war ein sehr eifriger Student und hatte nichts anderes im Sinn, als meine Fähigkeiten und Kenntnisse zu verbessern. Als sie dann mit ihren Trommeln, mit Uniformen und Hakenkreuzfahnen durch die Straßen marschierten, wir bald mitten in der braunen Katastrophe waren und es keinen ersichtlichen Ausweg mehr gab, habe ich mich hier in dieses Dorf zurückgezogen. Ich wollte nicht resignieren, aber ich habe meine Augen vor der politischen Realität verschlossen und mich in meine Arbeit gestürzt. Das ging hier ja noch halbwegs gut. Im Dorf wurde ich gebraucht. Ich konnte mein Gesicht wahren, zumindest vor mir selbst." Er atmete tief. „Wenn du mich heute danach fragst, denke ich, das war zu wenig."

Wir waren vor seinem Haus angekommen. Unten vor der Außentreppe blieb er stehen. Wahrscheinlich fürchtete er sich schon vor dem unvermeidbaren Aufstieg.

„Um deine Ansichten wirklich zu verstehen, kenne ich dich zu wenig. Aber vom Kleinkind an habe ich dich begleitet. Was soll ich sagen, du bist ein guter Junge. Ich sitze hier mit meinen morschen Knochen im Dorf fest. Die Kranken und Beladenen, sie mögen weiter zu mir kommen. Mehr kann ich nicht mehr tun, für die will ich da sein. Aber du hast alle Möglichkeiten, dich für einen besseren Weg einzusetzen. Ich bin bei dir."

Das schien mir jetzt alles ein wenig zu sentimental. Ist es so, wenn man alt wird, dass man den vertanen Möglichkeiten nachtrauern muss? Was sollte ich dem alternden Doktor darauf erwidern? Ich fand ihn eigentlich immer gut. Er konnte meiner Meinung nach mit seinem Leben zufrieden sein. Jedoch dachte ich, dass ich nicht so wie er enden wollte. War ich da zu selbstgefällig? Aber wo gab es in diesem Dorf, dem ich den Rücken zukehren würde, für mich eine Perspektive, auch wenn es Menschen gab, die mich geprägt hatten und die ich vermissen würde?

Die Haustür öffnete sich. Seine Frau erschien ganz aufgeregt und rief: „Schnell, schnell, bei der Hannelore ist die Fruchtblase geplatzt, das Baby will kommen!"

Die Frau hatte schon die Arzttasche in der Hand und kam die Treppe herunter. Der Doktor öffnete das Garagentor, um die 300 Meter bis zu Ottomars Hof schnell mit dem Wagen zu fahren. Er wollte keine Zeit verlieren. Seine Schmerzen musste er zurückstellen. Er wurde gebraucht. „Komm, Heiner, los geht's." Ich sprang zu ihm in das Auto.

Als wir bei Kösters um die Ecke bogen, wussten alle schon Bescheid. Toni erkannte das Auto vom Doktor und winkte. Martha, Pierre und der alte Köster standen an der Straße und wiesen den Weg hinauf. Los, los.

Ottomars Oma Meta hatte die meiste Erfahrung und ging dem Doktor zurückhaltend und wissend zur Hand. Massage-öl, große Binden, Lappen, Eimer und Windeln hatte sie be-reitgestellt. Die Männer mussten draußen bleiben.

Ich legte meinem Freund einen Arm um die Schulter und ging mit ihm ein paar Schritte, am alten Gesindehaus vorbei, wo unsere Familie vormals gewohnt hatte. Der gehasste Leh-rer Krusemann hatte hier nach dem Unfall mit den Schlitt-schuhen mit viel Geduld meine Fingerchen gerettet. Mein Bruder hatte mich in der Waschküche fast erstickt und ich hatte meine kleine Schwester vor dem Absturz durch die Zim-merdecke gerettet. Was ging mir da durch den Kopf? Und es war noch die Zeit der unbeschwerten Liebe unserer Eltern ge-wesen. Mit dem Kopftuch saß die Mutter bei Vater hinten auf dem Motorrad und unten bei Kösters bogen sie rasant um die Ecke und fuhren in den Sommertag, vorbei an Sprattes Eiscafé und dem blauglitzerndem Wasser der Talsperre. Oma Johnke, die unter uns wohnte, hatte fast zur Familie gehört, sie konn-te den besten Blaubeerkuchen backen, aber sie war gestorben und konnte ihren Holzstapel nicht mehr ganz abbrennen.

Wir überquerten die kleine Holzbrücke über den Bach und gingen den Weg hinauf zur Schützenwiese. Das Kind zur Welt bringen müssen die Frauen allein, nur der Doktor hilft. Ottomar und ich sprachen nicht. Es war nicht nötig. Die Fichtenzweige hingen tief in den Weg, uns störte das nicht.

Es dauerte gar nicht mehr lange. Als wir vom kleinen Spa-ziergang zurück waren, konnte Ottomar seine Unruhe kaum noch verbergen. Dann zeigte er mir noch den neuen Pferch für seine Schafe. Neben einer Trockenmauer hatte er die Eingrenzung mit Stangenholz vervollständigt. Die Tiere hatten ihren neuen Platz schon angenommen und waren dabei, vor der Mauer einen Trampelpfad anzulegen. Wirklich gelungen, dachte ich. Ich hätte ihm beim Bauen helfen sollen. Das wäre eine praktische Tat gewesen, während ich mit meinen Beziehungsproblemen beschäftigt durchs Dorf geschlichen war.

Oma Meta erschien in der Tür und rief. Mit Tränen in den Augen schlang sie die Arme um ihren Enkel. Kaum erreichte die kleine Frau mehr als seine Hüfte. Er stand aufrecht und stocksteif. Er hörte nur, wie die Oma sagte: „Ein gesundes Mädchen." Dann sank Ottomar wie erlöst nieder auf die Knie. Ein befreites Lächeln zeigte sich in seinem Gesicht.

Von Hellmut Lemmer
auch im WOLL-Verlag erschienen

Hellmut Lemmer: Herzkartoffel
Roman
Seitenanzahl: 232 Seiten
ISBN 978-3-943681-91-8
Preis: 14,90 €

Von Hellmut Lemmer
auch im WOLL-Verlag erschienen

Hellmut Lemmer: Katzenbuckel
Roman
Seitenanzahl: 208 Seiten
ISBN 978-3-948496-86-9
Preis: 14,90 €

Auch erschienen im WOLL-Verlag

Wilfried Diener: Wandertage

Zwei Freunde erleben das Sauerland in den „Siebzigern"
des vorigen Jahrhunderts
Seitenanzahl: 416 Seiten
ISBN 978-3-948496-27-2
Preis: 14,90 €